U0081503

沙瑪基的惡靈

The Specter in Samaji

沙棠——著

小琉球重要景點示意圖

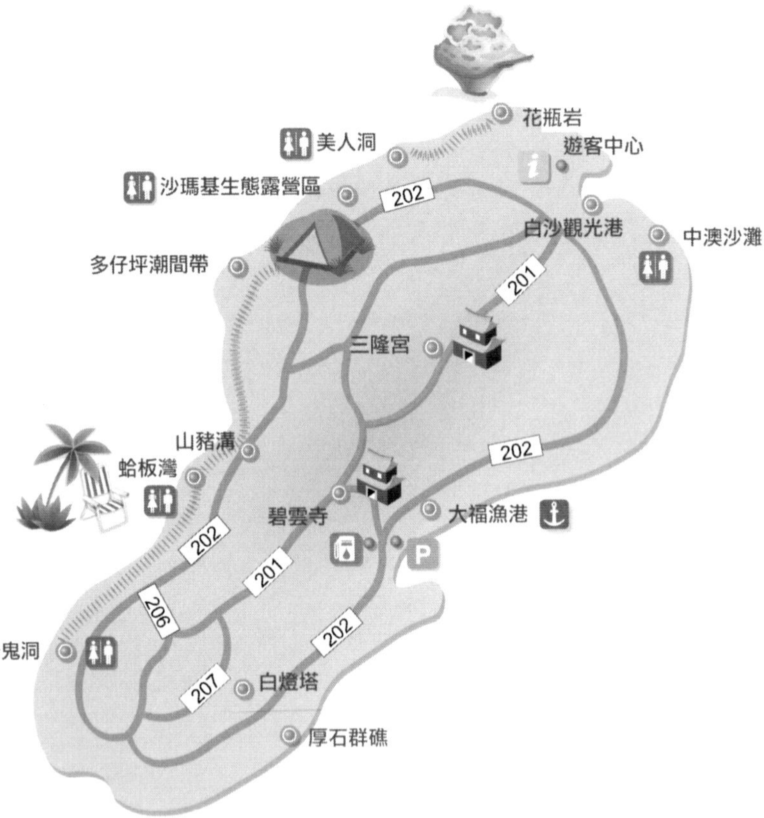

本地圖由大鵬灣國家風景區管理處授權提供

目次

【導讀】虛實空間的島嶼拼圖 004
【各界名家好評】 009
序幕 015
第一章 陳年舊案 019
第二章 烏鬼洞 035
第三章 命運的交會 055
第四章 燈塔幽聲 077
第五章 展開調查 101
第六章 沙瑪基 135
第七章 祕密實驗 161
第八章 信 197
第九章 迷宮 221
第十章 惡靈的悲鳴 263
尾聲(1) 293
尾聲(2) 299
後記 302

【導讀】虛實空間的島嶼拼圖

文／徐承義（kaoru）

談到以島嶼作為故事舞台的推理懸疑小說，阿嘉莎・克莉絲蒂的《一個都不留》想必是很多人會優先想起的不朽名作。在日本方面，兩大巨擘也都曾運用這個題材推出了風格獨特的代表作。江戶川亂步著有洋溢妖異氛圍的《孤島之鬼》、《帕諾拉馬島綺譚》，橫溝正史則是寫下地方色彩濃厚的《獄門島》、《惡靈島》等作品。

接著將時間軸往後推移，我們也可以透過島田莊司的《惡魔島幻想》、綾辻行人的《殺人十角館》、有栖川有栖的《孤島之謎》、小野不由美的《黑祠之島》、笠井潔的《伊底帕斯症候群》、東川篤哉的《館島》、三津田信三的《如凶鳥忌諱之物》、米澤穗信的《折斷的龍骨》、大澤在昌的《海與月的迷宮》等作品，來品味這些大家熟悉的作家所營造的島嶼風情。如果我們再繼續列出其他相關作品，接著從背景題材、要素運用、表現風格等層面去檢視，就能發現構築思維和呈現的樣貌都是變化萬千。

那麼，吸引眾人投入島嶼創作的魅力究竟是什麼呢？首先回歸根本條件，就是由地理的孤立性產生的神秘氛圍和侷限感。即便是在科技發達的現代，島嶼依然會因為天候地理、交通手段等因素的變動形成封閉場域。創作者在這個與外界隔絕的空間，宛如沙盒遊戲的過程一般置入各種元素，就能逐步塑造出獨特的島嶼意象。

在最基本的模式中，島嶼可能單純做為封閉的空間，在環境條件有所限制的情況下，故事重心主要圍繞著人物事件的動態來發展，這類布局也許對於島嶼背景及現實關聯相對較少著墨，卻能在高度閉鎖性下形成濃厚的懸疑氣氛。

如果繼續擴張規模，賦予島嶼更豐富多樣的細部設定，就能建立與劇情呼應的獨特風土民情，是擅長營造背景主題的人能夠盡展所長的類型。自本階段開始，島嶼整體形象更加鮮明，和故事的連動關係也更緊密，並隨著架空和寫實比例配重的調整而產生多元的面貌。

觀察台灣推理懸疑作品的創作軌跡，我們也能在諸位先進的作品看到各具巧思的島嶼展現。以近二十年的長篇為例，藍霄的《天人菊殺人事件》以B大醫學院的三重密室懸案為開端，衍生後續的澎湖無人島事件，案情真相圍繞著當年台灣的政治氛圍塑造，是謎團正統且彰顯時代氣息的作品。冷言的《反向演化》描述外景隊在沖繩一處離島上的奇詭經歷，劇情融入冒險情節並結合歷史，最後以獨特的詮釋揭開地底人存在的意外真相。兩位先進皆是將舞台建立於現實島嶼群中的某處架空地，各自演示了精妙的雕琢工法。那若是完全以真實的島嶼為創作基礎，又能產生什麼效果呢？談到活用現實地理的特點，自然就不能遺忘那些旅情相關創作。

例如旅情名家內田康夫筆下的淺見光彥，就在《棄靈島》、《神苦樂島》、《佐渡傳說殺人事件》、《姬島殺人事件》等故事中踏遍日本多處離島。就連以鐵道旅情聞名的西村京太郎，也著有《發信人為死者》、《伊豆七島殺人事件》等作品。而它們都是與現實接軌，依循實際島嶼條件來規劃內容情節的創作。

日本狹長且多山多島的國土形態，造就了多樣的自然人文風情，列島上豐富鮮活的各色圖景，也成為作家們取材的寶庫，旅情作品因而發展成一門具有識別性的類別。一般人對於旅情的普遍印象，多半停留在場景設置於觀光勝地，並搭配交通工具和寫景來撰寫的模式。但只要維持將地域風土有效融入作品的不動準則，再依照創作需求結合歷史傳說、民俗文化、社會議題等素材，就能讓旅情作品展現出不同層次的韻味。

同時，除了擔綱讀者神遊甚至促成旅程的媒介之外，突顯生活於該片土地的居民情感意識以及時代社會脈動，也是旅情作品的重要價值。不僅闡述事件中錯綜複雜的人際關係，亦能藉由劇情帶出該地域所面臨的政治經濟、社會人文、環境生活等問題。而本作《沙瑪基的惡靈》即是近年罕見地以台灣實際的島嶼風貌為構築主體，並承繼前述特質的作品。

位於台灣屏東縣西南外海的琉球嶼，行政劃分為琉球鄉，是台灣唯一的珊瑚礁島嶼。因土壤不利農耕，以漁業和觀光為主要經濟活動。不僅自然景觀豐富，人文活動也相當鼎盛。每當三年一科的迎王祭到來，其盛況跟台灣本島的大型慶典相比也毫不遜色。而「沙瑪磯」則在部分文獻中被列為此島在某些時期的名稱，現多以「沙瑪基」表示。大家熟悉的小琉球，則被認為是在台灣地理開發逐漸確立後，才由這個小島承接原指台灣的小琉球之名。而本作的故事，就在這座美麗的觀光勝地上展開。

在當地知名景點白燈塔的內部，一名男子以奇特的狀態死去。現場留下的積水令人聯想起小琉球流傳的「烏鬼洞傳說」，其由來普遍認為是源自真實歷史的「拉美島事件」。過去荷蘭船隻停靠當時名為拉美島的琉球嶼，船員卻遭島上原住民襲擊殺害，促使荷人發動反擊。1636年，荷人封鎖原住民躲藏的岩洞並燒起大火，有些人被濃煙嗆死，有些被俘並強制帶離。歷經數年的紛爭，最後讓島上的原住民全數消失。作者沙棠選用這段歷史並轉化運用在核心情節的鋪陳，開啟一段涉及在地過往與深層內幕的懸疑之旅。

自學生時代開始，沙棠便積極嘗試各類題材創作，本作是她跨足推理懸疑領域的首部長篇作品。憑藉過去的旅遊經驗和現實題材為構思基礎，在沒有刻意設定題型的情況下完成這部承繼旅情特質的懸疑作品，也展現了她精確理解新領域事物並有效掌握的能力。

本作是以「刑警李武擎&督察唐聿」為主要角色的系列首部曲，這對自幼相識，個性南轅北轍的親友，長大後懷抱著不同的心思雙雙步上警察之路。某日停職處分中的李武擎竟從監視下脫逃，身兼督察及好友身分的唐聿只好跟著追到小琉球。原打算在事發之前將人帶回，卻被突來的颱風和白燈塔命案打亂計畫，位於第一線的兩人只好在當地的活寶巡警楊光的協助下進行搜查。而一群造訪當地的外來人士，竟是為這悠閒宜人的島嶼帶來災厄的根源。地政士、政府官員、商人、研究者、以及涉入其中的島民，這群意圖淡化彼此關係的奇特組合，暗地裡都被各種意念枷鎖緊緊環扣，而鎖鍊的另一頭，則牽起這片土地一段沉重的過往。那些在舞台上演出世間百態的人們，其實都隱藏著複雜難解的秘密，而情感利益的多方衝突，更造就他們截然不同的命運驟變。沙瑪基的惡靈，就在各種人性執著的激化下自歷史洪流中復甦。隱藏於美麗島嶼的意外真相，也即將揭開神秘的面紗。

跟隨主角探索的腳步，我們可以在閱讀過程中親近小琉球的風土並感受作品流露的現地關懷。它們的呈現手法並非都是以嚴肅說理或制式資料來揭露，而是藉由人物劇情逐步牽動出這些訊息。導入現實要素作為關鍵情節的開展基礎，以及將自然人文充分結合故事推演的作法，使得作品兼具冒險懸疑與旅情寫實的優點，展現出豐沛的劇情魅力。在這些因子相互作用下，真實的台灣地理在本作就不只是作為事件舞台，也具有在地意象識別和議題呈現的價值。搭配歷史與科學元素的靈活運用，更讓讀者在連結現實面的同時也能徜徉於作者精心營造出的世界觀，享受探索內幕謎團的樂趣。

雖然首部曲塑造了特定的形象，但作者表示在其計畫中並沒有固定單一風格的想法，而是希望能在緊扣系列主軸的大前提之下，於後續作品中呈現特定的題材，並配合意象來選擇適合的詮釋法。因此讀者在首集的結尾部分就已經能明確地感受到本作「只是重重黑幕的開端」。今後我們將跟隨沙棠的獨特發想，繼續穿梭在各種不可思議的事件環節之間，而貫穿全系列的重點主線也將會逐漸明朗。李武擎和唐聿還會遭遇什麼神秘挑戰，他們又該如何逼近真相的關鍵核心？都讓人相當期待沙棠日後的布局。這位創作新星就像是大航海時代的探險家一般巡遊遼闊的大海，並積極熱切地尋找有趣的新事物，再將其吸納轉變為航海圖上的一處美景。個人由衷地期待沙棠能在日後的創作旅程上全力發揮自己的潛能，引領我們進入更加精彩絢麗的奇想世界。

作者簡介／徐承義（kaoru）：以結合地域風土景緻的作品為精神食糧的旅情愛好者。因為在日本一場計畫外的橫濱行程，燃起對區域文化觀察的熱情，進而發展出對環境空間描繪和背景設定的高度興趣，並以此作為解析作品以及創作構想的動能。

【各界名家好評】

前所未見的台灣人懸疑推理小說，東野圭吾與宮部美幸也無法複製的獨特力作！在刺激的探索過程中完全展現小琉球的浪漫美景與歷史文化，相當高興看到這種「嶄新觀光財」的文創藝術面世！

——大鵬灣國家風景區管理處處長**許主龍**

一個絕佳的故事！做為一位新人小說家，沙棠筆法純熟，她的巧思表現在緊密連結的情節裡、在虛構與現實之間絕妙的平衡，讓讀者難以預料下一頁的發展，故事的每一個層面都令人驚奇，無疑為熟悉的推理小說界注入了新的力量。

卷末的揭密，卻又是一段飽含暗示的字眼。內幕都包藏在意想不到的角度。喜歡懸疑推理的讀者們請勿錯過。

——臺灣台北地方法院檢察署**李姓檢察事務官**

作者首次接觸推理小說的領域，有此表現實屬難得。背景設定在台灣著名的小琉球，以當地特色文化以及歷史風情融入故事裡，既能讓我們對這座美麗的離島印象深刻，又能透過兩位主角人物的互動帶領讀者享受到推理解謎的樂趣。

兩天一夜的故事，數萬字的鋪陳，節奏緊湊且吸引力十足，獨特的體材與構思，更使這部作品成為今年華文推理的必看佳作！

——世新大學中文系專任教授、前中文系系主任洪國樑

相信許多愛看偵探推理小說的人和我一樣，從小看注音版的福爾摩斯全集，除了沉迷於主角尋找蛛絲馬跡，還有與身邊人物的互動，看似鬥嘴的文句敘述，實際上是讓我能更融入劇情當中，彷彿成為第三個夥伴，跟隨主角一同挖掘事件的真相。

隨著我年歲增長，擺脫注音版的偵探小說，對偵探推理的閱讀欲望越來越強大，印象最深刻的是那個總是要賭上爺爺名號的少年金田一，有一回踏上了一座小島，破解了一連串依附傳說而來的殺人事件。記得當時看完後，不禁生起「這是一個以科學推理來破除迷信的故事」的想法。

而當ＤＮＡ科學鑑定逐漸成為偵查案件的顯學之一後，偵探推理小說更開始融入了科學鑑識新知，像推理小說大師——派翠西亞．康薇爾所寫的女法醫史卡佩塔系列風靡全球。

因為受到這些作品的影響，我一直認為一部讓我想看的偵探推理小說作品，主角需要有自己的強烈性格，身邊伴隨著感情至深的夥伴，劇情需要合理，推理過程需與時俱進符合科學知識，這樣才能讓人讀來入戲。當然，如果故事背景能夠深刻結合臺灣當地風土民情，那就更加完美了。

《沙瑪基的惡靈》就是這樣的一本推理小說，作者巧妙結合科學新知與臺灣的離島景點傳說，揭開一場精采懸疑的連環殺人案……好了，我不再多說了，快翻頁成為這場案件的見證人吧！

——國語日報主編**Nada Hong**（洪明慧）

身為古典詩歌的研究者及學習者，對推理小說的喜愛其實遠早於古典文學。當沙棠提出推薦序的請求時，我既感惶恐，卻不能自已在腦中浮想起年少的種種閱讀記憶。原以為長年寫散文的她，會創作出具有純文學實踐的推理小說，比如我在失去網路的某個五月賴以維生的土屋隆夫及千草檢察官，沒想到她卻說寫的其實是娛樂性小說，使我重新配了副眼鏡。

十多年前讀過森雅裕的《莫札特不唱搖籃曲》，是江戶川亂步獎得獎作品，當時深受其幽默筆觸及運用樂理知識解謎的設計所吸引。今年的春天，有幸拜讀《沙瑪基的惡靈》，看著以小琉球為背景的舞台，圍繞物理學範疇的犯罪，不時穿插李武擎與唐聿兩位主角漫畫式的鬥嘴，心中感受一時難以言喻，或許是這本書使我重拾閱讀推理小說那份單純快樂的緣故。

書中以努力奔走的警察作為抽絲剝繭的解謎者，排除「神探」破案的浪漫想像，真實且平易近人，且沙棠仍保有散文寫作者的知性，每當述及風土和人物情感的細微之處，字裏行間始終流露著文學性的筆調，這些都與我最初土屋式小說的期待相去不遠。我想，文學轉型畢竟是漸變的，寫作傾向永遠有跡可尋。

平心而論，本書對話仍有些突兀之處，未達自然流暢境地，若干情節安排鋪墊尚嫌粗糙，但就小品而言，確實已滿足我的閱讀渴望。

寫實、娛樂性、在地想像，我讀到了沙棠對寫作的執著與潛力，她已悄然搭上本格復興後臺灣推理新世代的列車，期待將來更為成熟的續作。

——育達科技大學、世新大學中文講師**朱澐**

《沙瑪基的惡靈》無疑是一部編排細膩的懸疑佳作。在字句的雕琢推演與劇情的巧妙堆疊下，作者以絲絲入扣地筆法，輕巧引導讀者一步步進入推理的波濤起伏。在場景與情緒轉換的過程中，讀者能隨著一一突發的事件品味箇中滋味，並能在情節急轉彎的驚訝之餘，體會到令人興奮的解謎樂趣。

——愛情小說家／尖端原創小說大賞愛小說組特別獎得主**夢若妍**（言若夢）

在《沙瑪基的惡靈》中，作者將複雜且貪婪的人性揉弄在理性的筆法裡，藉由故事線緊湊而流暢地推展出在人意料之外的結局。其中作者細膩的筆法除了表現出深刻的島嶼關懷，更讓讀者在潛移默化之中隨著角色們掉入精心安排的「絕妙計畫」裡。有著如此曲折而精彩的連環殺人案件，讓人不禁一再回味！

——北一女中推理研究社社長**邱吉兒**

「金田一到沙瑪基——驚悚傳說與島嶼場域在推理中的巧妙佈局」系列講座，歡迎免費入場參加！

主講人：沙棠、喬齊安、徐承義

5月13日（五）上午十點：國立東華大學閱讀書寫工作室（花蓮縣壽豐鄉志學村大學路二段1號人社一館A207會議室）

5月20日（五）下午三點二十分：北一女推理研究社（台北市重慶南路一段165號）

6月2日（四）晚上七點：臺北醫學大學圖書館二樓（台北市信義區吳興街250號）

這本書獻給我偉大的母親，蕭玉燕女士
我是您的女兒，真是太好了！

序幕

那個人影在黑暗中潛行。

古老的石灰岩通道滿是潮濕且悶熱的氣息，手電筒的光線僅能照亮身前狹小的範圍，忽然，他的肩膀猛然撞上一道硬物，阻擋了他的腳步。

他喘息著，略顯艱難的呼吸聲迴盪在漆黑的空無裡。手電筒光線照出滿布塵埃的空氣，讓人感覺每一次心跳，似乎都能將那些夾雜著恐懼的灰燼積存在肺部，直到體力耗盡。

然而他並未屈服。這十多年來，他不知在這無盡的黑暗裡盲目走過多少次，只為尋找亡失於歷史中的唯一真相。信念已經麻痺了他的恐懼，讓情緒單純為人類最原始的欲望所驅使。

他知道他勢必要讓某個人付出沉重的代價，在這之前，他義無反顧。

從口袋摸索出一張破爛的紙，他讓光線集中在這張紙上。這是一張地圖，標示著複雜且抽象的符號，圖上所示的區域如樹根交錯，難以讓人分清方向。他靜靜看了片刻，急促的呼吸意外地緩和下來。

這張地圖，同時也是一種心靈慰藉。微弱的光線裡，他看到的是復仇的信念，搖身成為吐信的蛇，緊盯著獵物，直至身軀纏繞對方，越來越緊，而後奪去獵物的生命。

就要到了，這一刻就要到了，他腦中浮現這個想法。

黑暗中，他重新摸索絆住腳步的石壁。帶有舊傷的五指，毫無畏懼地在坑坑疤疤的石灰岩上觸碰。一些攀附在岩上的珊瑚割傷了他的皮膚，剜去他半片指甲，但他不以為意，彷彿疼痛是一種必要的獻祭。

探索的動作掀起了石灰粉塵，通道裡發出細碎石子掉落的聲音。他一層層剝開樹皮般的岩石碎片，很快，他的掌緣感受到一股冰涼的觸感，讓他紛亂的思緒頓時清晰起來。

預設過無數次的場景立刻加速促成他的反應，他把手電筒咬在嘴裡，騰出一雙手在那冰涼的部分使勁探尋。應該會有個開關。他的雙手甩落了更多碎屑。而終於，他的手指壓進了一個空洞，他愣了一下，確切知悉自己正觸及一處人們久未踏足的祕密空間。

一股興奮的感覺油然而生，讓他不禁用肩膀奮力撞擊那個孔洞周遭的牆面。

一下，兩下。

牆面文風不動。悶沉的撞擊聲在通道裡像惡鬼的心臟，發出劇烈的震動。

第三下撞擊已經讓他的肩膀疼得很厲害，卻也讓他的渴望更強烈，他已難以無法等待再次往返。何況任何有利的工具都比不上他的意志。

撞擊聲持續著。第七下，第八下……

十餘次的衝擊後，他終於將這面石牆撞開。

他的人跟著崩落的石塊一起摔進另一處。空間鼻尖剎時聞到一種塵封的腐味，而且他一眼就認出了這裡。似乎早在夢裡見過，他不曾感到陌生，尋找到這裡對他來說像是洞窟中的惡鬼終於回應了他的期待而降下恩賜。

腦中的殺人欲念騰然而起。排除在世人認知外的秘密空間，似乎抽乾了他理智中最後一絲猶豫。潛行在黑暗太久，他知道自己終於也幻化成一縷等待復仇的鬼魂。

鬼魂！

這個詞在他腦海一閃而過，卻已充分留下烙印般的深切印象。沒錯，他心想，我就是鬼魂，我將用這個身分自居，直到我親手熄滅內心的憎恨之火，否則我將永生困在這片黑暗，找不到出路。

沒有出路。我只能前進。我必須前進。

他望向這裡的一景一物，想像自己化身的那條蛇，將某具可恨的身軀裡那最後一口空氣都擠出來。

他激動得顫抖。

手電筒掉落在地，摔出電池，眼前再度恢復一片黑暗。

可是這暗下來的瞬間，宛若替他醞釀許久的報仇舞台揭開了序幕。

第一章　陳年舊案

1

把門鎖得再緊，也無法隔絕客廳傳來的爭執聲。晚歸的父母在彼此最疲累的時候遇上。似乎要將所有的不滿都傾軋出來，他們才能度過這個夜晚。

不只這一夜，將自己反鎖在房中的男孩知道，昨夜，前一夜，大前夜，全是這種情況。

他們在爭吵六歲小孩所不理解的事。男孩用力掩上耳朵，再躲進被窩裡，祈禱爭執結束後，父親不會踹開他的房門。

「真是夠了！」母親拔高聲音，來不及脫的高跟鞋直接蹬出玄關，「我跟你根本無法溝通！」

別走！男孩在心裡哀求母親留下，或者父親同樣負氣離開。但事實與他希望的相反。薄薄的門板很快被父親撞開。陽春的喇叭鎖承受不了多次損耗，這次終於完全故障。男孩心臟重重一跳，才剛剛感知到危險，棉被就被掀開了。他嬌小的身軀被父親拉離床鋪。

碰！

他摔到地上。膝蓋的淤青剛好跟一些散落的文具撞在一起。他倒抽口氣，剛從突來的驚嚇感受到疼痛的一刻，就聽見打火石摩擦的聲音。

父親點燃了打火機。調整到最大程度的火源逐漸靠近他的額頭。男孩下意識往後退，父親則用雙腳扣住他的腰部，將他的衣服掀開。

男孩徒勞地掙扎。

瘦弱的軀體還有結痂的痕跡，尚未癒合的水泡，正流出噁心的膿水。父親選了一處完好無缺的肌膚，這次是在男孩背部的脊椎骨左側，那裡的肌膚光滑得像座小沙丘。火源靠近了那裡，瞬間，房裡散發出燒焦的氣味。

皮膚的細毛很快被燒掉，蜷縮成暗色的顆粒，體毛的蛋白質焦味如強力膠黏住父親的嗅覺，不出片刻，火源開始將肌膚燒成一塊褐色的痕跡。

身體與心，分不出哪邊更痛。男孩放聲尖叫——

唐聿從惡夢裡驚醒。每天定時在早上六點的鬧鐘已經響過一輪，還在重複漸層的音調。他茫然地看著鬧鐘，花了幾秒鐘才意識到自己該停止鬧鈴。

房內恢復寂靜，他看見床邊的女人挪動了一下身體，無意識地拉開被子，露出白晰的上半身。

女人還睡著。唐聿又看了鬧鐘。現在才六點五分。今天是星期六，公務人員放假的日子，他覺得自己應該再多睡一會兒。

他重新躺下，閉上眼睛想再次入眠，然而那個夢境又無情地浮現。

睡不著了。他氣惱著起床，打開淋浴間的門。

唐聿披著浴袍，在衣櫥前著裝。淋浴間沒有散出多少水氣，因為他不喜歡用太熱的水，熱水會讓他的肌膚記憶起過去被火焚燒的痛感，即使當初的傷口早就癒合，甚至有些舊傷的疤痕都已經不見。

他只花了五分鐘就穿好一套西裝，領帶也打得很仔細。擦拭眼鏡片上的水漬後，接下來他該用髮膠把頭髮整齊地往後梳。床上的女人聽到聲音而轉醒，略顯訝異地問：「你要出去？」

唐聿從連身鏡回望女人。

「沒有。」

她笑了笑。「那你在家也穿這麼正式？」

唐聿這回看的是自己的打扮。符合禮儀與專業，看起來挺好，菁英人士應有的形象。他始終希望自己能一直保持冷靜，並期許生活裡的所有事情都按照他的步調進行，因此衣著是首要制約，不當的外表很容易讓內心的惡魔有機可乘。

勉強擠出堪稱溫柔的臉，唐聿淡淡道：「習慣了。」

按照上回的約定，唐聿知道自己這兩天的假期該和這個女人度過。她是個美麗的歸國女子，挑染成金色的長髮與姣好身材相得益彰，重點是她有個大官老爸——警政署的主任秘書。掌握多數祕密權力的中繼站。對於想要成為警界掌握高階權力之人的唐聿而言，搭上高官的千金，這是一個不錯的踏板，而很多人拼命一輩子說不定連摸一下「踏板」的機會都沒有。

正當唐聿說服自己該安於現狀，不去想關於情感那方面任何不切實際的問題，他的手機響了。節奏急促的響鈴是他調整接聽順序的方式之一。他知道這通來電是自己最不想接聽的。

別告訴我壞消息，唐聿心想，千萬不要。

他接通了電話，對方緊張的聲調立刻傳進耳裡。唐聿聽著，低聲問：「哪時候的事？」

女人聽見唐聿手機裡吵鬧的背景聲音。

「我馬上過去。」

唐聿說完後掛上電話。通話時間不到一分鐘。

始終凝視著他的女人露出苦笑。「別說你要去加班。」

「很抱歉，」唐聿嚴謹地回應，「工作出了一些狀況，我必須馬上去處理。」

「那晚餐趕得上嗎？」

唐聿搖頭。「我不確定。」

「好吧。」女人坐起身子，故意露出撩人的大腿，「誰讓你是警察。」

唐聿暗暗吐了一口氣，抹上髮膠的手迅速把頭髮整理得一絲不苟，刻意不去在意女人用如何勾人的視線注視他。

出門時，唐聿疑惑自己竟感到一股沒來由的放鬆。

2

更詳細一點來講，唐聿的職位是督察員，隸屬於內政部警政署督訓科，負責督導考核。他負責的對象為刑事警察局第一偵察大隊。督察員是獨立於警備體系之外的存在，雖沒有指揮權，卻能讓督察員直通高層報告並請求任何必要性的處分。

對某些警員來說，督察員的存在猶如芒刺在背，有人形容督察員像一雙隱匿在暗處的眼睛，盯著你犯錯，而且根據最新更定的警察機關督察實施規定第七點，標示督察員「尤應注意黎明、黃昏、重要節日、勤務交接及用膳時間等勤務死角」——無論是字面上的意思或者隱喻——讓督察的存在成了一種內部的獨特勢力。

偏巧幾年前，北市警局督察室對刑警大隊的特勤中隊進行一次大規模的突襲搜查，理由據說是特勤中隊內部被懷疑持有千發非法彈藥，但督察室與後勤人員搜查了一整天卻一無所獲，這件事上了新聞版面，更讓督察跟警隊之間產生嫌隙，造成自家人打自家人的矛盾。警方對外搜查，還需要申請搜索票，但督察有權能向同一內部進行直接檢查。督察的權力可想而知。

唐聿知道自己的立場，有利有弊，但終歸是一個絕佳條件，這職位給他機會獲得需要的籌碼。為了想達到心中的那份目標，他發誓要勝任這份工作，而且捏著旁人的把柄，繼續往上爬。

十五分鐘後，唐聿駕車來到一間出租公寓外。等候已久的兩位便衣警察看見立刻迎上去，唐聿打斷對方問候的開場白，直接邁步走向二樓面街的那間公寓。其中一位便衣跟上，另一個留在車上待命。

唐聿拿出鑰匙開門。跟過來的是個跟唐聿年紀相仿約三十歲左右的年輕人，看到唐聿有鑰匙，露出感到驚訝卻難以啟齒詢問的彆扭表情。

他們原本想在玄關脫鞋，但看見沾滿泥印的地板，頓時打消了這個念頭。便衣跟在唐聿身後，跨過一堆胡亂丟在一邊的舊鞋。

公寓客廳裡的電視機還開著，正播放購物頻道的重播。桌上滿是食物的殘渣垃圾。雜誌亂扔，衣服也胡亂丟在地上，十餘坪的空間顯得擁擠不堪，一看就知道屋裡的人過著邋遢的生活。

擔任跟監工作的便衣知道房子主人也是一位警察，據說是正在等待處分而留職停薪的刑警，叫做李武擎，任職刑事警察局第一偵察大隊。之所以對李武擎進行監視，正是因為這人在唐聿的督察範圍內。

唐聿在屋內到處察看，同時打電話給李武擎，然而回應他的全是語音信箱。手機關機了，定位這個法子看來行不通。唐聿打開臥室的櫃子抽屜，發現李武擎的皮夾跟現金也都不在。

確認監控對象真的從他眼皮底下溜走，唐聿臉上的神情更難看了。

「昨晚你才報告過一切沒有異狀。」

冷冷的聲調讓這位便衣警察知道情況不太妙。「昨天下午有人來找李刑警。人離開後，我還來到門前確認李刑警在不在家。」

「怎麼確認的？」

「我裝成推銷員，直接按電鈴。」

「是李武擎本人應門？」

「對，」便衣警察猛點頭，「一定是本人。然後我就回車上去了，一直監視到今天早上，發現他家的電視一直都沒關。結果這次按電鈴都沒人回應了。」

唐聿望著李武擎公寓裡的景象，心裡暗罵這該死的傢伙難道不能讓他省點心思嗎？他問：「有其他狀況嗎？」

「絕對沒有！」便衣警察向他保證。

唐聿並不懷疑他，畢竟前幾天的監視工作都表現得很好，相反的，唐聿知道李武擎偷溜出去只是早晚的問題罷了，但為什麼溜出去？跑去哪裡？這些問題才真正讓唐聿感到棘手。

「你剛說有人來找他？」唐聿問：「知道是誰嗎？」

「我知道不是一隊的人。」他認得出跟李武擎同單位的同僚面孔，他回想昨晚的情況，說：「看起來像大學生，穿著紅夾克，身材微胖，因為戴帽子看不清楚臉，但可以知道戴著黑色粗框眼鏡，短髮。」

聽到這種描述，唐聿立刻聯想到某個特定對象，*我居然忘了那件可恨的紅夾克*，唐聿懊惱地想。接著他拿出手機，在照片集裡面按出一張人物近照，遞給身前的便衣看。

「是他嗎？」

便衣警察看一眼，馬上認了出來。「是他！」

「該死。」唐聿低咒一聲。

3

謝禾良走進中央地質調查所的研究館大樓，繞過大廳，從樓梯拾級而上。半年前剛整修過的老舊混凝土建築仍充滿裝潢氣味。刷白的牆壁掛滿地調所的相關報導，每隔一段距離，就是一間專屬研究室，門邊掛著研究室負責人的職稱與姓名。

做為一位特聘的研究科員，謝禾良只在科員辦公間擁有一面桌椅。他在這張金屬製的桌椅前坐下，將羅列注意事項的清單翻出來，一一比對，確認沒有任何疏漏。隨身的公事包被塞得很滿，絕大部分是紙本資料與參考書籍，比他攜帶的衣物行李要重。行李是為了接下來的一趟小旅程。

時間來到上午八點，預計的時程即將展開，謝禾良離開辦公桌，前往六樓的所長辦公室。這趟旅程他將與他的指導教授同行，而他的指導教授正是所長駱肇修——那在地質研究界擁有極高聲譽的優秀學者，一年可以寫出三篇論文，而且在國內外皆大受好評。駱肇修敦厚仁慈，樂於提攜後進，當謝禾良被通知錄取地調所的特聘人員並且將伴隨駱肇修進行研究，謝禾良數度懷疑是否是自己聽錯了。

這份殊榮是從事地質研究者所夢寐以求的。

所長辦公室在地調所六樓，是所內歷史悠久的建設之一，即使在這次整修後有一間更為寬敞豪華的辦公室，駱肇修仍沒有答應轉移他的辦公中心。謝禾良來到門前。

敲門。

他隨即聽見駱肇修彬彬有禮的聲音：「請進。」

門緩緩打開，謝禾良所熟悉的那張臉略顯疲憊地展現在眼前。*教授又熬夜了，他心想，教授最近有太多煩心的事需要處理。*

「哦，到了該出發的時候了。」駱肇修看見謝禾良後瞄了一眼時間，才把手裡厚得像磚塊的書籍放下。

謝禾良注意到辦公桌旁邊的長櫃子，那是他為了教授始終堆疊在桌腳的研究資料而添購的小家具。現在這個長櫃子不僅被裝滿了，連櫃子上方也堆著書，這疊書本的傾斜角度足以媲美比薩斜塔，讓人懷疑是否微微使力就會崩塌。

「開車到臺北車站之前還有一點時間，教授您要先休息一下嗎？」謝禾良問。

駱肇修慢慢挺起身體，似乎吃不消一般地扭了扭肩膀。「不用，坐車的時候我再睡一下就好。」他離開耗了一整夜的位置，把座位後方的百葉窗拉開。六樓的視野很好，雖然面對的是地調所門前的停車場，但空曠的景色總令人愉悅。

明亮的天色，映照出駱肇修灰黑參雜的頭髮。

「禾良，」駱肇修停了好幾秒才說，「這次的實驗至關重要，如果再不行，恐怕就得喊停這個計畫。」

謝禾良聽出駱肇修語中的感嘆。他安慰道：「一定可以成功的。我們已經花費很多時間在研擬開發，電腦模擬也取得很好的結果。」

「模擬跟實地施作是兩回事。」

「請不用擔心，教授。」謝禾良把話題一轉，「我準備了咖啡，教授，我們在車上喝吧。」

駱肇修轉過頭來，微笑著。「謝謝。」

每當駱肇修輕聲道謝，謝禾良心裡就有一種被重視的感覺。他也露出滿足的微笑，主動替駱肇修拿準備出行的行李箱。

駱肇修把手機、證件等隨身物品塞進口袋，確認沒有遺漏什麼，才披上外套。早春的氣溫雖然宜人，但溫差大，他逐漸衰弱的骨頭難以承受忽冷忽熱的折磨。駱肇修最後拿起鑰匙，他將在外出期間將這間所長室鎖上。謝禾良先一步等候在門外，他稍稍低著臉，不去直視駱肇修的模樣。

這位老學者緩步而出，肩膀往左方傾斜。駱肇修的右腳在很久以前就因為事故而產生永久性的傷害。

跛行的身影帶有一股惆悵意味，卻仍堅持在眾人身前引領。謝禾良每回認知到駱肇修生活在強大與脆弱之間，總是認定自己是那個保護教授弱點的人。

有一種存在叫做守護，他想他該守護教授的一切。

4

去往下個目的地時，唐聿覺得自己好蠢，他早該想到一向我行我素的李武擎，根本不在意找前科犯幫忙打掩護。

唐聿把油門壓到限速的極限，想趕在最快的時間內查出李武擎的下落，但他不能聲張，就連交通罰單都會讓他的行蹤敗露，因此每當導航提示有測速照相時，他顯得格外小心。

目的地在郊區新建的大樓內，空曠的地區旁邊就有一座電信基地台，這是讓房價降低的主要理由之一。基地台的電磁波一直讓住戶厭惡，但對於某些人來說卻是絕佳工具。唐聿很快鎖定房號，不客氣連按電鈴。

沒人應門。

唐聿火氣大了起來，直接轉動門把。門是鎖住的。唐聿用力拍著門，用威脅的聲音說：「我知道你在裡面！你再不開門，知道有什麼後果吧！」

幾乎是話剛說完，門就打開了。一個完全符合便衣警察描述的大學生走了出來。黎海凡頂著一頭亂糟糟的頭髮，哀怨地說：「為什麼現在警察比黑道還會威脅人？」

唐聿不理他，直接衝進門大喊：「李武擎你給我滾出來！」

黎海凡搔了搔頭，像給自己做旁白似地扯了扯嘴角，嘀咕道：「好，請進，不用客氣，當作自己家。」

一房一廳的屋子沒花多少時間就繞過一圈，唐聿沒看到想找的人，忍不住瞪向黎海凡。這傢伙身上還穿著紅夾克。這件彷彿千萬年沒換過的紅夾克，鬆垮垮地罩著臃腫的身體。

「他人呢？」

「誰？」黎海凡聳起肩膀。

「少裝傻了，我知道昨天你去找他。」

黎海凡又搔了搔頭。「李警官說他現在正被禁足，覺得無聊，讓我帶幾款遊戲給他。」白癡才會相信這套說詞，唐聿露出滿是猜忌的神情。

唐聿放眼四顧，駭客就是駭客，光是電腦就有三台，五面大型螢幕，一字排開搞得像什麼詭異的祕密基地，左右全是電子儀器，各式監控器材、監聽設備、通訊器、小型雷達。而且地上的電線幾乎可以算是一種獨特的地衣了。

「他去哪裡了？」唐聿耐著性子再問。他壓根不相信李武擎找上黎海凡只是為了電子遊戲。

黎海凡坐在他那滿是宅男手辦的沙發上。「他不在家？」

這下唐聿懶得繼續打轉，他走到旁邊，隨手捏起一個看似打火機的針孔攝影器材。「你覺得我如果把這東西拿去給鑑識科，會翻出什麼畫面？」

黎海凡扁起嘴，「大概……是海水浴場的美景。」

「那這個呢？」唐聿順手抽了一張光碟片，上面的標籤寫著櫻花盛開。

「那當然是我拍櫻花特寫的鏡頭啦。」還特意用日文解釋：「沙、庫、拉！」唯恐唐聿不領會似的。

唐聿一點都不覺得好笑，他的臉陰沉起來，手裡的光碟片掉到地上，引來黎海凡一陣哀嚎。

「我沒有備份哎，你可以不要這麼粗魯嗎？」黎海凡趕緊把光碟收好。這陣子真是諸事不順，他心想，尤其當李武擎打給他時，他就知道要慘了。

「我不管你跟李武擎之間有什麼協議。」唐聿冷淡道：「平常時候，我可以睜一隻眼閉一隻眼，不過現在很明顯不是可以讓你隨便矇過去的時候。」

「好啦好啦。」黎海凡舉手投降，「反正李警官也沒讓我保密，我用不著為了這些鳥事讓我的收藏品遭殃嘛。你們不要常常鬧不合好不好，每次我都很衰哎！」

唐聿沒說話，等著黎海凡招供。

「李警官讓我找一份筆錄，」黎海凡說：「他登錄警務系統的權限被暫時凍結，說讓我幫個忙。」

「找什麼筆錄？」

「一個舊案。我有檔案，直接寄給你吧。」黎海凡坐上他的專屬電腦用椅，十指飛快在鍵盤上動作。

「然後呢？他還說什麼了？」唐聿聽見手機傳來郵件傳達的聲音，他打開前先瞄了一眼案件名稱，反而覺得腦子裡產生更多疑惑。

「沒說什麼，但還讓我查詢到小琉球的船次。」

唐聿感到訝異。「小琉球？」

「對啦，真的就這樣了，其他什麼都沒有。我幫他找的那些資料，才拿一袋巧克力當酬勞而已。」黎海凡隨便塞了一顆巧克力到嘴裡，「我也是半工半讀的苦命大學生，能賺一點是一點。而且李警官有事交代，我一介平民當然義不容辭！所以唐警官你千萬別誤會，我是身不由己。」

「半工半讀個頭，你大學都讀七年了。」唐聿猛潑冷水，「你也不是平民，我手裡還有你駭入市政府的證據。」

「我只是覺得市政府的首頁應該更有設計感一點——」

「我不想聽你廢話。」唐聿打斷他，「他去小琉球做什麼？」

黎海凡搖頭。「沒說。」

「去多久了？」

還是搖頭。

唐聿無奈地吐了口氣。「把同樣的船次表給我。」

當唐聿從黎海凡住處離開時，數公尺外的一台黑色轎車內，一名戴墨鏡的男子同時撥打電話給他的上司。

他要報告的事情有兩件：第一，唐聿已經查出李武擎到哪裡去了。第二，李武擎沒有按照說好的定時向他聯絡。

5

即將出席復仇盛宴的角色逐漸往舞台靠攏，將自己的姓名以鬼魂二字取代的男子想著，然後再度融入黑暗。

他換了新手電筒，然而再明亮的光源一來到通道深處，全像被吞噬掉一般，徒然照著地上一塊小小的面積。可是這樣正合乎他的心意，他知道這裡沒有旁人，因此他不需要任何偽裝，他可以鬆一口氣。

那些躲藏在石灰洞穴中的惡鬼正覬覦他滿是怨恨的靈魂，等著將他納入邪惡的一份子。他不怕。很多時候，充滿算計的人心比惡鬼更要令人生恨。

黑暗中的人影繼續往之前尋獲的路線走，即使暗得看不見路，這裡的地形似乎早被他摸透並深深記在腦海。他走過好幾次了，每走一次都是一次精心鋪陳，而這回是最後一次，布置舞台的前置作業將會完結，迎來它的訪客。

十四年前，他根本沒想過會有這麼一天。就算他每天被溢滿鮮血的畫面嚇醒，也不曾預想自己應該為枉死的母親做些什麼，畢竟殺害母親的犯人已經入獄，接受法律上的制裁，可是現實就是如此詭譎，在失去母親後，他也失去了父親。

父親以一種非常離奇的方式死去。

他記得很清楚，那天是他國中準備段考的日子，炎熱的氣候讓他的情緒也沸騰起來，好久難以平靜。他打開冷氣機，不知不覺睡著，隔天起床，他發現父親一夜未歸。這並不是稀奇的事，父親是地調所的研究員，手邊的實驗經常讓他必須守在研究室內寸步不離。他已經是國中生了，縱然上半年意外失去母親，但他不認為自己有必要讓父親付出多餘的照顧。

段考的題目不難，但非常富有技巧性。他在解答一題關於幾何圖形的題目時，教務主任來到門邊，與監考老師細聲交談，接著，兩位老師的目光就直接落在他身上。

那是一種帶著憐憫與驚異的眼神。

後來他忽然想通了，那眼神裡的憐憫或許不是對他，而是對他身邊莫名其妙死去的家人。

也許早在那時候，他就被不幸的惡靈附身。

父親死在實驗室，隔天才讓研究組的成員發現，經過緊急送醫後不治，據說早在大半夜便已氣絕。二十四小時開啟的實驗機器洩漏了一氧化碳，沒有添加警示藥劑的氣體在不知不覺中奪去父親的呼吸。

機器操作不慎，意外致死，他笑了笑，當初他或許相信了這套說詞，但現在他完全懷疑這是一場陰謀，而且他也找到了可疑之處，足夠證實他的理論。

可惜他沒有證據。沒有證據，那些警察就不予理會，這些年他已經向當初承辦命案的警員提出好幾次建議，要求調查他懷疑的對象，但沒有人願意傾聽他的需求。塵埃落定的案子，要翻案必須有強力證據，而他的存在不過是死者遺族的怨恨之詞罷了。

既然如此……既然如此……既然如此，他只好自己動手。

所謂的證據，就算要他向惡鬼俯首才有力量拿到，他也毫無猶豫。

男人走進了那個新發現的洞穴。裡面的場景經過他多次更動，已經符合他的期望——不，或許該說這一切都符合了殺父仇人的願望。如此一來，那個人才會像當初殺害他的父親那樣，聞到血腥味而撲過來。

吸引對方的誘餌是他在這裡發現的一切，他稍加修飾，但沒有挪動那些碎散的、未知的骨骸。他已經寄出照片，相信過不了多久，對方就會露出狐狸尾巴。

而接下來他唯一要做的，就是等待。等待有人落入陷阱……

第二章　烏鬼洞

1

很少有人會滿意自己的二十歲生日，謝禾良卻覺得那天是他生命中最美好的日子。那時他已經比其他同學更早思考畢業後應該繼續升學或就業，他在育幼院長大，手上的資源不多，無法讓他隨心所欲放縱在休閒娛樂當中。他花了好長時間假設自己升學與就業之間的利弊，權衡要怎樣能讓自己過得更好，就在他生日當天，他遇到了駱肇修。

駱肇修到各相關院校進行演講，當時主講的題目是臺灣地殼變動的狀況。地調所一直在對臺灣各地形進行監控與觀察，其中地震問題一直是所內研究的重點。駱肇修應邀而來，在講堂內侃侃而談，用一種專業又不失幽默的方式主導這次演講，謝禾良馬上就被他吸引，他的眼神充滿自信與認真的神采，謝禾良意識到那是自己未來最理想的模樣。

原本不甚在意聽講的同學，過沒多久也專注於駱肇修的言語裡。那豐富的詞彙彷彿帶有魔力。駱肇修所陳述的不僅是表面上看見的學術知識，還有一股潛藏在人心裡、對於追求偉大抱負的念頭。

在演講漸入尾聲之際，謝禾良就決定將來要跟在駱肇修身邊，就算念這個科目的人都曉得，實際能進入地調所的名額少之又少，但謝禾良已經下定決心。他在演講結束後，鼓起勇氣去找駱肇修攀談，意外的是，正跨入座車預備去跟老師們聚餐的駱所長，發現有人喊他，立刻下車站在對方面前。他用謙卑的姿態直視著一個晚輩。

「有什麼事嗎？」

謝禾良聽著那溫和的嗓音，好一會兒因為緊張而說不出話。我實在太衝動了，謝禾良暗罵自己，我完全沒有準備好開啟任何話題。

等候學生說話的學者很有耐心。他們之間有著片刻沉默。

車內的老師們感到疑惑，探出車窗一窺究竟。

駱肇修似乎看出謝禾良的緊張，當場遞給他一張名片。

「或許你可以寄電子郵件給我。」駱肇修拍拍謝禾良的肩膀。「有什麼疑問都可以找我商量。」

謝禾良驚訝到啞口無言，感覺駱肇修掌心的溫度似乎灌進了他孤單的體內。那瞬間，他終於知道他看見了什麼，一個奢望達到的願景，與自己家庭背景截然不同的長者，他需要一個目標，如師如父。

經過數十年的輾轉，這個人終於出現。

謝禾良為駱肇修拿了一杯飲料。現在是上午九點多，他們正在前往小琉球的船上。這艘是公營的船，與民營前往小琉球的觀光船有些微差異，雖說兩者都提供民眾搭乘，但這次不太一樣。他們登船的時候，是有專人引領的，原因在於另一組同乘的人馬：交通部觀光局的局長毛仰祺，以及新晴生技的總經理梁家祥。

政府的長官出行，自然有些特權，謝禾良無意去爭執什麼，反正他知道駱肇修也不想讓這件事曝光，而搭乘一般大眾交通工具確實有一定風險。我們可不是觀光，是為了實驗。儘管船上的風景很好，謝禾良仍繃著精神，隨時注意駱肇修的差遣。

船艙內，駱肇修倚著座椅假寐。謝禾良小心翼翼坐在附近的座位上，看著自己手上的飲料逐漸逸出融化的水珠。船的引擎聲很大，而且夾雜著惱人的笑談聲——毛仰祺正和梁家祥在船艙外頭聊得很開心。謝禾良格外注意前者。

毛仰祺已經當了四年的觀光局長，表面上和藹可親的中年男子面孔，實際上有著不為人知的狡猾性格。謝禾良深知教授跟毛仰祺之間有某種約定，像互惠的不成文條款。他知道當初毛仰祺靠著政壇勢力舉薦駱肇修擔任地調所所長，而駱肇修提供某種協助，供毛仰祺獲取檯面下的利益。

這種情況已經讓駱肇修感慨許多年，學術研究跟經濟之間似乎總是有著難以平衡的關係，再加上純學術者要發展，勢必會在政治體系中插上一腳，不然研究的預算哪裡來？這件事沒有多少人知道，不如說，這是個特例——因為這個實驗有別以往——毛仰祺抓住了這個契機，對駱肇修一次又一次提出要求，無法直接從政府手上拿到預算的地調所所長，沒有多少選擇。

謝禾良知道內情後，並沒有對駱肇修改觀，他依然敬愛著他，甚至更崇敬駱肇修獻身於純研究的精神。幾乎不曾有人這樣為了研究而耗盡一切：駱肇修沒有成家，沒有子女，年近五十的他，身旁連個可以傾吐心事的伴侶都沒有。如此寂寞的日子，就像那腿上的舊疾，漫長且隱隱發疼。謝禾良為駱肇修感到遺憾，同時為自己慶幸，如此一來，教授的注意力將會完全集中在他這個門徒身上。

現在教授的身邊只有我了。

梁家祥大概就是毛仰祺這次的合作者，謝禾良心裡猜測著，當這次實驗成功之後，不知毛仰祺到底會從梁家祥的身上拿到多少回扣，而教授是否會得到他所需要的金錢支持？謝禾良盯著艙外的兩人，那有著圓滾滾肚子、渾身暴發戶氣質的總經理正把手上抽到一半的名貴雪茄隨便拋進大海。

為什麼這樣的人從事環保生技事業？

正當謝禾良腹誹梁家祥的行徑，有位女子走到他身旁。是張明芸。方才上船前彼此有稍微自我介紹，據說是小琉球一間民宿的女主人。才二十五歲。這次同行，似乎也是因為她家裡跟毛仰祺有一點關係。

「看你好像很無聊的樣子。」張明芸坐到他旁邊的位置，「不出去吹吹風嗎？」

謝禾良看著這個長相清秀，帶著開朗神情的女子，緊繃的心情有一點被她打動。她看起來善良、青春，而且渾身如同沐浴在陽光下的樣子，肌膚閃閃發亮。謝禾良猜那是一種因為個性而顯露的氣質，就好像他的研究室同伴老說他一點也不像個二十幾歲的青年，表現得太老成了。他寡言木訥，不善交際，雖然身高將近一百八十，但向異性搭訕的勇氣卻呈反向成長。

也許可以趁這機會認識一下研究所之外的女生？但他又不想被駱肇修誤會他在偷懶或者進行任何不必要的交際。

這次的旅程是有目的的，他在內心反覆背誦，他有個很偉大的目的，將跟教授一起完成。

或許是發覺自己出現得不是時候，張明芸尷尬地跑到甲板去了。

終究還是沒有跟女性聊天的勇氣，謝禾良看著她的背影，有意無意將她的影子跟記憶中某個印象重疊，一時之間，謝禾良覺得自己回到無憂無慮的小時候，那時候母親還在，疼愛他的家人還在，還有個鄰居小女孩，一直抱著收養來的白兔，在草地上蹦蹦跳跳，看到她時，總讓人搞不清楚到底誰更像兔子一些。

回憶很長，這趟航程很短。三十分鐘後，船速慢了下來，一行人抵達了小琉球大福渡船碼頭。

2

「局長！歡迎歡迎！」

一個宏亮的聲音響起，一隻熱情的手掌伸出。

毛仰祺回應對方，雙手交握，用著典型的官僚斯文口吻道：「一段時間不見，你好嗎？」

「托您的福。」即使年紀比對方稍長，用詞仍顯得非常客氣。張行昆指著停在附近的一輛貼著雙心度假村字樣的小型遊覽車，「先上車吧。」

船上一行人陸陸續續下來。毛仰祺為張行昆介紹此行的特別嘉賓：「這位是新晴生技公司的總經理。」

張行昆主動握手，梁家祥則顯得不太有興致，高傲地配合著。毛仰祺接著附耳，對張行昆說：「巴結好了，對你有好處。」

張行昆低下的臉色略微一僵，心中萬緒叢生，恰好這時女兒過來，提醒他得繼續保持臉上的這抹笑容。

張明芸挽著父親的手，撒嬌般地說：「爸，我買了你喜歡吃的小羊排。」

「好，好。」張行昆輕輕拍了拍女兒的手背，小聲提醒：「還有客人在呢，要像個老闆娘的樣子。」

張明芸嘟起嘴。自從大學畢業接手度假村的營運後，父親反而顯得生份了。她站直身體，有點賭氣似的走向小型遊覽車：「那我先去車上等。」

這時梁家祥的目光一反常態，變得熱情而追逐著張明芸的身影。他對張行昆道：「她是你女兒？」

「是啊。」張行昆回答。

「真不錯呀！」梁家祥不自覺摸了摸手上的金錶，嘴角笑得有些貪婪。

這一幕令謝禾良不禁皺了眉頭。*真是醜陋*。他拉著駱肇修的行李箱，放慢步調陪在教授身邊，經過毛仰祺那邊時被叫住。

「這位是駱所長。」毛仰祺對張行昆道：「你以前見過吧？」

「見過。」張行昆也跟駱肇修握手示禮。「歡迎光臨。」

「謝謝你的招待。」駱肇修禮貌回應著，向張行昆介紹他身旁的年輕人，「他是跟我一起進行研究的學生。」

謝禾良稍微鞠了躬，張行昆則微微頷首。謝禾良在心中思索，張行昆跟教授之前見過？接著他想起來，確實，他曾聽過教授提起一些往事。原來眼前的中年男性就是張村長。謝禾良搞清楚了一部分來龍去脈，知道張明芸之所以一起搭上這艘船的原因了。

這裡的每個人都跟我的過去有著某種聯繫。

小型遊覽車的駕駛座走下一個高大的人影，張明芸正在跟他打鬧。

謝禾良先讓駱肇修上車，之後才提著行李鑽進車廂。張明芸跟著他後面，開心指著前面的駕駛說：「小馬。我們度假村的員工。如果你有什麼問題，也可以找他喔！」

謝禾良抬頭看了那高大的人影。麥色的肌膚顯示出強健的身材，這個人理著平頭，看著照後鏡跟謝禾良四目相交，並舉起了手算是打過招呼。謝禾良點點頭當作回應。

張明芸很盡責地拿起夾在椅背的文宣給謝禾良看。「我們度假村有辦一些還不錯的活動，如果你喜歡可以直接跟我說喔！我幫你們安排。」

但謝禾良並沒有很熱衷的樣子，漫不經心翻看宣傳文宣，隨後他的目光停在雙心度假村創建的歷史介紹上，文字旁邊印著一幅圖片，以藍天為底，有一座大型的造景藝術，是如風鈴一般垂掛的兩顆重疊的中空愛心。

張明芸注意到了，笑說：「這是我們度假村最大的特色之一喔！必拍景點！」

「……嗯。」謝禾良過了一會兒才應了一聲。

「怎麼了嗎？」她感覺他好像心事重重。

「沒什麼。」他直接將人拒於門外。闔上文宣，他往後看了駱肇修一眼，知道教授在假寐之後，他也閒來無事，望著窗外發呆。

小馬調整後照鏡，確認車內的乘客都已準備就緒。

一行人上車後，車子直奔雙心度假村。預計的旅程是三天兩夜，但根據實驗的情況，也許可能停留更久。謝禾良心裡默唸許多瑣事，視線往外望，看見鄰近大福港口的一間寺廟水興宮。這座島上的廟宇還是跟印象中一樣多，他想，那些祈求神明的信眾們，到底實現過多少心願才甘心一次又一次地焚香祭拜？

港口的景色從車窗一一往後掠過。湛藍的海面，寧靜的海堤，開著貨車的人們忙碌工作，捕魚為生的漁船一字排開，在岸邊隨浪波晃蕩。謝禾良注意到一個人，直挺挺地站在港口海濱突出的水泥繫船柱上。

那個人似乎還看了這邊一眼。

但謝禾良無法確認那個人是有意還是無意。車子已經駛離了港口。

陽光下，復仇的鬼魂被壓縮在內心深處，隱匿在軀殼之中。

公營船入港的時候，他正情不自禁地盯著它，觀察從船上走下來的一群人中，是否有他的目標。他看到後，注意力就一直鎖在那裡，同時，他忽然有種念頭，想直接將那人用力推入海裡。那矯作噁心的人格，正適合用乾淨的海水洗滌，不是嗎？

不過他已經為那人準備了更好的歸宿。

他認為那人應該在黑暗的海底腐爛，在歷經呼救而無人聞問的痛苦後，絕望地死去。

3

大福渡船碼頭的公營船班次一天只有五趟往返，這艘避開發船時間而入港的船隻，沒有多少人注意到。

可是李武擎注意到了。

他站在繫船柱上，目睹這艘船的乘客搭上了前往雙心度假村的接駁車，當那輛車遠離後，他的目光才回到眼前這片大海。

這裡雖然視野很好，但不是觀光客會駐足的地方，李武擎卻在這裡站了好一會兒，直到身旁響起相機快門的喀擦聲。

一轉頭，一個紮著馬尾的女子正把一大台單眼相機從自己的臉上挪開。她穿著休閒衣物，雪白的瑣骨帶著一條有愛心綴飾的銀項鍊，淡色系的服裝讓她看來顯得純真而滿溢朝氣。

「希望你不要介意！我覺得你有當模特兒的資質喔！」女子露出滿載活力的笑容。讓相機掛在胸前，她用雙手虎口比出的長方形框框正對著李武擎壯碩的身形，那強壯卻帶著寂寞色彩的背影在藍天下真是絕妙的構圖。

而且這男的好帥，女子不由偷偷吐了吐舌尖，希望自己倒追的行徑不要太過明顯了。

儘管對方表現得很熱忱，李武擎的臉色並沒有配合般露出微笑，他鎮定地跨下繫船柱，幾步站在女子面前。

才一百六十公分高的女子跟眼前高她二十多公分的男性並排，畫面有著非常分明的對比。女子正想他該不會很生氣被拍照吧，李武擎就說：「模特兒的薪水多少?或許我可以考慮考慮。」

女子愣了一下，兩秒後意會過來危機解除，雖然他看起來帶著心事，但至少不對靠近的女生反感。

眼看空窗許久的感情或許有一線生機，她的笑容更燦爛了，「你想兼職呀?」

「瞭解一下行情也好。」女子覺得他的聲音聽起來低沉且充滿魅力。「畢竟我正在放無薪假。」

女子完全聽不出他的言外之意，只覺得他大概也是景氣不好的受害者之一。她繼續搭著話聊：

「所以你是來小琉球散散心的囉？」

「算是吧。」

「呃……自己一個人？」女子略微期待地問。

李武擎點頭。

YES！女子在心內竊喜歡呼，果然來小琉球真是來對了。她拿出名片，決定好好自我介紹。

「你逛部落格嗎？」她把名片遞出去。

「沒。」

「我是部落客，專門寫旅行的文章。」她指著名片上的部落格名稱，「靴子旅遊去，這是我經營的旅遊部落格。有上百萬的瀏覽人次喔，你聽過嗎？」

「沒聽過。」李武擎掃了名片一眼，知道女子的名字叫做薛茜琳之後，就把名片收進口袋。

薛茜琳露出一抹苦笑，也太直接了吧！她心想，普通人遇到這種情況不是至少還會裝一下說「略有印象」之類的含糊說法嗎？上百萬瀏覽人次可是花費她好大一番功夫。

「那你呢？」她問，「你叫什麼名字？」

「所以妳就是為了知道我的名字，才一直在度假村裡面跟著我嗎？」李武擎邊說邊把雙手扠進夾克口袋。

薛茜琳倒抽一口氣，「你發現了?!」

她難掩詫異。她其實是偶然在雙心度假村裡面瞥到他一眼，然後出於好奇心，才不由稍加關注了一點。昨晚，她發現這個他似乎沒有跟別人同行，很晚才辦好住宿手續而入住海景套房的他，似乎不想留在房裡，而是到度假村的外圍欄杆那邊靜靜望著海面。度假村在外圍草坪那裡設置了一座雙心鐘的裝置藝術，吸引好多情侶在那裡拍照圍觀，那喧騰的一幕又跟他的形單影隻成了明顯反差。薛茜琳感覺他好像一下子就激發了女人體內一種被稱為母性的激情！即使他的身材強壯得不需要任何人保護。

今天早上她外出取景想找部落格發文的題材，還特意注意他的房間，猜測他是否還在休息，可惜窗簾把屋內的情況都掩蓋了，沒想本人居然在這裡！薛茜琳覺得這應該是一種緣分，終於鼓起勇氣過來搭話。

「不用這麼驚訝吧，妳又不是受過專業跟監訓練的，被發現在所難免。」李武擎平靜解釋，「何況有受過訓練的，有時候還是表現得很爛。」

薛茜琳還是沒察覺李武擎話中有話。

應該是被安慰了吧，她猜，然後決定鎮定一點，重新恢復話題：「就像我剛剛說的，你……拍起來很不錯！」我硬凹過去了，天啊！這什麼爛理由！像拿著相機的色狼攝影師！

但李武擎並不在意她的內心掙扎。他拿出皮夾，翻開身分證那面給薛茜琳看了一眼，算是報了名字。

「我要離開這裡了。」他說。

「我、我也是！」她緊張地附和。那台租借來預備環島的腳踏車還停在旁邊。「你是想去哪個景點逛嗎？還是要回度假村？」

李武擎想了一下，「本來是想回度假村。」他看著薛茜琳，「但如果妳有更好的點子——」

「我有！」薛茜琳像個小學生似的立刻舉起手，「我打算環島一圈。這附近就是厚石群礁，聽說風景很好！」

「那就走吧。」李武擎已經邁開大步。

她小跑步跟上。發展得很好嘛，她覺得越來越緊張了。

4

厚石群礁分佈在小琉球東南海域一帶，是著名的珊瑚群礁景點。從大福港口沿著環島公路往南，很快就會看見公路旁巨大的海蝕柱奇石。

島上不乏出租交通工具的店家，李武擎隨意租了一台腳踏車，停下來替薛茜琳跟老鼠石拍照時，唐聿正站在高鐵的月台，看著從東港出發前往小琉球的交通船班次。

交通船分有公營與民營，前者的末班船是每天的十八點四十五分，而民營則為十七點整。從便衣警察最後確認李武擎在家的時間來估算，李武擎大概是搭上公營交通船的末班次啟程往小琉球；又根據李武擎從小到大不曾換過的傻瓜通用密碼，唐聿登入他的信用卡線上即時紀錄，發現李武擎才在十分鐘前利用信用卡的悠遊卡功能借了一輛車。

被我逮到你就知道了！唐聿悶悶暗罵，然後掛上不知打了幾通接往語音信箱的電話。手機螢幕的上方圖列，又通知著黎海凡陸陸續續寄來的檔案資料，這些資料都環繞著一個早就結案的舊案。

列車進站警示音響起。

唐聿搭上高鐵。

在督察員任內，他不希望出任何紕漏阻礙了他升官的路。

小琉球總面積約為六點八平方公里，島上依照行政區域分成八個村落。張行昆是其中杉福村的村長，同時也是雙心度假村的創辦人。

雙心度假村在小琉球的東北方，佔地一萬多坪，園區鄰近美人洞風景區。度假村的設施大致分為遊客中心大廳以及各式住房。今天是週休二日的第一天，選擇來這裡度假的人不少，數十名工作人員正在辛勤工作，迎接度假村內的旅客們，而從大福港口帶過來的四位客人則由張行昆父女倆親自接待，分別帶往預定入住的房間。

度假村的住房成圓環狀分布，與飯店的大廈式住房不同，全是單棟的建築。住房除普通房型外，分有山景跟海景，山景房型則是依傍著古樹與石灰岩巨石而建，整間房圍繞在一片綠意當中；後者鄰近海岸，可從窗戶外直接眺望大海，其中更昂貴的是如同獨棟別墅般的高級兩層樓木屋。

經過迎賓步道前往住房區，張行昆領著毛仰祺與梁家祥入住庭園套房。毛仰祺特別交代要安靜一點，因此張行昆特意將左右房間都空了下來，把鄰近的兩間庭園套房留給他們，不過雖說是鄰近，彼此之間還有十幾公尺的造景間隔，活動空間非常寬敞。

梁家祥先進入房間，接著張行昆帶毛仰祺前往旁邊的套房。毛仰祺只提著一個輕巧的行李包，看起來大概只準備一套換洗衣物，張行昆暗自猜測，這一次毛仰祺是否胸有成竹，覺得不需要逗留太久就能把事情全搞定？二十年前的那場收購，可是等了好幾個月……

「顧之彬那小子到了沒？」毛仰祺忽然問。

沉浸在思緒裡的張行昆回過神來，「還沒。」他回應，「顧先生說事務所還有一些事要處理，預計可能下午才會到。」

「哼，真是個拖拖拉拉的小子。」

毛仰祺臉上再沒有人前那種和氣的神態。他跨入房間，草草環顧房內一眼，就拿起電話撥打梁家祥的內線號碼，接著他對張行昆交代道：「顧之彬到了通知我。還有，拿幾瓶酒過來。」

另一邊，駱肇修與謝禾良一起投宿於高級海景木屋，一晚定價兩萬的獨棟兩層樓建築，有三間雙人床房間，還有二樓的突出式觀海陽台，這裡的視野比靠海的活動空地更能遠望到海平面的遼闊景色。

張明芸為他們打開窗戶，讓新鮮的空氣流進屋內。小馬放下幫忙提拿的行李，那只三十二吋的行李箱不知裝了什麼，連他都感覺沉，稍微多看一眼時，謝禾良便過來淡淡道了一聲謝，逕自將行李箱拖到內房。

今天的天氣正好，涼爽宜人，張明芸本來打算邀請這些貴賓出去玩，然而謝禾良的態度卻讓她碰壁。

「謝謝。但我們有安排了。」謝禾良說。

張明芸尷尬地回應：「那好吧，嗯……要是有什麼需要幫忙的，可以再聯絡我，打內線到總機就可以了。」

謝禾良點點頭，惜字如金般沒有多說。

張行昆帶了兩瓶烈酒，敲敲毛仰祺的房門，裡頭傳來一陣笑聲，讓張行昆聽見就不自主聯想到梁家祥五官幾乎擠成一團的狂笑表情。毛仰祺大喊著讓人進來，張行昆便自己扭開門把入內，視線正好對著房內附設的小桌上那一疊疊雜亂的文件。

「呦！酒來啦！」梁家祥舔舔嘴唇，「正好說得渴了。」

毛仰祺心知梁家祥無酒不歡，料想這次提前讓張行昆備酒真是對了。

「順道把酒開了。」

「等等，我自己來。」梁家祥擺擺手，示意張行昆把酒拿來。梁家祥剛碰到酒瓶，兩三下就把威士忌的封膜拆個乾淨，刻意說道：「我就喜歡享受這拆封的過程！」

張行昆聽了話裡的強調用字，忽然覺得心底一涼，腦子裡立刻聯想到港口邊，梁家祥望著女兒背影的邪惡神情。

毛仰祺暗暗睇了張行昆的反應一眼，索性當作沒發覺，向張行昆道：「張村長，私章跟地契都準備好了吧？」

梁家祥已經倒了一杯酒，咕嚕嚕一口吞掉大半。

「……都準備了。」張行昆低聲說。

「那等人到齊後就可以簽約了。」

毛仰祺頗為滿意地笑了笑，隨便打發張行昆離開後，也替自己斟了一杯。

5

唐聿搭乘上午十點四十五分從東港往小琉球的民營船班，一面想著該如何讓總是膽大妄為的警校同期受點教訓，一面放眼蔚藍的大海。

如果不是出於公事，這一趟出航絕對會愉快很多，直行的快船破開海面，激起白色浪花，不一會兒後方的本島港口景色就被遮掩在雲霧裡頭。海風微微吹散唐聿心中的煩悶，但想到李武擎調查了一件舊案並隻身到小琉球的事後，他的心情難免又煩躁起來。

案子發生在十四年前，現場是中央地質研究所的綜合實驗室。綜合實驗室是地調所四棟主要建築物之一，獨立成棟，裡頭全是各類型實驗室。那天凌晨，警局收到通知，不久前緊急送醫的調查所科員馮銘湖確認身亡，需要警方派人進行必要性的詢問調查。

負責此案的北市刑警隊立刻著手處理。死者馮銘湖，時年三十六歲，為地調所專任科員，工作八年間非常認真，也與其他人相處融洽，結了婚，育有一子，但半年前妻子死亡，十四歲大的孩子就托由親戚照顧。妻子的死，讓馮銘湖一度精神委靡，他的同僚作證，馮銘湖很快振作起來，繼續著手實驗，他的表現看起來就跟往常差不多。警方因此排除馮銘湖的自殺傾向，在他殺方面也找不出嫌疑犯，便以操作實驗機台不慎，造成一氧化碳逸出而窒息死亡結案。

意外死亡。

唐聿想不到李武擎把這件案子翻出來的理由。歸類在意外死亡的案子，難道有什麼不單純的內幕？就算查到任何線索，也不該一聲不吭直接跑到小琉球去吧！

唐聿又看了看附件資料，那是引發事故的實驗機台，其中有幾張照片特寫那條洩漏一氧化碳的管子，因為屬於可拆卸的構造，鑑識科難以判定是人為或不經意鬆脫。當時，綜合實驗室大樓的監視器年久失修，所以沒有拍到任何有價值的畫面，而進入實驗室的通行證也只記錄了馮銘湖本人的個人ID證件。根據死亡推定時間，確認馮銘湖早在午夜零時左右的值夜班時段便已身死，這件意外直到清晨上班的員工刷卡入內才發現，發現人趕緊叫了救護車。唐聿盯著照片看了好一會兒，依舊沒看出什麼不尋常之處。

那傢伙從以前到現在老是這麼隨心所欲，完全不顧忌別人的感受，唐聿正埋怨著，無意間注意到不遠處的甲板上，有一位穿著制服的老船員席地而坐。

老船員皮膚曬得很黑，下巴蓄著一撮白鬍，鋼絲般的灰髮散亂地壓在帽子裡，他腳邊窩著一圈粗繩，想來是船隻停靠時負責拋下船錨的船員。這位老船員仰起了頭，不知道在看些什麼，拉直脖子很久。

唐聿也好奇地往老船員方向朝上看，但除了一整片幾乎遮蓋半截天空的白雲，他瞧不出任何端倪。後來，一個同樣穿著制服的年輕小夥子走過來，熟稔地衝老船員搭話。

「看什麼呢？脖子不酸嗎？」

老船員這才徐徐地將視線擺平，慢慢說：「要起大風啦！」

小夥子往天空一看。「想曚我啊，這日頭這麼大，沒風沒雨的，氣象也說這幾天好天氣，適合出遊咧。」

老船員用鼻子哼了一聲。「那些待在冷氣房裡頭的播報員能看懂個啥？」似乎不願再搭理小夥子，老船員開始整理腳邊的繩子。

唐聿在一旁聽見老船員的話，又不由自主往天上望了幾眼。天空還是藍的，白雲一層疊一層漂浮在天際，偶有一群海鷗飛過。這種祥和的風景，跟印在月曆上的景觀圖片一樣美好。

閃耀的陽光直透而來，讓唐聿不禁稍微瞇起眼睛，不能直視太陽，唐聿內心如此警告自己，但那種熱度與亮度似乎讓他捨不得輕易挪開。為什麼？是因為自己也渴望著光明嗎？

眼前逐漸泛起白芒的光圈，唐聿下意識用手去擋住光線，卻注意到手背一道顏色較深的疤痕，因為視盲，忽然變得格外鮮明。

「咦？你受過傷呀？看起來……有點恐怖呢！」

薛茜琳不經意瞥見李武擎手臂上的傷痕，略微好奇地開口問。

李武擎朝手上的舊傷瞄一眼，輕描淡寫地說：「很久以前受的傷。」

他們在厚石群礁攝影留念過後，又沿著環島公路往南走，繞過了小琉球南方的海仔口漁港，算是繞了小琉球半圈，接著便往北到了最著名的烏鬼洞風景區。

烏鬼洞在小琉球西南方，是因石灰岩地質長期受到海水侵蝕而形成的洞穴，洞穴裡錯綜複雜，光是有關此處的傳說就有三種版本，但最為人所熟知的，大概是指一六三六年島上原住民遭到荷蘭士兵屠殺的事件。

起因為約三百年前的不明沉船事件，當時荷蘭據臺，在小琉球附近無故沉船的消息引起了荷蘭人的注意，經過調查，發現是島上原住民利用黑夜潛行入海，對船隻進行偷襲，趁機奪取船上的財物與食物，此舉埋下荷蘭人對當地原住民報復的導火線。

荷屬東印度公司一直想對小琉球居民進行壓制，因此整頓了軍力，佔領村莊並屠殺居民，當時的居民有一部分逃生者躲入大型石灰岩洞中，然而荷蘭人並不放過他們。荷蘭人堵住洞口，燃燒硫磺與煤炭，決定利用燃燒產生出來的毒氣逼迫洞內的原住民出來，受不了煙燻逃出洞穴的人們馬上被荷蘭兵活逮，四日後，荷蘭人結束攻擊，派人入洞找尋是否有漏網之魚，便在洞內發現三百多具屍首。至此，荷蘭人的報復行動落幕。島上原住民幾乎遭到屠戮殆盡。

由於死者被毒氣燻得焦黑，死狀極慘，烏鬼一詞也就如此流傳下來。傳言到了夜間，還有焦黑的冤魂在洞中徘徊。

如今，有著恐怖傳說的烏鬼洞變為觀光景點，增添了不少娛樂性。

要參觀烏鬼洞，直接從標示入口的地方進入就可以了，指標非常清晰。在入口處，設有「烏鬼洞主」的神位，神位右側有「烏鬼洞風景區記事碑」，記事碑為民國六十四年所立，碑上記載明永曆十五年，延平郡王鄭成功驅走荷蘭人以及其後烏鬼洞之名廣為流傳的過程。

洞內雖然陰暗狹窄，但不至於發生危險，唯獨在鑽過烏鬼洞內的縫隙時，要小心地滑，以及有可能撞傷頭部的突起石塊。

洞內供遊客通行的通道非常窄，方才李武擎就差點卡在裡頭，身材再魁梧一點的，大概無法體驗在烏鬼洞裡穿梭的樂趣。從入口到出口，約略兩、三分鐘路程，出來後連接一條觀海步道，旁邊還有小攤販。步道高處面對臺灣海峽設有一座平台，可供遊客小憩。

李武擎跟薛茜琳買了一些冷飲，稍事休息時，李武擎脫下外套，露出穿著短袖上衣的精實上半身，薛茜琳被吸引了目光，同時注意到李武擎的左手臂有著一道長約十五公分的傷疤，看似火燒後重新癒合的淡色肌膚，但疤痕邊緣的細小波紋彷彿還留著火花的紋路，讓人不禁有某種痛覺的聯想。

方才為李武擎打氣，嘲笑他鑽不過烏鬼洞縫隙的情景，就像情侶間的打鬧一般生動地留在薛茜琳的印象中，不過不知道是不是李武擎本身就不愛笑，他的神情總是淡淡的，雖不致冷漠，卻像什麼事情都引不起興趣一般。

見李武擎沒對傷痕的事情多做解釋，薛茜琳另外找了話題。「你餓不餓？快中午了，要先找地方吃飯嗎？」

「都好。」李武擎喝光飲料，包裝瓶身發出空竭的聲音。

穿過烏鬼洞入口的遊客接二連三在平台附近聚集，有人拍照，有人繼續往前走上風景區步道。薛茜琳翻開記事本，正想著有沒有搜尋過附近的美食店，忽然聽見李武擎問：「裡面才那麼一段路，根本藏不了人吧？」

「嗯。」

薛茜琳抬起頭，遲了兩三秒才反應過來，「喔！你是說傳說中那些躲避荷蘭士兵的原住民嗎？」

「因為是傳說嘛，所以也不知道是不是真的。」薛茜琳此行做足了功課，剛才的烏鬼洞故事也是她告訴他的。「可是我猜應該有整理過吧。當初決定開放烏鬼洞讓大眾參觀的時候，可能為了避免遊客迷路，所以封閉了一些通道。」

李武擎盯著烏鬼洞方向，回想方才提著手電筒在洞內探索的一景一物。實話說，通道左右的岩石都被大批遊客的手掌摸到光滑不已，可見這裡早就失去歷史原貌，而單純變成觀光景點了。

但不知是否太融入了歷史軌跡，李武擎剛剛用力想鑽過岩石間的縫隙時，他覺得好像有人在洞內的暗處偷窺這一切。

不能回頭。

不可以呼喊同伴的名字。

李武擎莫名記住了薛茜琳用著開玩笑的表情所說的不成文規定，所以當時沒有放膽了在烏鬼洞裡頭一探究竟。

第三章　命運的交會

待張明芸跟小馬離開後，謝禾良立刻緊鎖窗子並拉下窗簾。兩層樓的建築立刻隔絕了戶外的美景，顯得有點昏暗。

駱肇修這時打開了行李箱，將外出衣物隨意放在床上後，就看見行李箱內部一個不透光的冷凍保存箱。

箱子一打開，內部立刻溢出揮發的乾冰，裡面擺著三枚小型圓筒容器。圓筒直徑五公分，高度二十公分，裡面盛裝的物品看起來像冰塊一樣——不規則狀的白色結晶。

駱肇修注視著圓筒內狀似冰塊的物體，不知在思索什麼，神情格外專注。

謝禾良也把自己黑色提包內不需要的東西全擺在房內，整頓好後，走到駱肇修身旁。

「教授，什麼時候要去實驗室？」

「現在。」

駱肇修仔細把圓筒放回原位，再度拉上了行李箱。

*

船一入港，唐聿就看見白沙尾港口頗具特色的觀光碼頭。這裡是民營船接駁的港口，以七彩色調籠罩的半圓形造型建築，迅速吸引遊客們的注意力。

唐聿不忘繼續撥打李武擎的手機號碼，希望李武擎可以乖乖開機，可惜依然是語音信箱。

該死！唐聿暗罵一聲，雖說早先覺得要在這個環島一圈不到一小時車程的地方找人不會太難，可實際到了小琉球，看見人潮如織的景象，他忍不住反問自己要從何處下手。

首先，不能找當地的警務人員幫忙，他可不希望李武擎的名字在警方無線電裡頭反覆出現。

唐聿跟著人潮下船，在碼頭的櫃臺處取了一份觀光導覽，將導覽打開，一整面畫著小琉球地圖跟各地景點。*李武擎會在哪裡？*唐聿在原地站了片刻，瞥見路旁的指示牌有個「**大鵬灣國家風景區琉球管理站暨遊客中心**」的方向指標，他決定先到那裡去觀望一下。

遊客中心是個非常方便的地方。唐聿現在沒有想法，於是到洗手間稍做整理，看著鏡子裡映出自己整齊的打扮，讓他內心姑且得到一點安慰。*我很冷靜*，唐聿告訴自己，*只有冷靜才能把事情辦好*。

走出洗手間，唐聿與很多旅客團擦身而過，他選了一個位置坐下，開始熟悉目前自己身處的環境。遊客中心的值班櫃臺就在不遠處，長長的桌面擺著更多的旅遊資料，這時的值班小姐是位綁著包包頭的女性，她的儀容整潔，穿著旅遊中心明亮的制服背心。

唐聿暗中觀察這位值班小姐，偶然地發現她正在為兩位外國觀光客訂房，值班小姐先是拿出本地的民宿列表讓他們挑選，隨後回答對方的問題，諸如接駁、住宿費等等，當他們決定要投宿某民宿時，值班小姐還幫忙打電話去該間民宿詢問。

這讓唐聿忽然有了個主意。

送走觀光旅客的值班小姐，拿起自備的保溫杯喝了一口茶，目光不小心和唐聿相交。她不動聲色挪開視線，實際上卻早就把唐聿從頭到腳看過一次，*好奇怪的人*，她想，她幾乎沒看過有誰西裝筆挺的待在遊客中心裡頭，不如說誰會穿西裝到小琉球觀光呢？

才這麼想，她就瞄到那個西裝男往這邊走來。

唐聿鼓起勇氣走向櫃檯，準備詢問值班小姐關於島上民宿的訂房狀況，值班小姐再度展露職業微笑：「您好，有什麼可以為您服務的嗎？」

唐聿表現出相當困擾的模樣。「是這樣的，我跟朋友走散了，他的手機也一直打不通，結果我還忘了我們入住的是哪間民宿……」

「原來如此。」儘管覺得常人不太可能健忘到這種程度，但她還是繼續維持那副職業笑容說：「我可以幫您打電話到民宿去詢問，但是您有記得那間民宿的什麼特徵嗎？裝潢的顏色，還是方向？如果您有多一些訊息，我可以替您節省一些時間。」

唐聿一時語塞，吞吞吐吐地說：「好像是磚紅色的建築……風景還不錯……」

「是嗎，那應該是星之屋，我替您轉接。」說罷，值班小姐俐落拿起電話。

「等等！」唐聿連忙阻擋，我只是隨口一說，還真的有啊！怪只怪他剛剛說的建築特色太普通了。

「怎麼了？」

「我可能記錯了！」面對值班小姐質疑的眼神，唐聿胡亂改口：「我……我有色盲，搞不清楚顏色，所以不一定是那家民宿。」

值班小姐遲疑了一下，才又展現出專業笑容說：「我知道了，那麼請您將您朋友的大名告訴我，我打電話去詢問一下。」

過了三十分鐘左右，值班小姐看似有了結果，對在休息區就坐的唐聿展露微笑。

唐聿精神一振，快步走了過去。

「查到民宿名稱了嗎？」唐聿客氣地問。

「是查到了沒錯……」值班小姐這時露出了遲疑的表情，「可是我不能直接告訴您，很抱歉。」

「啊？」

唐聿聽不懂她的意思，正想發問，身後忽然有個精神奕奕的聲音傳來：「我是東港分局琉球分駐所的巡警楊光！」音落，還有一聲狗叫：「汪！」

唐聿往後望，一個穿著警察制服的年輕巡警正用舉手禮面對值班小姐，而他旁邊牽著一條警犬，套著東港分局標誌的狗外套，此刻非常興奮的搖著尾巴。

不是吧！

唐聿暗呼不妙。

*

張明芸在自家度假村的一隅看見了父親。張行昆正站在半年前剛裝修起來的文物室裡頭，呆呆地望著牆上的裱框照片。

這間資料室在雙心度假村的中心大廳旁側，是由一間約十坪左右的出租娛樂室改裝成，半年前，張行昆忽然說要挪出空間，擺那些從老友家搬來的東西，張明芸二話不說，就幫忙整理了空間出來。

父親嘴裡所說的老友，雖然早在她小時候便已過世，但她仍有印象。是個和藹可親的大伯，而這位大伯家原來是一間非常古老的紅磚厝，大伯死後，土地連同房子一起變賣，張明芸聽說最近那塊土地的新主似乎要把紅磚厝全部打掉，所以父親才趕忙把老友屋裡的東西都搬走。

張行昆把帶來的東西都放在文物室內，大部分都是具有歷史價值的照片與家具，這間文物室不開放給常人參觀，倒是有幾次專門研究小琉球歷史的學者或政府機構前來拜訪。張明芸從門縫看見父親略顯憂傷的臉，立刻懂了父親又沉溺在喪失好友的哀傷裡。

從大伯過世之後已經過了多久了呢?

大概二十年了吧……張明芸輕聲離開,她知道一向愛逞強的父親,絕不希望女兒看見自己軟弱的樣子。

2

楊光認真端詳眼前的督察員,腦子裡同時想起分派到東港分局的督察人員,是個矮矮胖胖非常有鄰家大叔氣息的長官,每次遇到,督察大叔總會忍不住分享家裡的青蔥種得有多好,完全不像這個人,楊光的視線把唐聿掃過好幾圈,西裝筆挺,一臉菁英階級的樣子,而且看那托眼鏡的模樣……說不定很難相處?

十分鐘前,分駐所內接到一通電話,楊光馬上認出是遊客中心值班小姐的溫柔聲音,她說她遇上一個「有點可疑」的客人,他聽到後二話不說,直奔遊客中心。身為巡警的警報鐘響起,楊光非常嚴肅地看待這個偶發事件——畢竟他已經閒很久了,小琉球和平得連半個小偷都沒有。他身為警察的靈魂正在熊熊燃燒!

雖然之後唐聿出示身分,說是警政署的督察員,來小琉球是因為私事找朋友,但看了太多電視劇而直覺案情不單純的楊光,仍沒有放過唐聿表現出的蛛絲馬跡。

「他說是找朋友耶。」楊光被值班小姐拉到旁邊竊竊私語,「而且官階比我大,看證件也不像是假的,大概是真的找不到朋友才問的吧。」

值班小姐偷偷瞥了唐聿一眼,小聲對楊光說:「可是你不覺得奇怪嗎?如果是朋友的話,他們直接打手機聯絡不就好了。」

「說不定手機沒電，剛好打不通？」

「如果要這樣說也行啦……」值班小姐露出為難的表情，「實際上，我還真的查到了他想找的那個朋友。他朋友住在雙心度假村，我跟那裡的接線員確認過了——我們是好朋友。」

恐怕是擔心會被投訴洩漏客戶個資，值班小姐強調了最後一句。楊光覺得這其實不算什麼，小琉球才這麼一點大，大家都認識也不足為奇。

他問：「既然查到的話，問本人應該就知道了吧？」

「這就是問題啊！」值班小姐感覺自己激動起來，又趕忙壓低聲音：「我查到的那位李先生，他住的是單人房喔。」

「單人房？」楊光歪著頭，「所以咧？」

「吼……」值班小姐提示道：「如果他們真的是一起來這裡玩，怎麼會住單人房？我也確認過沒有用唐聿這名字預約的客房了。」

楊光還是不懂。「他們不能睡單人房？」

「也不是說不能啦，」值班小姐恍然大悟，「咦，對吼，現在多元成家了。那好吧。」她自問自答。「其實我是在猜他們說不定吵架了，李先生才斷絕聯絡跑到這裡來，要是把他的行蹤告訴別人，會不會發生什麼不好的事？」

「哦！」楊光瞪大眼睛，「我明白了！妳是說感情糾紛之類的事件?!」

值班小姐用力點點頭。「沒錯！」

心裡把這通報案歸類在危險的範疇內，楊光一直抱持著非常認真的態度，直到把人帶回分駐所。

「好了好了，」賴建平打散屬下萌生的滿肚子問號，拿著專用的茶具托盤過來。「唐督察，既然都是誤會，那就請別介意，這孩子畢業後就分發到這裡來，沒見過什麼世面。」

這話說得當事人不高興了。楊光賭氣道：「別看我這樣子，我解決過小琉球這裡很多不可思議的案件！」

賴建平沒答腔，抱著微笑逕自泡起茶來，經常泡茶跟鄰里、遊客聯絡感情的他，是東港分局小琉球分駐所的所長。唐聿發現賴所長泡茶的動作非常熟練。

唯一配合這位小巡警的，大概就是在旁邊猛搖尾巴的警犬，一隻德國牧羊犬，聽說是退役的搜救犬。唐聿瞄著警犬，又看看這年輕巡警的娃娃臉，忽然感覺頭疼起來：剛入行的就是愛追根究底，希望不要被纏上了。

「唐督察，你不好奇我解決了什麼事件嗎？」楊光傾身上前，用著神祕兮兮的口吻說。

唐聿尷尬笑了笑。「什麼事件？」心想這傢伙的傻勁真是令人招架不住。

楊光伸出一根手指。「之前廟裡舉行活動的時候，桌上的供品忽然少了，經過我抽絲剝繭，我鎖定一名七歲男童！我發現男童的衣領還沾有紅豆餡，表示男童在短時間吃過包有紅豆餡的食物，也就是說，男童因為肚子餓，加上母親跟鄰居大媽聊天聊太久，所以男童只好從手邊找東西吃了。幸好有我明察秋毫，不然還以為是神明顯靈了，差點把偷吃紅豆饅頭的過錯怪到神明身上。」

「……哦。」唐聿勉強應了一聲。

「還有呀——」

「先喝杯茶吧。」賴所長適時打斷楊光的滔滔不絕。

唐聿道了聲謝，趕緊喝茶，掩飾自己其實沒有想搭話的念頭。

「自從他分發到這裡，我耳根子就沒有清靜過。」賴建平開玩笑地說：「不過這個性倒是很符合小琉球的地方特色，開朗活潑的。唐督察，記不記得之前我們內部在舉辦票選活動？他當選小琉球的形象大使哩！」

那是上層為了推動警民一家親的活動之一，從各地觀光景點的駐紮警局推選一位親民大使，強調旅客可以安心遊樂，有警察保護的親善形象。

唐聿朝楊光看去，「實至名歸呢，」他苦笑道：「而且名字也很有……正面意義！」終於想到合適的形容詞，唐聿慶幸終於把話說完。

「嘿嘿！」楊光挺起胸，故意要炫耀名牌的樣子。「簡單又好記！現在大家都知道分駐所有我這個人了！」

「汪！」

警犬彷彿配合度極高的觀眾，叫了一聲。楊光立刻摸摸牠的頭，拿出狗餅乾獎勵牠。

「對了，也向督察介紹一下，牠叫TORO！是我們分駐所的警犬，超乖超聰明的唷！」說完，楊光對警犬發號施令：「舉手！打招呼！」

只見警犬直起前半身，抬高右腳掌前後晃了晃。

「哈哈哈，好厲害！」楊光自得其樂，又賞了一塊狗餅乾。

「……」唐聿摸摸鼻子，禮貌性地回一笑。

賴建平幫唐聿斟滿茶，小巧拇指狀的茶杯，一口就沒了。賴建平道：「啊人家督察的朋友是找到沒？」

楊光回過頭來。「找到了！但是說到這個——」他重新坐正，恢復剛才的滿身傻勁，「唐督察！這件事希望你不要騙我。」

望著後輩一臉認真，唐聿的心不禁一跳，難道是察覺出什麼了？

「你搞什麼呀？」賴建平也滿臉狐疑。

「其實！」楊光把嗓子壓低，用嚴肅的樣子說：「那位李先生是某個在逃的嫌犯吧，因為唐督察你發現了他的蹤跡，但為免打草驚蛇，所以決定隻身到小琉球打探他的下落。我說得對吧?!」

……他媽的。

唐聿覺得因為這天然呆巡警一句話就緊張起來的自己真是修行不夠。

「真的只是普通朋友而已。」唐聿道：「而且他還是現役的刑警。」

「是這樣嗎？」楊光挑了挑眉毛，「那我知道了！督察的工作是監督內部，我想那位刑警先生肯定被你抓到什麼把柄，你正在蒐集證據吧！」

「……你想多了。」唐聿保持鎮定。我確實抓了李武擎很多把柄，可惜那傢伙一點都不怕。

「或者——」楊光摸摸下巴，「我知道了！你是那位李刑警的後援，對不對？李刑警牽涉到某樁非法交易，正在小琉球默默進行，而身為好朋友的你，偷偷過來想助他一臂之力——唉唷！所長你幹嘛敲我頭？」

「夠了啦。」賴建平收回賞了一記爆栗的手，對唐聿說：「不好意思，他就是唯恐天下不亂哩，成天想著辦案辦案。」

「這也不能怪我嘛，我當警察就是為了維護和平。要不是分發卡填錯號碼，我現在應該拿著手槍跟毒販打鬥才對。」楊光咕噥著，又不放棄地面對唐聿問：「真的不是這樣嗎？我可以幫忙喔！我很懂小琉球的地形，我可以提供地主優勢！」

儘管楊光異常熱情，唐聿仍不打算把事實說出來。越少人知道越好。唐聿堅持道：「我只是來找朋友。請告訴我他在哪裡。」

3

在附近一家麵店簡單吃過一餐，李武擎跟薛茜琳到了蛤板灣的沙灘。蛤板灣在小琉球西方，是非常著名的沙灘，更有「威尼斯海灘」之稱，受歡迎程度可見一斑。

薛茜琳一看到藍色漸層的大海，立刻瘋狂似地脫鞋下海，她的腳踝在海水的沖刷下，泛起一陣一陣冰涼的觸感。平緩的海浪一退，腳掌被微微埋入沙中，有種異樣的搔癢感，十分舒適。

李武擎並沒有下水。旁邊遊客驚呼著蛤板灣的美景，紛紛拍照留念。李武擎卻只是遙望著海與天的邊際。薛茜琳爛漫窈窕的身影並沒有被他鎖進眼裡，他看見的彷彿是遠在天際之外，某個隱藏在記憶深處的景致。

「快看這個！」薛茜琳兩手不知捧著什麼，開心跑到李武擎面前。

他定眼一看，原來是個貝殼。像愛心的形狀。薛茜琳說道：「這裡的沙灘都是貝殼哎，而且沙子是小星星狀的喔！好特別。」

李武擎順手掬了一把沙子起來端詳，果真是星沙。

薛茜琳悄然望著李武擎的反應，兩人間半晌無話，接著她笑說：「你知道這個星沙的祕密嗎？」

「不知道。」李武擎簡短回答。

薛茜琳苦笑，她發現李武擎似乎對什麼事情都不感興趣的樣子，因為一般人不都應該問：什麼祕密？表示想知道祕密，而不是單純的三個字：不知道。這讓對方怎麼接話下去啦！

不過似乎很快習慣李武擎的對話模式，薛茜琳繼續說道：「在手心裡捧一把星沙，對著它許願，然後把星沙灑進海裡。聽說這樣子願望就會被實現喔！」

「會被誰實現？」

這話問得薛茜琳一時語塞。著眼點也太不一般了吧。她隨口道：「海神？」然而出乎意料的，薛茜琳看見李武擎把手裡的星沙湊近唇邊，低聲不知呢喃什麼，隨後他往前幾步，把星沙灑進海裡。

哇，他真的許願了！

薛茜琳很訝異，腦海不斷重播方才李武擎許願的片刻。帥呆了！像偶像劇似的！她內心歡呼著，趕忙跑過去問：「你許了什麼願啊？」

李武擎拍拍手，把手裡星沙的碎屑拍掉。

「希望游泳可以超過三千公尺。」

「……誒？」她以為她聽錯了。

李武擎冷靜道：「不然海神還可以實現什麼願望？」

就在薛茜琳對李武擎「量身訂做」的願望搞得哭笑不得時，楊光已經帶著唐聿抵達雙心度假村。度假村中心大廳的屋頂是一大片綠化建築，引人注目，一眼看去，隱約能窺見後方住房區的獨特木屋，以及遠眺海景的洶湧人潮。唐聿暗想李武擎還真會享受，我已經到了，你還能逃到哪裡去！

由於事前已經通知過要找人的關係，張明芸直接等在前台，看到楊光時，立刻舉手打招呼。

「這裡！」

中心大廳擠滿正在吃飯的旅客。楊光的視線穿透人群，看見正朝他們走來的張明芸。分駐所裡才駐紮幾位巡警而已，每天輪流巡邏，基本上每位巡警都跟街坊有所認識。

「不好意思還麻煩妳了！」楊光又做了個招牌舉手禮。

「沒什麼啦，剛好我也沒事。」張明芸看見了旁邊的唐聿，「就是他想找李先生嗎？」

唐聿微微點頭。

張明芸解釋道：「因為李先生之前沒有交代過會有訪客，所以如果我直接讓你過去找他，可能不太方便。」

「他在嗎？」唐聿朝左右瞥一眼，語氣低沉地說：「他肯定認識我。」

「是，」張明芸接著說：「我本來想帶您過去李先生的住房，可是他房間內線沒人接，我去敲過門也沒人回應，可能是出去了。」

空城計這法子也不是李武擎頭一回使了。唐聿頗為懷疑地反問：「真的不在？」

張明芸點點頭。

唐聿仍不相信，非得到房門前確認不可。張明芸沒有辦法，在楊光保證唐聿不是閒雜人等後，張明芸便帶路往李武擎的住房去。

海景套房的窗簾全拉上了，裡頭也沒有聲音。唐聿無顧眾人視線，在門外喊：「李武擎！」

沒回應。

「要是被我發現你躲在裡面，你就完蛋了！」

還是沒回應。

「應該真的不在啦！」楊光跳出來。

唐聿拉了拉漿直的西裝外套，又把垂到額前的瀏海往後撥。他深呼吸一次，情緒稍微平穩了一點。

「沒關係，我等他回來。」

「不先去別處晃晃嗎？」楊光提議：「既然都來到這裡了，去別的地方參觀一下嘛，如果李先生回來，也可以請老闆娘幫忙通知──」

「不必了。」唐聿依然堅持，「我就在這裡等，免得他又跑了。」

楊光暗想自己打算藉著伴遊的契機向唐聿打聽有沒有什麼大案子的計畫居然失敗了。

這時，張明芸的手機響了，她禮貌性走到一旁接聽，講沒幾句話就回到了他們面前。「不好意思！」她略帶歉意地說：「我爸爸有邀請一位客人剛才到了，我可能需要過去招呼一下。」

「沒關係，妳去吧！這裡交給我就可以了！」楊光拍拍胸脯。

「如果有什麼事都可以通知我。」張明芸說完，就小跑步回中心大廳。

父親邀請的客人就在櫃臺旁邊等候，張明芸一眼就認出他，雖然已經十幾年沒見，但這斯文打扮的男子長大後仍跟小時候一樣拘謹地站著。男子拿著一個公事包。負責通報的工讀生見張明芸來了，就去忙自己的事。

張明芸上前打招呼：「好久不見了！顧先生。」

顧之彬回以微笑，但似乎沒有寒暄的興致，直接詢問了張行昆是否有空。

不久，張行昆領著顧之彬前去客房，原本張明芸要跟，但張行昆連說不必。

張明芸只見這兩人消失在人群中。爸爸到底想跟顧先生談什麼事？她原本想偷跟上去，但又害怕被發現。總覺得爸爸在設置文物室之後就怪怪的。

最後還是決定去做分內的工作，張明芸繼續在度假村內東奔西跑。當她臨時想起來應該要去李武擎的客房那裡瞄一眼，已經是四小時之後的事。

唐聿這一等，就等到了晚上六點。

4

時間顯示午後六點又一分。謝禾良看了電子鐘一眼，隨即聽見旁邊傳來一聲悶響。轉頭望去，駱肇修的額頭抵在不銹鋼桌面，輕輕搖晃著。

謝禾良見狀一驚，立刻過去將教授扶起來。「教授！您沒事吧？是不是太累了？」

駱肇修緩緩挺起脊椎，落寞的神情被他迅速掩進和藹的笑容裡。「還是不行，」他的聲音聽來疲憊，「怎麼回事？到底是哪裡出錯了？」

「教授……」謝禾良實在也找不出安慰的藉口。實驗已經進行好幾十年，照理說應該放棄的項目，是教授一直堅持不讓它就此終結。明明讓國外的研究團隊插手，或許會取得進一步發展，然而其中牽涉到的從屬問題與主權，又讓教授不願意實驗遭他人染指。

駱肇修閉起雙眼，做了幾個深呼吸，把實驗室裡沉悶的空氣帶入體內。他放鬆身體靠上椅背。一開始的幾秒，他動也不動。他的痛苦像乏力的右腳，即使再如何使力，也難以再奔跑一次——到小琉球來，是為了延續實驗的時程，倘若沒有表現出任何突破，這個實驗就無法得到資金再生。

他嘆了一口氣，並將臉埋入雙掌，聽到謝禾良擔憂的語氣說：「教授，不然先休息一下吧！我回度假村去拿晚餐過來？」

駱肇修沒有回應。他迫切地期望能得到某種成果，所以不停重複檢驗計畫書跟實驗參數，可是此時那些密密麻麻的數據，忽然像惱人的蟲蟻，在眼前的白紙上扭動。

「教授？」

謝禾良再度輕喚一聲，將駱肇修的思緒帶回現實。

這個孩子，對呀，駱肇修面對謝禾良，這個孩子會在我身邊幫我。他怎麼會如此煩惱？實在不應該讓一時的情緒蒙蔽了他的理智。駱肇修恢復了一貫溫和的面容，說：「好，就麻煩你帶晚餐過來了。」

「好。」謝禾良放下手裡的文件，也把身上為了實驗而穿著的白色袍子脫下。

離開時，謝禾良又注意一次時間。午後六點十分。從實驗室回到雙心度假村，大概需要十分鐘。

走出實驗室時，謝禾良奇妙地感覺到，好像有誰躲在附近。

他謹慎地往四下張望，不一會兒，推翻了自己的想法。不可能吧，這裡不會有人。不如說，根本不會有人發現這間實驗室。

可是真的有。

鬼魂一般陰森的雙眼，正在暗處默默注視著他。

5

沒有燈光，四周一片死寂。

後腦勺傳來恍恍惚惚的暈眩感。

男子掙扎著起身，背部、雙腿，以及掌心的觸感，足以讓他發現自己受困在冰涼的水泥空間裡。

他呼吸困難地在黑暗中摸索，顫動的手掌觸碰凹凸不平的牆面，沿著牆的延伸，他摸到了一片更粗糙且寒冷的物質——

是鐵門！

他一瞬間想起來了！猜測自己遭到襲擊，而後像個垃圾被扔到這裡。

他用力搥了鐵門一下，可是沒有發出多大的聲音，他又試了一次，門外似乎沒有動靜。

這就是對方之所以約到這裡會面的原因嗎？該死！我早該想到這是一場騙局！

男子用著迷濛的思緒想著，開始翻找自己的手機，但口袋空無一物，隨身物品都被拿走了。他陡然感覺危險的氣息正在侵襲著他，連帶影響他的意識，想起之前上山一路無人的景況，他越來越著急，不知道是否太緊張了，他感覺呼吸變得困難。

狹窄的空間內有一股陳舊的味道，讓他分不清是鐵鏽還是嘴裡無意間咬破的滲血傷口影響了他的嗅覺。他仰頭一望，在牆面高處的窗子縫隙隱隱還有亮光，光線雖然微弱，但規律的閃動讓他萌生起一股求生本能。

鐵門打不開，但他可以從上方的窗口想辦法。目測窗口就在兩層樓高的地方。

他奮力站起身體，猜想是過於密閉的空間導致他呼吸不順，沒關係，他安慰自己，很快就可以脫困了，只要往上爬……

門的另一邊有一道階梯，很窄，大概只有二十幾公分的寬度。依照他的體型，攀爬這種小階梯非常的彆扭，就像使用兒童餐具吃牛排一樣。此刻的他卻無從選擇，只能拉住梯子的兩邊，腳踏著梯條，一腳一腳踩上去。

窗子滲出的些微亮光在視線中產生迷濛的光暈。他腦子裡無端想到學生時期的自己，帶著重度數眼鏡在操場跑步，被同儕取笑的困窘……那些說話的小孩一點涵養都沒有，純粹是四肢發達的傻瓜！不像他……那些傻子不像他總是考第一名……

那個時候臉上的汗水讓眼鏡滑落，他透過弄髒的鏡片抬頭所看見的，是一縷要熱不熱的冬陽。

掌心很冷。

他的身體在晃，他能感覺到，自己的力氣正在逸失，太不符合常理了，遇到危急的時候不是會刺激腎上腺素分泌嗎？為什麼他越來越虛弱？

窄梯直直往上，通向閃著亮光的窗子，他打算把窗子推開，對外面呼喊求救，但在此前，他得好好吸上一口空氣。

他需要呼吸。

他對自己呼吸不到新鮮空氣的恐慌感到異常疑惑。

為什麼？為什麼為有這種感覺？

皮鞋踏在金屬梯子上的聲音虛弱地響著，噹……咚……噹……身處其中的他卻渾然沒聽到似地。他一心盯著亮光，終於要爬到了，他挺起背脊，眼看手指就能摸到窗子……終於……

窗外的景色，在百葉窗片的遮掩下零碎地進入他的視野。

他貪婪索取著空氣。

下一秒，他重重摔落。

6

最後一抹夕陽餘暉自海平面消失殆盡的同時，唐聿的耐心似乎也告罄，強忍的怒意總算繃斷，他一臉不滿地站起身，轉到李武擎的客房門口作勢要把房門撞開，但他到底還保有一絲理智，先是用力扯著門把，讓門鎖發出喀拉喀拉的撞擊聲，似乎這樣可以恫嚇躲在房子裡頭的人。

近身的異響，讓不小心打瞌睡的分駐所小巡警醒了過來。楊光立刻把唐聿當作現行犯似地捉住了他的手。「請等一下，唐督察警官！」

唐聿瞪過去。「你到底要叫我督察還是警官？選一個好嗎？」如果李武擎在場，大概會知道唐聿的憤怒已經飆到臨界點了。

「不好意思，我剛睡醒。」楊光找了個看似常人都可以理解的好理由。接著他不顧唐聿的白眼，精神一振，提議說：「唐督察，不如我們去吃點東西吧！已經是晚餐時間了，而且中午你也沒吃，這樣對身體不好啦！」

氣都氣飽了！唐聿扯回被抓的手，兩手下意識整理著西裝上的折痕，他拉拉領帶，確定領帶夾的位置，好像這樣可以讓他內心的怒意稍微平穩下來。

時間是晚上七點半，空氣中傳來陣陣烤肉香氣。選擇在空地ＢＢＱ的客人們完全沒注意這裡有人不太爽快。

「櫃臺應該有備用鑰匙吧！」唐聿決定不再浪費時間。用任何理由也要說服民宿業者打開這間房，他必須知道李武擎到這裡來的理由，搜尋他的行李應該可以知道什麼。

「嗯？備用鑰匙……應該有，可是……等我一下！」

楊光剛說到一半，就看見唐聿已經大步往中心大廳走去，他趕緊追上，身邊的警犬不用命令，乖乖跟在後頭。

到大廳時，人滿為患的場面，險些讓唐聿變得更加煩躁，幸好楊光睡飽了，一副精神抖擻地說要盡盡地主之誼，找張明芸過來幫忙。

不多時，楊光就吆喝著唐聿到櫃臺旁邊，張明芸在那裡替一組客人安排影音室的預約號碼。

然而等張明芸可以招待他們時，唐聿不經意往旁邊一瞥，居然剛好看見李武擎就站在附近！那停職期間溜到小琉球還完全沒報備的傢伙，正跟旁邊的女伴交頭接耳，似乎是在拿住宿贈送的晚餐卷。

真是活膩了！看到李武擎身邊的女生，唐聿感覺腦袋要爆炸了。

他一步、一步走過去，努力克制情緒在冷靜的範圍內。跟李武擎的距離並不太遠，大概第五步，他就到了李武擎身後。站在李武擎旁邊的馬尾女生先是注意到有個人眼神「殘酷」地往這裡看，她愣了一下，那表情讓李武擎發現，事主這才轉過身……

咻！

一拳揮過。

李武擎閃過了。

唐聿則發出冷笑，繼續撫平西裝，斯文得很。

「我剛剛好像看到什麼不乾淨的東西。」

「……」李武擎並不意外唐聿現身，但他盯著好友緊繃的假笑臉，有氣無力地說：「我還以為你會晚點才來。你剛才是真的想把我的鼻子打斷吧？」

唐聿拍拍袖子上的灰塵，一臉鎮定地回應：「其實我是想把你整顆腦袋拔掉。」

楊光跟了過來，看到這幕，瞭解眼前那個人高馬大的男性大概就是唐聿要找的李刑警。可是兩人看起來的交情到底是好還不好？真是令人疑惑。

薛茜琳整個僵住了，目光在唐聿跟李武擎兩人之間游移，一會兒反應過來，結結巴巴地問：「怎麼回事？不要緊嗎？」

「沒事啊。」李武擎爽快回答。「反正也不是第一次了。」

薛茜琳一頭霧水。

「說得好像你已經做好心理準備了嘛。」唐聿直勾勾盯著李武擎，順道在薛茜琳的身上瞄一眼。

楊光則是搶先自我介紹一番：「我是小琉球分駐所的楊光！您好！」

「喔。」李武擎舉起手來，算是打了招呼。

「這是我們的警犬，牠叫TO……」

正當楊光興高采烈介紹家族成員，唐聿則是毫不留情開門見山，眼神直視李武擎，道：「跟我回臺北。」

「晚點再說。」

TORO猛搖尾巴，楊光安慰似地摸摸牠的頭。「沒關係，TORO，我還是很愛你的。」

沒人在意楊光在一旁裝消沉畫圈圈。李武擎接著說：「現在來不及了，今天沒有回本島的船了。」

「明天搭第一班船回去。」唐聿正色道：「現在你休想再離開我眼前一步。」

什麼啊……這突然蹦出來的男人是誰？薛茜琳在內心自問自答，看情況似乎有點說不出的微妙？旁邊還有一位穿著警察制服的人，連警察都主動打招呼，她不禁又想問李武擎這人的身分了。

「再看。」李武擎拋下一句，似乎想扭頭就走。

每當李武擎用**再看**兩字應付他，唐聿就覺得特別生氣，正想發火，他們都感覺到一絲不尋常的氣氛。

在滿是人聲的空間裡，李武擎跟唐聿都聽見櫃臺傳來拔高分貝的驚訝聲，他們往張明芸那裡一望。

張明芸很是尷尬的跟他們視線交錯。

「我知道了，我會馬上通知警察……」張明芸壓低聲音，掛掉電話。

李武擎直接走過去。「怎麼了？」

眼看分駐所的警察也在，張明芸左右看一眼，輕聲說：「有位住客通知，說在白燈塔裡面有個人……情況好像不太樂觀。」

「死了嗎？」李武擎追問。

「等等。」唐聿把楊光往前推，對李武擎說：「這裡有當地的警察，請你不要多管閒事。」

楊光瞬間挺起胸膛，做了個舉手禮，「就包在我身上吧！」

李武擎的表情還是淡淡的。

「我過去看看。」

「不准。」

但李武擎已經轉過身。

唐聿立刻感覺問題的嚴重性，全身上下都緊張起來。他再次喊：「李武擎，你站住！」

李武擎倔強得跟牛一樣，頭也不回。

第四章　燈塔幽聲

1

為了慶祝交往第三年，也為即將來臨的研究所考試相互打氣，黃易州與童瑩在很早之前就已經規劃了這趟旅行，當這次小琉球三天兩夜的行程完畢，兩人之後就要收心應試。眼看明日中午就要啟程返回本島，兩人連覺都捨不得睡，在雙心度假村提早用晚餐後，便騎上借來的摩托車，到小琉球東岸溜達。他們這趟預備在東南方的尖山山頂白燈塔回轉。

雖然只要經由島中央的一條公路就能便捷地從度假村抵達白燈塔，但為了欣賞海嶼沿岸之美，兩人選擇了島周邊的觀光公路，從白沙港開始，一路往南，途經龍蝦洞、旭日亭，接著會看見島上唯一一座加油站，之後拐進山頭彎路，就會找到白燈塔了。

近年政府大力推展觀光，盡力完善小琉球各景點周邊的交通道路，往白燈塔的山路沿途鋪設堅固的石階，走起來不像一般印象中的登山道那樣費力。黃易州將摩托車停在路邊，與女友童瑩拾級而上，彷彿是要驅走郊外夜晚所帶來的不安全感，童瑩一直緊緊摟著黃易州的手臂。

老早聽說過關於白燈塔的傳言，縱然是過去歷史中的鄉野傳聞，但是在月黑風高的夜晚踏進這個毫無人煙的地方，難免讓人心生畏懼。黃易州顧忌到女友膽子小，體貼地問著：「如果害怕的話，我們就回去吧。」

「不行啦，難得到這裡來了，至少也要拍張照再回去。」童瑩鼓起嘴來。實際上則是滿心雀躍，她私下參加了很多試膽的社團，早就對靈異現象見怪不怪了，看到恐怖照片時脫口而出的尖叫聲，是她發洩課業壓力的途徑，可惜她的男友並不熱衷這一點。

「真拿妳沒辦法。」黃易州嘀咕一聲，這個時代似乎不管到哪裡去，就連在餐廳簡單吃頓飯而已，女人都要拿起手機大肆拍攝一通，然後上傳到網路秀給大家看。

他當然也知道女友心裡打的算盤，自從得知白燈塔的靈異傳說，她就決定非夜遊不可。白燈塔內部並不開放參觀，遊客們也就是在塔外拍照留念而已，黃易洲心想也許等會兒還得在燈塔前面配合擺出害怕的表情來咧，她上傳的照片嚴禁他老是一號表情，這點實在讓他對這女友又愛又惱。

兩人繼續往前走了一段，才看到白燈塔的觀光標示出現在他們眼前。一面附有圖片的解析圖板立在路邊，上面用中英日三種語言，搭配照片和地圖簡述著白燈塔的過往歷史。

「琉球嶼現有燈塔兩座，一座位於白沙尾港口，當船近鄰該嶼和進港時，多以此塔為主要目標，另一座在琉球嶼東南尖山之頂。整座塔之造型為混凝土圓形白色……」

由於晚間燈光並不明亮，他們只稍稍瞄了幾眼，就繼續往前走，不久，總算見到佇立於石階上方的白燈塔。

童瑩欣喜地拿出手機，就著灰暗的天色拍照。先拍燈塔的遠景，手機的閃光燈一放一放的。當閃光燈閃過的瞬間，原本就昏暗的環境變得更加難辨，黃易州在旁揉了揉眼睛，希望能消除閃光燈造成的視覺疲勞，然而就在這個瞬間，他聽見「噹」的一聲，像是某種東西敲擊在鐵板或金屬物上所發出的聲響。

黃易州頓時僵住了身體，童瑩似乎毫無察覺，依然舉著手機變換著各種姿勢跟一旁茂密的老榕樹自拍。手機對焦後，發出「喀擦」的快門聲，閃光燈一亮過去，黃易州又聽見悶悶的兩聲「噹、噹」。嚇得他趕緊對著童瑩大吼：「等一下！別動！」

「怎……」

「妳沒聽到嗎？」不等女友提問，黃易州有點焦急地說著：「剛剛好像有什麼聲音！」

童瑩也被他這舉動害得開始慌張起來，她很快偎近黃易州，四下張望著，然而在兩人彼此靜默的半分鐘內，除了樹枝沙沙聲，她沒有聽見其他動靜。

「什麼嘛，不要嚇我……」童瑩嘟起嘴來埋怨著，剛才黃易州緊張的表情的確讓她心臟狂跳不止，但是早就參加過幾次夜遊團活動的她，忽然想起男生總是喜歡在這種氛圍下捉弄女生，看女生害怕的樣子。

真是幼稚，童瑩心想，反正這裡也沒其他好逛的了，去拍幾張燈塔的照片就回程吧。於是她拉著男友的手，一起走上白燈塔前的階梯。

燈塔的鐵門掛著鎖，門邊有個小牌子標誌著「琉球嶼燈塔」，童瑩注意取景，把整個大門拍攝進去。

「要笑哦！一、二、三……」

黃易州配合著勉強擠出苦笑一般的神情，心裡想著那包不知塞進身上哪個口袋的香菸，雖說在山林裡有火星挺危險的，但自己才剛從先前那陣焦慮中回神，菸癮頓時冒了上來。

然而就在快門按下的一瞬，童瑩終於聽見了，重重的一聲「碰！」，從他們身後的鐵門傳出！

她的笑容僵硬了，覷著身邊的男友，接著，像是感應到什麼詭異的氣氛，他們身上同時有一股寒意沿著脊椎一路竄上頭部……

2

由楊光帶路，眾人騎車趕到白燈塔時，黃易洲與童瑩如蒙大赦，看到那身巡警制服就跑了過去。

「警察先生！那邊……」童瑩直指白燈塔。

白燈塔的鐵門開了一個縫。

「你們先待在這邊，我過去看一下。」畢竟是警察，緊要關頭還是變成可靠一點了，楊光收拾起笑臉，安撫著兩位民眾，發現李武擎已經過去了，於是也跟上。

白燈塔算是小琉球知名的觀光景點，建於一九二九年（昭和四年）。才十一公尺高的白色圓形燈塔，外貌上顯得非常可愛——但僅限於白天——楊光在這裡任職好幾年了，頭一年就被告知晚上不要靠近白燈塔，據說這是一項不成文的習俗，反正當地居民就是這麼互相吩咐，但他知道簡單來說就是這地方晚上鬧鬼啦！幸好現在白燈塔附近沒有住戶，也不太需要分駐所安排夜間巡邏，因此這還是他第一次晚上到白燈塔這邊來。

想起善良村民的告誡，楊光的內心不由湧現一股不安，他望著李武擎的背影，暗自將對方當成擋箭牌似的，透過李武擎的背後往前看一眼。

一個男人倒在白燈塔裡面，動也不動，染血的臉孔正對著門口，讓楊光嚇了一大跳。

「之前不是才說要辦案子嗎？」

接著走近現場的唐聿沒好氣地吐槽，順手搭住了小巡警的後背。

楊光扯出苦笑堅持道：「我、我很認真啊！」說話時，他瞥見李武擎伸手查探男人的頸動脈。哇嗚……

「死了。」李武擎低聲說。

「誒?!」楊光發出慌張的語助詞。「怎麼辦？對了！要通知東港分局吧？那裡有刑警——」

「我就是刑警。」

「不必承認得這麼快！」唐聿立刻打臉，似乎用眼神警告李武擎：停職中的刑警不要輕舉妄動。但對方顯然不怎麼介意這次的意外出差。

李武擎仍然一臉波瀾不驚，逕自拿出了隨身攜帶的筆形手電筒，開始照著燈塔內部。

狹小的空間，連地上這具成年男屍都躺不直，看來在沒有移出屍體之前是無法把門完全打開的。

李武擎側身探進，死者的小腿彎起，貼近牆面，兩手臂像骨折了呈現不自然的彎曲角度。李武擎同時注意到在死者陳屍的左右地面有著一片片不規則形狀的積水，他嗅了嗅，覺得不像是死者因死前痛苦而留下的排泄物；而今天也沒有下雨，周遭更沒有遺落任何裝液體的容器。

李武擎一手拿著手電筒，一手搭著下巴，狀若深思。唐聿知道這男人已經恢復到自己的職業角色中，開始思索著命案的來龍去脈，腦子裡可能正有一批搜查隊已經分工合作，決定等等要怎麼展開調查。

真是太不順了，唐聿知道這下他無法輕易把李武擎拉回臺北。

無奈地嘆了一氣，唐聿對楊光催促道：「問問你們所長來了沒有。」

他打算把事情完全交給東港分局的人去辦，反正是他們的轄區，等有人到場接手，他就能押著李武擎回臺北，結束這場鬧劇。

恰好這時楊光的警用無線電發出聲音，楊光報出位置後，分駐所所長賴建平就從另一邊走了上來，他手裡拿著發亮的指揮交通棍，氣喘吁吁。

「唉，怎麼回事呀？」賴建平疑惑地問。剛才收到雙心度假村那個小老闆娘的報案，覺得事情出乎意料，他就趕緊過來了。

楊光迎過去，把事情大致說了一遍。

「我在這裡十幾年了，還沒發生過這種事呢……」賴建平嘀咕著，想過去燈塔那兒看看，李武擎正好與他擦身。

「我需要問一下發現者的證詞。」李武擎對賴建平說：「有沒有照明工具？這裡太暗了。」

唐聿扶額，感覺頭又疼了起來。

賴建平親善得很。「所裡有些大燈可以用，我讓人拿來好了。」

「多謝。」省略多餘寒暄，李武擎逕自朝那對發現者情侶走去。

眼看就要走到情侶檔的身前，唐聿的身影又出現了。這位督察員用一種極為不滿的態度擋住李武擎的去路。

「你還在停職中，要是被發現插手刑事案件該怎麼辦！」即使壓低聲音，仍可以聽見唐聿話中的急迫。

「沒關係，義務幫忙，就當是本地警察邀請來的顧問好了。」

李武擎想閃過唐聿，可惜沒那麼簡單。

「想得美！」唐聿把人拉住，活像拉住一隻不聽話的大型犬，他威嚇道：「我這次絕對不會幫你圓謊的喔！」

不知是不是威脅起了效果，李武擎收回步伐，看著唐聿的臉，正想說些什麼。好巧不巧，楊光同時竄了出來，在某時恢復了滿滿能量值的他，對李武擎行了個舉手禮：「李警官！請讓我見習辦案！」

「看吧。」李武擎露出竊笑般的眼神。「本地警察拜託的。」

唐聿無奈鬆開手，忽然想把這個看不懂他臉色的天然呆小巡警掐死算了。

聽完黃易洲敘述他們到白燈塔夜遊的經過，李武擎開始發問：「所以你們就拿石頭把鐵門的鎖敲掉了？」

鎖住燈塔大門的鎖具是普通的掛鎖，掛在呈現T字形尾端的扣口上，想要進入燈塔內部，便得先解開掛鎖，再拉開T字形的鐵栓。李武擎看見鐵栓上有敲擊的痕跡，掛鎖也被拿下來了。

黃易洲聞言點頭回應：「嗯。」

「勇氣可嘉。」李武擎淡淡道。

「你們也太厲害了吧！」楊光雖是旁聽，但忍不住插話，「一般聽到怪聲，嚇都嚇死了，還不趕緊跑呀！」

黃易洲煩惱地搔搔頭。「本來要跑的……」他說得很小聲，偷偷瞄著站得比較遠的童瑩，覺得她應該不會聽到他的埋怨，便說：「可是我女友又心血來潮，想說拍個靈異照片……」

「你們沒真的拍下現場狀況吧？」個性嚴謹的唐聿問。

「才不敢咧！」黃易洲心有餘悸地說：「真的是嚇掉我半條命！害我之前背的數學公式都忘光了。」

李武擎言歸正傳。「還記得你們抵達白燈塔這裡的時間嗎？」

「停車上山之前有稍微注意一下……」黃易洲想了想，忽然記起了什麼重要的事，「啊！對！看那張照片的時間就知道了，拍完照片之後，我們就聽見燈塔裡面有聲音！」

於是原本在一邊休息的童瑩被叫了過來。她翻翻手機的相簿，找到那張在燈塔大門的自拍，顯示時間為19：46。

「說起來——」黃易洲說：「那個鎖好像沒鎖好，因為我敲了一下，發現它原來沒有壓進彈簧，所以我很快就拿掉了。」

「我想也是。」

李武擎輕輕的附和聲勾起了楊光的好奇。

「為什麼？」

「那個鎖看起來很新，也沒遭到嚴重的破壞。」

「哦……」楊光點點頭，真是一副在認真學習的模樣。

這時，童瑩搖搖男友的手臂。「你跟他們說過打火機的事了嗎？」

黃易洲一聽，立刻壓下嘴角，頗是不耐地回應：「這有什麼好說的啦！」

「打火機怎麼了？」李武擎直接問。

「哈，也不是很重要的事啦！」黃易洲苦笑。

「這很奇怪好不好！」她在很多靈異社團的發文上看過類似的跡象，那些不合邏輯又暫時說不出個所以然的小事，都被歸類在現實難以理解的範疇中。她堅持要表達這個想法：「那時候因為天很暗，所以我們打開燈塔鐵門的時候，看不太到裡面，然後我們只好用打火機照明，才、才看到……那個……」

李武擎用眼神示意她繼續。

「當時他點燃打火機，把打火機伸到門裡面，打火機的火忽然轟的一聲變大了！」她還搭配手勢，誇張的手勢讓人以為她描述的是一場爆炸。

「白癡喔，這有什麼奇怪的。」黃易洲給女友拆台。

「又不是只有一次，第二次點燃的時候，火也變大了呀！你還嚇得差點丟掉打火機！」

大概是想起那時手抖著連打火機都拿不穩的出糗畫面，黃易洲害臊起來。「火突然變大當然會嚇到啊！只是火量沒調好的關係吧！」

「怎麼可能，又不是便宜的十元打火機，而且之前用的時候根本沒這種情況吧！」童瑩嘟著嘴說。

「打火機給我看看。」李武擎把手伸出。

黃易洲將打火機遞過去。

是一個有金屬外殼的打火機，彈開上蓋時，會發出叮的一聲。李武擎點火，看著裡面的出火孔燃起穩定的火焰，一連數次，火焰都呈現非常穩定的狀態。

總之這是個質量算得上不錯的打火機。

「但是還是戒煙比較好喔！」楊光看著打火機，似有所感地對黃易洲說：「抽菸對身體不好啦。」
這小巡警又搞錯重點了，唐聿內心無奈，而被勸告的研究生一臉尷尬。
又叮了一聲，李武擎闔上打火機蓋子，把東西還回去。
「我問你們，」他直盯眼前的情侶：「燈塔內部的地面有水的痕跡，那是你們留下的嗎？」
「水？」黃易洲不解，「什麼水？沒有啊，我們連飲料都沒帶哎。」
李武擎把視線換到童瑩臉上。她也搖搖頭。「嗯，我們只看了一眼就趕快打電話給度假村的人了，不知道裡面有什麼水。」
「你們打電話之後就一直待在這裡，沒有離開？」
「對，就在這邊等著。」怕被警察誤會，黃易洲著急補充說：「當然不是站在燈塔門口啦！我們就在階梯下面那裡，什麼都沒有動哦！」
「在我們抵達之前，你們有看到其他人嗎？」李武擎問。
情侶倆一起搖頭。

3

除了通知分駐所的警察，張明芸也打了通電話給父親張行昆。張行昆剛結束跟毛仰祺的應酬，正在房間裡稍事休息，聽聞這件事後，內心忽爾湧上一股不祥的預感，然而這種感觸又是如何生成，他卻也難以自我解釋。
張行昆隻身趕去白燈塔，想藉著度假村的名義，瞭解一下住房客人發生了什麼事，到現場後，他發現在一旁問話的一組人馬，也看見熟識的賴所長，於是就往賴建平那方向去打個招呼。

「別過來比較好。」

「賴所長！」張行昆小跑步靠近白燈塔，先是阻止了他。「別過來比較好。」

賴建平聞聲抬起頭，看見張行昆走近白燈塔，先是阻止了他。是他！怎麼會……

張行昆站在階梯一半的地方，但已經夠他看見燈塔內部那張受害者的臉孔。是他！怎麼會……

「你怎麼到這兒來啦？」賴建平讓張行昆跟他一同走下通往白燈塔的階梯。

「那個……我聽我女兒說，好像有住在度假村的客人遇到什麼事了……」張行昆說得曖昧不明。

到底是閱歷頗深，賴建平察覺張行昆臉色不對勁。

「怎麼，你認識這位死者？」

賴建平一問，張行昆肩膀就抖了一下，然後張行昆緩緩道：「算是認識吧，今晚他也住在度假村，我才想他怎麼忽然不見蹤影了……」

「你要找他？」賴建平繼續問。

「他是我故友的兒子，算是我姪子輩……我就是久沒見了，今天招待他到度假村住一晚……」張行昆嚥嚥口水，內心直盼著賴建平別再問了。

「你在度假村裡看到死者最後出現是哪時候？」

突如其來冒出的聲音，讓張行昆低垂的臉抬起。

眼前是個高高壯壯的年輕人，張行昆記憶力不錯，對李武擎有個印象，知道是昨天投宿的客人，就是不知道這人怎麼會在這裡。

「他姓李，是臺北來的刑警。」賴建平稍微提一下，當作給彼此介紹過了。

李武擎又重複了一次他的問題，張行昆才道：「大概……是下午五點多左右吧。我也不是很確定。」

「死者叫什麼名字？」

「……叫顧之彬。」聽到死者這兩字，張行昆難免覺得難受，眉頭越皺越深。

「哪時候入住的？」

「今天下午兩點的時候……」

「等等回度假村，我們需要搜查顧之彬先生的房間。」

張行昆只是點點頭。

李武擎繼續問：「知道白燈塔的守燈人是誰嗎？我需要確認鎖具的狀況。」

賴建平正要說，張行昆則先開口了：「我曉得，有個技工專門在管白燈塔的，我去找他來吧！」

張行昆自告奮勇，自然合了李武擎的意，但他不知這反而讓李武擎對他產生了懷疑。

那有些匆忙的身影沿著山路離開了。

「好了，我先回所裡。」賴建平說：「我再讓其他小伙子拿大燈過來。李警官，你需要幾個人手？先說一聲，我們人力沒有多少呢。」

「等一下我回度假村一趟，需要有一組人留在這裡守著現場，最好是兩位一組。」

「好。」

「還要通知東港分局派刑警隊的人過來。」唐聿加以補充。這一點絕對不能忘！他估計東港的人應該也是搭明早的頭班船到小琉球，到時候他要速速帶李武擎回臺北，假裝什麼都沒發生。

4

李武擎、唐聿和楊光先回了雙心度假村，他們找張明芸幫忙打開顧之彬住宿的客房。

顧之彬入住的是海景套房，李武擎發現這間房距離自己的不過十公尺左右。海景套房內的裝潢大同小異，一張床、幾件家具，還有一間衛浴。套房窗外有附設木頭桌椅的乘涼處，可以眺望遠方的海，但他們發覺不管室內或者室外，都沒有使用過的痕跡。

床鋪未曾翻動，衣櫥內也沒有放置換洗衣物，浴室的盥洗用具原封不動，甚至連室內脫鞋也沒有拆封。

「連行李也沒有？」唐聿狐疑地問，這實在不合常理。

「顧之彬下午兩點check in之後的行蹤，妳知道嗎？」李武擎問一旁的張明芸。

張明芸頭一回看到有警察在搜索自家度假村的房間，因此神智有點不知所措，她聽見有人在問，就緊張地回覆說：「顧先生是我爸爸請來的客人，我記得沒錯的話……他下午來報到之後就跟我爸爸在一起聊天。」

「在那裡？」

「文物室。中心大廳旁邊有間文物室，滿安靜的，爸爸他只會邀請一些朋友進去參觀。」

「顧之彬沒有攜帶行李嗎？」

張明芸想了一下。「我記得有帶一個黑色的公事包，行李嘛……好像就那個，沒別的了。那時候我也覺得奇怪呢，想說來玩至少應該帶一件衣服來換，不過我聽說他好像明天一早就要走了，只是來拜訪我爸一下而已，所以才沒帶什麼行李吧。」

「難得都來了，沒參觀一下真是可惜哎。」楊光不愧是小琉球形象大使，不忘推銷當地。

李武擎問：「妳知道顧之彬跟你父親在談什麼事嗎？」

她搖搖頭。「這我就不曉得了。我是知道他們是舊識啦，顧先生是我爸爸以前一位好朋友的兒子。」說到這兒，她的表情難過起來。「那個……顧先生真的出事了？」

聽到李武擎淡淡嗯了一聲，張明芸的眼神更憂愁了。「到底是為什麼呢？怎麼會這樣？」

「我記得燈塔裡面沒有看到顧之彬的黑色公事包。」

李武擎說完，像在探詢朋友的意見朝向了唐聿。唐聿附和說：「我也沒看見。」

話剛說完，唐聿的手機忽然響了。他拿出手機一看，是個不認識的號碼，但從區域碼可以辨別是大臺北地區的電話。

他退到一邊，接起電話後，無意間瞧了李武擎一眼，隨後便默默走出房門。

李武擎無聲看著唐聿越走越遠，那持電話的身影似乎跟著電話那一頭的聲音而動作。

「這樣說起來，難不成顧先生遇害的原因是劫財嗎？」楊光自得其樂，開始融入辦案的角色中。

「這可難辦了啊……這半年來我們就收到不少觀光客報案丟失行李，可是都找不太到犯人哎。」

「應該不是普通劫財。」李武擎說。

「哦？」

但李武擎沒有回應楊光的提問詞，他對張明芸說：「我要回白燈塔，妳能不能借輛機車給我？」

「這沒問題，我跟小馬說一下就好，我們有一些備用的交通工具。」張明芸抬眼看著眼前這高大的男人，停頓了一下，才繼續問：「還有什麼需要我幫忙的嗎？我爸說讓我盡量配合……」

「如果妳不介意的話，再來幾杯咖啡吧。」李武擎的眼神往唐聿的方向望去，「可能還需要一些食物——我去跟他講幾句話，隨後就出發。」

楊光感覺到李武擎在斟酌他的下一步，為了達到自己懲奸除惡的偉大目標，楊光很認真在學習一位刑警如何辦案，說不定還可以藉著這次機會破案而獲得升遷呢！雖然他熱愛小琉球，不過還是希望做些形象大使以外的工作，可是會不會太危險啊……他一邊想，一邊牽著警犬決定先去中心大廳等候，但走沒幾步，發現TORO對著某個地方叫了一聲。

「汪！」

「嗯？」楊光望著警犬吠叫的方向，那裡是一片灌木叢，旁邊有藝術造景，是雙心度假村用來當作各個獨棟客房之間的隔間。

觀光人潮三三兩兩地走過，他看不出有哪裡不對勁，又瞧了幾眼後，他安撫狗狗說：「不可以隨便欺負小動物喔！」他以為可能是野貓引起了牠的注意，可愛的TORO當然不會解釋，只好搖著尾巴乖乖跟著主人走了。

但張明芸一下就發現躲在草叢後面的人。

她出其不意地跳到對方面前：「妳在躲貓貓喔？」

薛茜琳剛要偷偷往外瞄，被張明芸嚇了一跳。「我……啊、我，就……散步！對，我在散步！哈哈……」

這麼慌張的樣子真是不打自招了。張明芸對自己的記憶力頗有自信，她記得薛茜琳是跟在李武擎身邊的女伴，一小時之前，李武擎跟一行人匆匆趕去白燈塔，留下薛茜琳一個在那裡有些尷尬地左顧右盼。如果是她男朋友，早被她罵死了！

她問：「要找李先生嗎？怎麼不過來？」

被戳破心事，薛茜琳更緊張了。「其實也沒什麼重要的事啦……我看他很忙，還是算了……」

張明芸看見薛茜琳胸前掛著一台單眼相機，又盯著薛茜琳的臉看了一會兒。

「妳……我好像在哪裡看過妳耶……噢！我想起來了！妳是不是寫旅遊部落格的『靴子小姐』?!」張明芸很驚喜地猜測著。

薛茜琳點點頭，寫部落格最開心的就是遇到自己的粉絲了，她也一改方才緊張的模樣，興奮地回應著：「妳有看我的部落格呀！謝謝妳。」

張明芸一臉「我就知道」的表情。「我都有關注妳的部落格啊！我也注意到妳去年有發表一篇小琉球的遊記，那時候妳住在別間民宿，我還想說妳應該到我們度假村來，我們度假村肯定更棒！」

薛茜琳笑道：「嗯嗯，我覺得很棒喔！我能感覺得出來度假村經營得很用心。」

「唉唷，妳居然不通知我一下，讓我好好招待妳嘛。」張明芸不等對方婉拒，像是開了話匣子，指著露營區外頭的空地，那裡有一座愛心鐘的大型藝術造景。她問：「妳拍過雙心鐘了嗎？來度假村必拍的景點！」

「那個啊……」薛茜琳往雙心鐘望去，滿是人潮的藝術造景下，聚集了許多對情侶，他又看見李武擎跟唐聿正在說話，那兩人神色嚴肅，似乎在討論什麼不可以被人旁聽的內容，*我原本是想跟他一起在雙心鐘合影的*……可是不久前無意間得知他是刑警後，他們之間的距離好像一下子拉遠了，雖說原本似乎也沒有靠近多少啦……唉！她暗嘆。

「哼哼……妳想跟李先生拍吼！」張明芸賊賊笑著。難得遇到同齡的女生又似乎聊得來的樣子，她心情的陰霾一掃而空。

「就、沒有啦，有機會再說啦！哈哈……」

「好好，不鬧妳了。」張明芸收拾起打鬧的笑臉，忽然變得有點感慨，「因為出了一點事，所以他們在幫忙處理，希望一切可以趕快結束，不要再發生任何不好的事了。」

薛茜琳看了她一眼。「還好嗎？」

張明芸微笑著，「我相信會沒事的！——對了，妳去過哪裡了？去潮間帶了嗎？我們有導遊帶一團，今晚出發喔，妳要的話可以一起去沒關係！潮間帶也是你們來小琉球的必玩景點呢。」

「聽說導遊都是當地人在擔任的？」

「大部分是啦。」張明芸說：「畢竟我們在這裡生活很久啦，很瞭解這個地方。」

薛茜琳讚嘆道：「住在這裡很棒吧！我今天繞了小琉球半圈，每個地方都好漂亮，尤其是海，我在本島根本沒看過這麼藍的海。」

「沒錯！我覺得自己能住在這裡真的很幸福！」

張明芸豎起大拇指。兩人相視而笑。

「而且以前啊，我還有種感覺，」張明芸彷彿陷入了回憶，「我總覺得這座小島是屬於我自己的。晚上去海邊的時候，覺得整片海、整片星空都是我的，因為都沒人嘛！我就在那裡待一整晚，安安靜靜的，就算睡著了也不會怎麼樣。」

薛茜琳微微頷首，附和道：「可是現在應該很多遊客囉。」

張明芸有點懊惱地看著薛茜琳。「妳說我是不是很奇怪？其實我是覺得讓更多人瞭解島上的美景是一件很好的事，我也歡迎大家來玩，但是我心裡就是有個感覺，好像有什麼寶貝的東西不知不覺被拿走了……啊！抱歉抱歉，妳不要理我！我又說一些奇怪的話了！」

「不奇怪啦，我瞭解。真的。我去過不少地方，很多遠離城市的風景，那裡的居民難免有這種感嘆。」薛茜琳拍拍她的背，給予肯定。

張明芸微微一笑，如同述說人生目標般謹慎地開口：「所以我很早之前就決定了，既然這是這塊土地成長時不可避免的命運，那麼維持它美麗的樣子，不受到破壞，是我們這些人最大的任務。不管發生什麼，我們都不會拋棄這裡，也不會允許有人惡意傷害它。如果真的發生什麼嚴重的事，我們一定會抗爭到底。不惜代價。」

像要趕緊把剛才嚴肅的話題帶過，張明芸臉上又恢復了熱情無比的笑臉。「說起來，小琉球的必遊景點，還有一個！可是今年看不到，要明年了喔！」

「是什麼啊？」

「迎王祭。」

薛茜琳恍然道：「我有聽過！是個盛大的祭典。」

張明芸露出興奮的表情。「三年才舉辦一次，在中澳沙灘。舉行祭典的時候超級熱鬧的，我們島上所有的船都會回來，大家燒香祈福，希望所有人都平平安安。最後一天燒王船的場面是最壯觀、最讓人感動的！明年二〇一五的十月，妳要記得來玩唷！」

「嗯！我一定來！」薛茜琳跟她約定。

5

他們已經走到雙心度假村外圍的木製欄杆邊，周遭的人們各據一個位置眺望海景，或說或笑，滿溢著愉快的氣氛。

李武擎倚在欄杆上，卻是背對著海。當唐聿掛上電話時，他馬上開口問：「說什麼了？」

沒有詢問來電者是誰，彷彿已經知道，唐聿盯著李武擎的側臉，「讓我們協助調查，直到屏東縣警局派人過來接手。」

「明天？」

「不一定，聽說有颱風，氣候不佳的話可能無法開通接駁船。」

「挺好的。」李武擎隨口一說。

可是唐聿偏不愛他這種調調。「好在哪裡？」

李武擎終於把視線瞥向這位朋友。「你吃了炸藥嗎？」

「沒錯，還是你塞進我嘴裡的炸藥！」唐聿怒了，「為什麼不好好待在家？如果有事的話，應該先跟我商量吧！你知不知道我還在修改報告，想方設法讓你繼續待在刑警隊裡?!」

李武擎悶不吭聲。一時間靜默了起來，其他遊客的歡笑聲卻一直鑽進他們的耳朵。

唐聿早就習慣這種場面，李武擎不是與他爭執，就是索性閉嘴裝啞巴，無論哪一種都會惹他生氣。為什麼不能乖乖保證絕不再犯？這樣多讓他省心啊！

「把手機開機，你再敢關機我就宰了你。」唐聿撂下狠話。

李武擎難得直接照做，大概是覺得沒有再鬧失聯的必要。

這時候聽了張明芸吩咐的小馬帶著車鑰匙跟野餐盒過來。擔任工作人員善於察言觀色的他，似乎感覺這兩位警察之間有點矛盾。

「呃……車子準備好了，還有宵夜。」

唐聿謝過小馬，把車鑰匙丟到李武擎手裡。

「開車！」唐聿命令。

*

「你好，唐督察員。」當唐聿接起電話時，那個男子說。

「……！」唐聿立刻認出這個聲音，他有了一秒的遲疑，但設法保持專注。

「你不必問，」那個聲音低沉、鎮定。「我只是覺得與其通過屏東縣警局轉告，或許由我親自通知你，你會更瞭解接下來應該怎麼做比較好。」

「你怎麼知道是我？」唐聿努力想探究這一切是怎麼發生的。

「你在說笑嗎？你讓小琉球分駐所的人通知上層派人支援，難道沒預想過他們會先報告現況？」

男子發出類似輕嘲的低低笑聲。「不過你跟你的好伙伴在一起，這一點不必誰報告，我可以猜到，而且知道我一定猜得很對。」

可惡，明明說了不要透露他跟李武擎的姓名的！李武擎還在停職，照理該好好待在家裡接受調查。唐聿知道大概是賴建平如實交代過，可是他還是不明白這通電話為何要打進來。

「既然分駐所已經尋求支援，明天我們就會回臺北。」唐聿說出計畫。

「不用著急，何況你比我明白，你的伙伴一旦插手這件事，不解決到最後絕不會輕易罷手。」

來電者的語氣說得太篤定，這讓唐聿很不是滋味，彷彿這個男子比他還瞭解李武擎。

「這不是他的轄區——」

「或許我應該先提一下，說不定明天屏東縣警局還無法派出人手支援。」

「你什麼意思?!」

「聽說有個低氣壓從小琉球南方逼近了，氣象局推估的浪高，足以達到停止接駁船行駛的標準。」那個聲音說：「從今晚午夜開始，一直到凌晨五點是觀察期，但我覺得你不用抱太大希望。」

唐聿感覺頭疼了起來，而且腦海裡幾乎可以想像說出這些話的男子正站在他那整潔的辦公室，聞著每天必定會更換的百合花束。

「你似乎很想讓李武擎待在這裡？」唐聿索性打破沙鍋，畢竟他一開始也很懷疑李武擎突然到小琉球的理由。

來電者反問：「我有什麼理由希望李刑警待在那裡嗎？」

「不要跟我打啞謎。」唐聿嚴厲又客套地說：「從以前開始，你就一直讓他做一些奇奇怪怪的事，你以為我不知道嗎？」

「這你就說錯了。從不是我讓他做，這都是他自願的。」

「是你開出條件引誘他！」說到這裡時，唐聿發現李武擎走了過來。他重新穩定情緒，壓低聲音說：「言歸正傳，如果我們必須留在這裡協助辦案，我還是需要支援。」

「說說看。」

「法醫，或者警備人員，也需要有人過濾港口出入者，憑分駐所的警力根本不夠。」

來電者似乎思考了一下。

「很遺憾，我無法答應你的要求。」

那徐緩的回應，讓唐聿簡直要發火了。「你說什麼？」

「如果我記得沒錯，你在警大的時候，鑑識方面的成績很不錯吧！就算簡單的屍檢也難不倒你，如果有需要，我相信依你的能力應該已經夠了。至於駐守的警力，這件命案還不需要把事情鬧大。」

唐聿又看了李武擎一眼——即使李武擎一如往常面無表情，但唐聿似乎在他臉上發現自己墜入了一項陰謀。

因為權力不夠大，所以很多事情都無法掌控。過去跟現在，他能確實控制的，到底有什麼？唐聿的心裡既是恐懼又是悔恨，心知自己別無選擇。

「最後告訴我，你們的協議是什麼？」

男子輕笑的聲音傳了過來。「你不如自己問問？」

沒有得到想要的回答，電話掛斷了。

6

豪華庭園套房裡彌漫一股詭異氛圍，從毛仰祺接到來自臺北的電話後，令人不耐的寂靜持續了整整有十分鐘。在這短暫的時間裡，梁家祥開了一罐威士忌，沒兌水就喝了大半杯，那長期以來靠著應酬換來的酒量，讓他的意識還保留在清醒的狀態。

但就在梁家祥預備斟滿下一杯酒，毛仰祺很不耐煩地喊停了他。「都什麼時候了，喝醉酒還怎麼辦事！」

「離喝醉還久得很咧！」梁家祥無謂地撇撇手，整個身體陷入舒適的沙發椅上，「再說了，我就一個出錢的，哪裡有我出面的機會？我看吶，你也不用太擔心，這件事有『人』扛著的，不是嗎？」

毛仰祺聽著梁家祥略有所指的句子，眉間的憂慮更深。

倘若不是為了使利益最大化，誰肯跟這種貪杯好色的人合作！聽說梁家祥這傢伙之前還是混黑社會、專門詐取保護費的，之後為了漂白，才把黑錢拿去投資環保事業，這一來一往的金錢流向，回到口袋的錢早就沒有任何不法，乍看之下，還有環保團體名號的保護傘。在這個宣揚保護地球環境的時代，沒有什麼比環保事業的口號更好掩人耳目的了。

毛仰祺拉開領口，感覺自己有點兒透不過氣來，難道自己真是老了嗎？遇到一些意外就煩惱得失眠，想想十年前，自己正意氣風發的時候，為上層謀取了多大的利益！而自己也得到同等好處，不僅仕途一帆風順，還受到政府內閣的重用，若不是……

叮咚！

客房電鈴忽然響了起來，毛仰祺回過神，開門以後見到是意料中的人，立刻將來者帶入房內，焦急地詢問他：「進度怎麼樣了？」

駱肇修拉拉身上的實驗室白袍，慢條斯理地說：「還算順利吧。」

毛仰祺再問：「哪時候可以成功呀？」

駱肇修靜靜看著他，悶聲道：「你應該知道這種事情急不得，而且變數太多，我不能給出確切時間。」

「都已經多長時間了，你還不能確定?!」毛仰祺扭著眉眼，看來似是真動了氣，「你應該知道我們在這件事上面下了多少功夫，都幾個十年了？現在的事實跟你當初報告的願景根本完全不一樣！」

聞言，駱肇修不悅地撇著嘴，似乎想頂嘴，卻又隱忍下去。

梁家祥在旁看著他們陷入緊張，突地捧著酒過去給毛仰祺。「急什麼呢？人家這回不正是為了解決事情才從美國回來的嘛。」接著轉身面向駱肇修，和氣說道：「對了，前幾天你不是提了什麼……什麼新方法可以用做實驗？是不是先實驗看看？」

駱肇修搬出一套專有名詞。「但我還在進行模擬。」

梁家祥恍然地附和著：「對、對對，沒關係吧，我看明天就實驗看看吧，也好給上面的人一個交代。」

「明天？」駱肇修愕然道：「不可能。」

「哪來的美國時間可以模擬！」毛仰祺打斷他的話，「就跟以前一樣直接實際施作不就行了，到底行不行直接見真章，我也好堵那些傢伙的嘴，明年就要人事改選了，一堆人等著我出包！不管什麼小事，我都不能掉以輕心！」

「原來是毛局長害怕官位不保。」駱肇修微笑諷刺著。

「……」

見毛仰祺驀然住了口，梁家祥打哈哈道：「這事情若成了，對我們都有好處，何必這樣劍拔弩張的呢？都歇歇火，駱教授，總歸是因為出了點變故，所以局長才這麼著急的嘛，你甭怪他，大家都是一條船上的人。」

聽到「一條船上的人」這個字眼時，駱肇修很明顯蹙緊了眉宇。他暗暗定了心神，問道：「有什麼變故？」
梁家祥道：「顧之彬死了。」
這個名字挺耳熟，駱肇修卻一時想不起來。
「誰？」
「就是十年前把那片土地交易下來的土地代書啊。」
駱肇修思考了一下。「然後呢？」
「他被發現死在白燈塔裡頭。」梁家祥陡然壓低聲音，神祕兮兮地說：「說是給人殺害的！」
駱肇修心中一凜。「什麼時候的事？不是說你們已經準備要簽約了？」
「下午兩點吧，剛過來說完簽約的事，誰知道他後來就自己跑到白燈塔去了！」梁家祥接著說：「上面已經讓屏東警局別把事情鬧大，但是假如出了什麼紕漏，到時候牽扯到我們身上就不好了，是不是？」
駱肇修斜了梁家祥一眼，視線回到毛仰祺臉上。「就算這樣，我還是不能輕易進行實測。」
「你怎麼還搞不清楚狀況！」毛仰祺隱忍著怒意，幾乎要吼出聲來。
三人彼此僵持片刻，駱肇修忽道：「好吧，如果你堅持，我可以略過模擬，實際進行試驗，但我有個條件。」
毛仰祺沉聲道：「說。」
「你必須在場。」駱肇修一臉堅持，「不管實測造成什麼結果，你親眼目睹之後，就會知道只是在浪費資源罷了。」

第五章　展開調查

1

用繩索套住白燈塔周遭樹幹，簡便圍成一個警戒區域，打上大燈後，稍微驅散了一些夜間兇殺現場帶來的悚然氣氛。

現在時間來到晚上九點十五分，春季白晝的溫度在這時候消失殆盡，略嫌寒冷的強風一吹，眾人難免感覺有些寒冷。

張明芸提供了兩輛機車，畢竟對於小琉球地形而言，最方便行動的莫過於輕型交通工具了。但唐聿沒有機車駕照，於是他輕輕鬆鬆搭著順風車前往白燈塔時，身為司機的李武擎叨念道：「你也該去考個駕照了吧。」

「我有啊，汽車的，連輕航機都有。」

「一生裡到底有多少機會能開輕航機？我是說機車駕照。」

「我的一生裡也沒多少機會可以騎車。」唐聿戳著李武擎的肩窩，「真不知道是托誰的福，讓我在這島上體會到機車駕照的好處。」

李武擎哼了一聲，把唐聿的手打掉。「不用客氣。」其實他倒不是在意機車後座載著一個大男人，只不過「嘮叨的大男人」就有點意見了，想想，這一路連個紅綠燈都沒有，身後還有個傢伙一直說要保持限速四十公里，這不是很煩嗎？

「不要以為我不知道你心裡在想什麼。」唐聿如同洞穿了李武擎的心思。「肯定是在挑我的毛病吧。」

「沒。」

「你的撒謊技術一如既往簡直是爛到家了呢。」

聽見眼前二人不停吵嘴，楊光忽然噗哧一聲笑了出來，引起兩人注意。

唐聿皺起眉來。「哪裡好笑？」

李武擎淡淡道：「肯定是因為你頭頂開了一朵花的關係吧。」

唐聿瞪著他。不好笑。

楊光笑道：「兩位感情真好哎！原來我還在想負責督察的人應該都比較嚴肅，但看起來督察跟刑警之間也處得不錯嘛！」

「你的錯覺！」唐聿與小巡警正對面，嚴肅地托了托眼鏡，「這位刑警非常令我頭疼。」

「喔，是喔？」

「動不動就給我添麻煩。」唐聿解釋：「但這當然不是全體刑警隊的通病，請不會誤會了。基本上，我們署裡的刑警大隊還是非常優秀的。」

也未免太認真了吧！楊光應付著唐聿的說詞，笑道：「這樣啊，沒搞清楚之前我還以為你們感情好得像兄弟似的。」

「兄弟？」

唐聿悄然望了李武擎一眼，李武擎則自顧自地忙著手邊的事，似乎沒有聽見。

大概曾經有段時間，感覺彼此就跟親兄弟一樣吧，唐聿心想，但是情況跟現在不同。當時是軟弱的自己常被李武擎罩著。

從哪時候開始，那與自己稱兄道弟的男人居然漸行漸遠了呢？意識到的時候，他們之間似乎已經有一條難以跨越的鴻溝了。

賴建平派了兩個人來看守現場，當看到楊光他們過來後，便用充滿「期待」的眼神望著他們的一舉一動。唐聿看似察覺出什麼，對兩位分駐所的同仁說：「你們可以早上再來接班沒關係。」

「這樣好嗎？」

「我等等還要進行初步的屍檢，如果不便的話，可以避開無所謂。」

兩位同仁恭敬不如從命，跟楊光打了聲招呼就先回分駐所去了。原本想帶警犬TORO回去的他們，見牠跟著楊光身邊形影不離，也就沒有強制帶走牠。

楊光摸摸TORO的頭，從宵夜盒挑了幾片肉排給狗狗當作遲來的晚餐。

白燈塔這一隅，頓時又無聲起來。

既然分駐所有提出協助搜查的要求，至少唐聿出現在現場不算越權，但他還是顧忌李武擎的名字會否出現在案件記錄上，此刻，他正想法子讓他們從這個莫名其妙接手的命案裡脫身。

那通不久前打來的電話，清楚表明要他們調查這件案子。就算那男人老愛拐著彎說話，但我早就聽出來他的意思。唯一還搞不清楚的，是他不懂對方要李武擎介入的理由，但他覺得或許可以透過調查這件命案瞭解箇中緣由，以及——李武擎跟那個人到底達成什麼協議了？

情況不明朗時，先靜觀其變。唐聿一向不喜歡鑽牛角尖，他決定等待事態發展。最重要的是，只要自己能參與其中，那麼不管發生什麼意料之外的變故，他有自信或多或少可以圓滿解決，這也正是他討厭李武擎跑到他視線之外的最大原因。

他們有跟度假村要了一些乾淨的大型塑膠袋。將袋子在地上鋪平，當作臨時的殮屍袋。唐聿跟李武擎套上乾淨手套，對顧之彬的遺體合掌拜了一下，兩人便一前一後將遺體挪出燈塔。

「我不是法醫，所以只能說個大概。」

唐聿說完，看著眼前的兩人。李武擎急著想知道死因，所以根本不在乎，小巡警楊光則閃得比較遠，比了個「精神與你同在」的鼓勵手勢。

唉。

唐聿內心哀嘆一聲。這可不在督察員的職責範圍裡。

拿起手電筒，唐聿第一步觀察死者顧之彬的五官。

那邊李武擎也提著手電筒，將燈塔的鐵門敞開了。這直徑不到兩公尺的圓柱型燈塔，站在門口就能將內部一覽無遺。

燈塔尖頂的燈在夜空下緩慢而規律地閃著。

李武擎首先注意到燈塔內壁設置了一段鋁梯，梯子的寬度比起一般使用的尺寸顯得較為狹窄，恐怕只有更為窈窕的女性才能勉強攀爬。梯子通到一扇窗前，窗子是鎖死在窗框的百葉窗型，連一根手指都無法伸出窗外。

「死者頭部有明顯創傷，」唐聿說：「不像被打，像是撞擊造成的。」

「我猜是摔下來的。」李武擎接著說：「燈塔裡的梯子有被蹭掉灰塵的痕跡，旁邊也有手印，顧之彬可能先爬上去了，卻失足摔下來。梯子很窄，他的褲子有摩擦的痕跡嗎？」

唐聿看了顧之彬的西裝褲。「有沾上灰塵。」又瞄了一眼，「還不少。」

經年累月沒有清理的空中塵屑如同泥土一般，清楚壓印了一條生命的輪廓。

「那就沒錯了。」李武擎有了結論，「顧之彬發現自己被困在裡面，而那時候外面又沒人，所以他可能打算爬到上面的窗子呼救，但不知道為何，他摔下來了。摔下來的原因還要細究，但我推測黃易洲那對情侶拍照時候聽到的怪聲，十有八九就是顧之彬摔下來的聲音。」

李武擎的目光落在鋁梯上方的窗子。那窗子不大，葉片朝下，可以防止雨水滲入。窗子是固定在水泥牆面上的。李武擎猜測，顧之彬遭到反鎖，大概想爬到窗子那邊求救吧，可是窗子根本文風不動；另外，即使當時外頭有人接近，因為擋水的葉片，別人也不會看見他。

「梯子才多高啊，普通不會直接摔死吧。」唐聿注意到死者後腦杓有血液凝結，把手電筒湊過來看個仔細，心裡有些推測。「後腦杓的傷……我知道了，兇手應該是從身後攻擊了死者，趁死者陷入昏迷時，將他拖到燈塔裡面。」

李武擎沉吟片刻，問：「還有其他外傷嗎？」

「應該……沒有，外表看起來沒有其他足以致死的傷口。咦？」唐聿邊說，邊解開死者的衣物，他只鬆開襯衫的部分，發現了死者的手臂內側與胸口部分產生了暗紫紅色的斑點狀出血。這一點讓唐聿感覺不太對勁。

「怎麼了？」李武擎問。

「是屍斑……」

聽著唐聿的嘀咕，李武擎不解地問：「出現屍斑不是很正常嗎？」

「可是普通來說，屍斑應該出現在死後二到四小時。」人死後，體內血液開始順從地心引力而下墜，約二至四小時開始形成屍斑，剛開始形成的屍斑因為還未擴散到血管外，因此若是移動屍體，原本的屍斑會暫時消失而重新出現在低下的部位。一直要到十二小時以上，屍斑才會開始不再轉移。

唐聿撥開袖口，確認了時間，現在是晚間九點三十分。他說：「那對情侶說聽到聲音的時候是七點四十六分，到現在還不到兩小時。照理來說屍斑不會這麼快就出現，除非……」

「除非什麼？快說好嗎？」李武擎催促。

「你以前到底有沒有在上課啊，基礎鑑識課本不是都有寫嗎！」唐聿的視線掃過一邊的小巡警。楊光雙肩一顫，本來想找機會搭話的他，開始回憶他到底有沒有上過基礎鑑識這門課……

唐聿決定放過這兩個傢伙。「除非急性死亡或者窒息死亡，屍斑形成的速度就會比較快。」

「哦……」李武擎嘴裡低喃著，腦子裡則是不停思索唐聿所說的死因到底跟現狀是否符合。

唐聿繼續從屍僵程度確認死亡時間。

人類的屍僵現象會在死後三到四小時出現，出現的位置先從臉部開始，再來是上肢、下肢。顧之彬的屍僵程度並不明顯。唐聿由此確認了顧之彬死亡到現在不超過三小時。

「不會錯的，七點四十六分那時，死者從梯子跌落，那時候無論是昏迷或者死亡，至少死者都沒有再動過了。我們在八點十分抵達現場，確定死者死亡。」唐聿統整了目前所知的訊息，繼續說：「但我無法知道地上那些水跡到底是怎麼出現的。會不會跟案情無關？」

「還不能確定吧。」李武擎看著燈塔內的水跡，發現那一小灘一小攤的水跡似乎開始逐漸蒸發掉了。為防萬一，他採集了一些檢體，裝進小塑膠袋內密封。「而且我想不透顧之彬為什麼會摔下來。」

「不小心吧！」楊光趁機發表意見，順利吸引兩位前輩目光的他，繼續說：「你們看，不是經常可以聽見老人在浴室跌倒還是走路走到一半就摔倒了嗎？大概就是不小心吧！」

「他才幾歲啊。」唐聿無奈道。

「人不可貌相！說的就是這樣子吧！」

最好這句成語是這樣用的啦！唐聿決定直接無視。「你還是跟我們說說白燈塔這裡發生什麼事情好了。」他覺得這個話題對小巡警來說會比較簡單。

楊光反問：「白燈塔怎麼了？」

「我看你們剛才似乎很怕晚上待在這裡。」唐聿說：「這次的情侶之所以會成為第一發現人，也說是因為來這裡夜遊探險的關係。」

「哦！」小巡警懂了。「因為傳說有日本兵在白燈塔裡面枉死的關係。這我也是聽村裡的幾位大嬸說的，她們讓我晚上盡量別上來。」

「日本兵？日治時代的事？」

楊光點頭。「對，那時候駐守在白燈塔附近的日本軍隊之中，有一個士兵被村民檢舉，說是行為不檢、欺侮婦女，於是那位士兵就被懲戒關到燈塔裡面。你也知道日本軍人在軍紀方面非常嚴格嘛，所以被檢舉是一件很丟臉的事，然後那個士兵就一直喊冤。」楊光壓下嘴角，似乎打了個冷顫，「很恐怖喔！士兵一直敲打鐵門想替自己辯駁，但沒有人願意放他出來，最後他還是被處死了。因為是受了冤枉，所以後來好像還發生一些鬼魂在附近騷擾村民的傳言。」

「難怪附近都沒有居民。」李武擎隨口答腔。

「沒錯沒錯！好像附近的村民很快都搬走了，現在也幾乎沒人在住。」楊光激動附和，「據說那個日本兵有養過一隻猴子，好像跟著主人被處死也遭了殃，死掉的猴子跟主人一樣變成了精怪在作怪哩！不過後來有請碧雲寺的大師出面作法了啦，說是已經化解了鬼魂的怨氣，猴精作亂也平息了，但為了尊重這個日本兵好兄弟，晚上幾乎沒有人在這裡走動。」

似乎臺灣的古蹟都會伴隨一些靈異怪談，唐聿見怪不怪了。

楊光怕兩人聽不懂，還說：「碧雲寺是我們小琉球最大、歷史最久的一間廟，就在島中央喔！從這裡轉出去，沿著中正路馬上就到了。」

李武擎看似對這些鬼怪故事沒興趣，悶不吭聲。他們都沒注意到一直趴在地上的警犬TORO這時候坐了起來，豎起耳朵。

「對啦，還有一件事！」彷彿說到興頭上，楊光努力回想著，「我記得在這附近還有一座宗祠，是原本村民祭奠祖先的地方，後來因為發生這件事，村民也就一起祭拜了日本兵，嗯……我記得應該是在這裡！」

楊光原地轉了個方向，指著印象中的地標，然而他的手指頭才伸出，卻因為看見了完全沒預料的場景，而整個人完全僵在那。

2

毛仰祺厭惡細碎的聲音。有些人喜歡用指尖在桌上點來點去，或者反覆翹椅子，那些在無意間製造出來的聲響非常令他反感。

因為他身為職業軍人的父親，一直教導他必須自律，包括把碗盤放在桌上的聲音、喝湯的聲音，甚至翻書的聲音，都要拿捏分寸。

有時，對自己來說無意的舉動，常常會造成他人的困擾，父親總是如此說，這讓毛仰祺不知不覺成了個相當在意旁人眼光的人，於是生活得兢兢業業，甚至太過神經質。後來出社會後，他發覺自己除了觀察別人的表情之外，還能察覺一些社會脈動。

買賣房地產是他激發自我潛能的濫觴，原本只是單純為親戚物色一間退休的房子，但隨著經濟發展，那間房子的房價在幾年內迅速倍增；之後是股票，再來是投資基金。

久而久之，他發現存在於社會上的一切，無論事物，都是有跡可尋的。可是並不是人人都像他一樣可以察覺那些蛛絲馬跡。

此後，他確立了自己的經營手段，恰逢當時經濟起飛，人們開始留意休閒生活，他便利用父親軍中的人脈進入觀光局，從基層開始，藉著推動觀光計畫一步一步晉升。

然而如此，坐到局長的位置還是花了他十年。十年是個漫長的光陰，他不希望這個舒適的位置被哪個不經心的傢伙拖垮。

毛仰祺聽著梁家祥抖腳的聲音，想著往事，又想著自己的職位。

眼下除了忍耐，別無他法。

梁家祥晃了晃空掉的威士忌酒瓶，戀戀不捨地舔去瓶口殘液，打一個酒嗝，接著拍拍自己的啤酒肚。

「好了，我也該睡啦，明天還有一筆大交易等著我咧。」

毛仰祺容忍著梁家祥老愛顯擺的語氣，耐著性子說：「股票？」

「全說出來可就沒意思了。」梁家祥笑嘻嘻道：「你的那一份我早就準備好啦，清清白白的帳戶，誰也查不到。至於剩下的，我得找個人頭成立子公司，把持股收購回來。」

「是哪個幸運兒？應該也能得到不少好處吧，梁總經理的封口費，可不能寒酸吶。」他語帶諷刺。

「放心吧，我隨便找個藉口唬弄過去，鄉下人家，哪裡猜得到咱們在搞內線？」

「噓！」毛仰祺低低喝止了他，「小心點。」

梁家祥嘿嘿笑著。「這裡哪還有其他人啊！怕什麼？誰能想到觀光客在欣賞珊瑚礁的時候，我在欣賞我的鈔票呢！」

毛仰祺對梁家祥隨意的態度很不滿，但還是容忍下去。「總之，小心駛得萬年船。」

「收收你的官架子吧。」梁家祥用調笑的語氣說：「我的錢都投資給你了，股票也插你一份，你事情要是做半套，我會很為難的。」

毛仰祺心裡暗暗罵梁家祥一聲粗鄙，表面仍是隱忍不發。「你剛才不也聽見了，明天實測之後會有結果，到時候——」

「話可先說在前頭，」梁家祥打斷毛仰祺，「如果失敗了，可不只是賠賠錢就算了，還得吃上官司的啊，嚴重的話，二十年前的舊帳被翻出來……」

毛仰祺瞪去一眼。「既然你曉得利害，最好祈禱這一切順利進行。如果我翻船，也會拉你往下沉！」

「呵呵……」梁家祥得意地笑了兩聲，上身傾向對方，故意用著刻薄的口吻，小聲道：「我好怕呀，我不會游泳呢！」

3

一道人影從樹影間掠過，讓不經意瞥一眼的小巡警嚇了一大跳，當人影現身在他們眼前時，楊光還難以置信地喊出了對方的稱呼，好像來者跟他印象中的日本兵鬼魂有了落差。

「一木師父？」

被稱為一木師父的老人緩緩面對眼前的三個年輕人。他那一對炯炯有神的眼睛上方是兩道濃密的白眉，眼珠顏色恰似接近漂白過的灰黑色，他骨瘦如柴而且有點駝背，從打扮上看得出是僧人，因為他穿著灰色的僧袍並剃了頭。

「我不配被稱作師父。」他聲音很平靜。眼神瞥過唐聿身前的屍體時，表情顯然吃了一驚，目光卻沒有挪開。

李武擎打量一木的裝束，問：「你是什麼人？」

楊光代為介紹。「這位是一木師父，人在碧雲寺修行，以前我第一天在這一帶巡邏，就認識了一木師父。」他轉向一木，問：「您今天也在這裡徒步修行嗎？」

一木微微點了頭。

有了外人，唐聿便拿了塑膠布蓋妥顧之彬的屍體。正巧屍檢的進度也差不多了，沒有進解剖室無法再得出任何線索，他便脫了手套，整理好身上的衣服後，順手拿了一杯咖啡。夜還很長，而他知道他跟李武擎至少會在這裡待到翌日早上，他希望自己能保持清醒。

「我夜間都會在這附近修行。」一木的目光輪流在三人身上打轉，「我注意到今晚不太平靜。」

「不太平靜？」楊光充滿疑惑，「您注意到什麼事情了嗎？」

沒有城市霓虹點綴的海嶼，早已沒入夜色中。

此刻尖山寂靜的林野，迎著遠岸的海風，到處發出斷斷續續的呼呼聲，彷佛有什麼在耳邊吹氣一般。

這位老僧人緘默不語，停頓了半晌，才緩緩說：「……我看到了。」

「看到什麼？」楊光問。

一木迎著對方的注視，平靜說道：「我看見水鬼殺了人。」

楊光瞪大雙眼，結結巴巴說：「水……水鬼！您說水鬼嗎?!」

原本唐聿還以為可以聽見什麼有用的目擊證詞，當一木說出水鬼後，他頓時覺得荒唐，往李武擎瞥一眼，卻發現這傢伙竟然勾起唇角，好像有了興趣。

「沒錯。」一木手持長長的念珠，合起雙掌，「你們知道嗎？蛤板灣一帶，到了漲潮的夜晚，就會有溺死的亡魂現身。」

「呃！」小巡警的膽小警報器又在內心嗡嗡作響了。楊光緊張兮兮地問：「您是說那、那些被烏鬼們害死的荷蘭人嗎？」

「別叫他們烏鬼。」一木神色凝重，「他們跟紅毛人之間的鬥爭，早在幾百年前就開始了，這其中有多少枉死的人沉入蚵板灣啊。當紅毛人最後以大火驅趕躲藏在洞穴中的居民時，這種互相搶奪的血腥場面才終於結束。」

李武擎默默回想今天跟薛茜琳一起到蚵板灣時候的情景，在到海灘前，他們還去了烏鬼洞，對烏鬼洞的歷史沿革大致瞭解了一遍。

楊光拉了拉制服領口，顯得有點害怕。唐聿連問都沒問，光靠這些對話就能猜出一二，反正統治者跟當地居民之間的抗爭並不罕見。

「所以你是說，你看到的水鬼是那些枉死的荷蘭人嗎？」李武擎提問。

不是吧……唐聿望向李武擎。他對靈異故事無感，反倒對李武擎樂於附和這個話題備覺困惑。

一木直視李武擎，如同要取得他的信任般以穩定的嗓音開口：「以前，人們受盡焚燒之苦，因為怨恨太深，不能轉世，就在地獄流連。每當紅毛鬼想要離開這片枉死的海，他們就會從地獄裡，伸出手，抓緊紅毛鬼的腳踝——」

「等、等一下！這太不科學了！」楊光忍不住吼了出來。他站到唐聿身邊，決定跟冷靜駁斥傳說的督察員同一陣線，但是因為顧之彬的屍體就在旁邊，所以他又嚇得哇哇大叫。

唐聿再度扶額。這小巡警還能再冒失一點嗎……

「昨天不是漲潮，所以逮到機會抓交替的紅毛鬼就上了岸，」一木喉嚨裡忽然發出兩聲低沉的喉音。「一切如同眼前所見，紅毛鬼成功了！他們帶走了這個人的生命！」

「原來如此。」說話的李武擎面無表情，但可以察覺有某種微妙的情緒在字裡行間流竄。「如果是真的話，要去蚵板灣游泳就得小心了。」

楊光愣了一下。剛才是有人說笑話嗎？那個面癱刑警？

「當然是真的！」一木稍稍提高音量，「整片海域都沸騰了，難道還會有假？」

「沸騰？」楊光小聲嘀咕。

一木解釋道：「漲潮的時候，蛤板灣的海面全是氣泡，不停往上竄，就像一鍋煮沸的水！還冒了煙，那就是遭到焚燒的屍首冤魂，他們被焚燒的熱氣也讓海水燒滾起來！遠遠的，還能看見一艘巨大的船，在海霧裡載浮載沉……」

唐聿無奈搖頭。「小琉球岸邊全是漁船，是不小心漂流到附近的船隻吧。」

「那不是普通的船。」一木否決了這一點，「那船就是一團黑影，船桅被折斷了，沒有帆，也沒有可以讓水手站立的甲板，它的軀體龐大……」說到一半，像是想到什麼，他忽然瞪大眼睛，「對！沒錯！它有眼睛！一對跟貓一樣、能在夜晚發亮的眼睛！那就是一艘怪物！」

不知道是否因為老僧人說得太過激動，帶有顫抖與畏懼的聲音，跟樹梢的沙沙聲逐漸影響了周遭的氣氛。唐聿感覺天氣涼了一層。他喝了口咖啡鎮定思緒，往旁邊一看，楊光已經抱著TORO在發抖。

片刻緘默。

一木打破沉默說：「你們不相信嗎？」他指著佇立在眾人後方的白燈塔，「你們都看到了吧？地面上殘留的水，那是**水鬼的腳印**！」

此話一出，李武擎的臉色微微一變。

不應該有跟案子無關的人知道燈塔內有殘留可疑水跡的事。

一木往前走了幾步，從階梯上望向燈塔鐵門。「如果你們還是不信，我就再說一個可以證明我所言不假的證據。」

李武擎感興趣地問：「請說。」

「那對年輕男女破門而入的時候，我剛好看見了——他們在找火。有人把打火機點亮了，對吧？」

唐聿疑惑道：「是啊，那又如何？」根據黃易洲的說詞，為了看清燈塔內部的情況，他確實點燃了打火機。

「紅毛人用大火燒死了居民，而枉死的居民則用大水掩蓋紅毛人的火。當溺死在海底的紅毛鬼趁著漲潮上岸、現身索命時，為了宣示自己的勝利，所到之處便燃起了火焰——」

「……！」楊光說不出話來。「不、不會吧！」

而唐聿也聯想到了黃易洲的證詞。忽然爆竄的打火機火苗。

「他們放大了火，想讓一切都燃燒起來。」一木陰惻惻地說：「紅毛鬼影響了打火機的火，整整兩次！盛大的火焰，像是戰勝的烽火——它們把這人的魂魄帶走了！」

4

到了下個月，他擔任中央地質調查所所長的職務就屆滿十二年了。

這是歷任所長最長的任期，外人對此直呼駱肇修成果斐然，但駱肇修曉得自己之所以能一直待在這個位置上，不是因為他的研究成果有多豐碩，絕大部分的原因是：他的存在對那些掌權者們有利可圖。

地調所監測著臺灣全國的地形與地質變動，儘管民間調查所林立，但擁有最大優勢的無非是政府部門，地調所只要釋出某一地域的地質災害評估，該區域的地價就會應聲下跌，又或者所內發出數年內的災害預測報告時，該相關類型的公司股價便會應勢攀升。

這就是「政府」二字出現的意義，一種即使人民表面上抗爭再激烈，也無法抵抗內心去服從的權威。

儘管駱肇修很不願意相信地調所偏離了純研究的良善目的，他仍無法對此進行否認。在外人看來，他們只是盡責地做出自己分內的研究工作罷了，實際上，其中牽涉到的利益往往叫人驚訝。

駱肇修不是唯一一個接受上層指示進行「祕密實驗」的所長，不過或許是至今唯一一個進行「最有價值的祕密實驗」的研究者。

他提出的實驗計畫，在獲得批准後，從二十多年前就開始進行了，施行之後數年，他就從科員升任了地調所所長，他開始擁有自己的團隊，有指揮他人的權力。他能把瑣事交代給下屬，也能把任何不想被發現的事情掩蓋——他只需要在卷宗上面簽字，然後交給那些贊助他實驗的人。為了日後龐大的利益，那些人願意滿足他的要求。

於是地調所的預算增加了，設備完善了，老舊的院區建築翻修了。

一件事、一件事、一件事，都在這數十年間默默改變，旁人毫不知情。

可是駱肇修知道有一件完全沒改變的事。這也是他覺得沒有必要離開那間一下雨就會滲水的老舊所長辦公室的原因。

他想要改變的，原來在這幾十年之間，憑他自己根本撼動不了分毫。

*

謝禾良回到客房後，看見駱肇修已經睡著了。

斟好礦泉水的水杯放在床頭，飲掉了一半。

他順手把這個杯子拿走，到水槽沖淨了，倒扣在盤子上。他知道教授喜歡整潔。於是他重新拿了一瓶罐裝的水放在床頭，希望教授有需要可以隨時取用。

房內，即使身處其中不到幾小時，牆上已經被貼滿各種資料文件。他看了那些用膠帶隨意貼住的紙張，知道教授正在計算含水層的耐受度。複雜的算式佔據整張紙，最後又被重重劃掉，零碎的修改。

看來還不到找出答案的時候。

5

白燈塔周遭靜悄悄的，連蟲鳴都遠在山腳，似乎也忌憚作祟的亡靈。

李武擎跟唐聿就守在白燈塔前面，各自找了一塊大岩石坐著歇息。至於楊光則跟TORO相偎在一起，靠在樹幹旁邊小寐。

唐聿從抵達小琉球開始就沒有進食，此刻他將度假村帶來的宵夜盒打開，吞著馬鈴薯沙拉與麵包。其實他肚子很餓，但又因為身處凶案現場，沒有吃飯的欲望，便這樣有一搭沒一搭地吃著。相反，李武擎倒是一臉從容，擰開罐裝咖啡，仰頭就喝。

從聽完一木的說詞，他們之間就沒有再進行關於顧之彬死因的探討，最後一木足足念了半小時的經文，才離開這裡，而離開之際，又回頭留下：「做錯事的人必遭到懲罰。」這種語意不明的話。

晚間十點，唐聿看了看手錶，總算忍受不了這種死寂的氣氛，向李武擎喊道：「你不會真相信那個和尚的說詞吧？」

李武擎放下手中的鋁罐。「他說了很多，你指哪一方面？」

唐聿吞吞吐吐道：「就是……抓交替那段。」感覺說出口似乎就已經夠丟臉了。「而且，海水會沸騰，這件事也很詭異。」

「聽起來是很詭異啊，但不代表是假的。」

「你什麼意思？」

「先這樣說吧。」李武擎道：「烏鬼洞、蛤板灣那裡的傳說我也是聽過的，那裡是荷蘭人跟小琉球住民的冤魂盤據的地方，但這裡是白燈塔喔，白燈塔的傳說是關於日本兵的，那麼，荷蘭鬼跳出海來，爬到尖山來到日本鬼的地盤抓交替？呵，不知道鬼魂有沒有地緣觀念，會不會打起來呢？」

唐聿感覺有些傻眼。「都什麼時候了，你居然還有心情開玩笑？」

「既然唐督察員也知道這是玩笑，那麼這起殺人事件不過是個簡陋的犯行罷了。要是兇手如果真的想利用傳說，那麼被害人就應該像傳說中的日本兵一樣遭到剖腹，而不是關在燈塔內。區區幾塊水跡根本證明不了什麼。」

「為什麼我聽到這跟鬼無關後一點也不高興呢？」唐聿自我調侃，「啊，應該是我聽見一個刑警在指導兇手如何犯案吧，剖腹？剖腹是吧，如果兇手把被害人剖腹，這起傳說殺人案就更完美了。」

李武擎無所謂地笑笑。「不是嗎？我可不相信水鬼還會先把人鎖在燈塔裡面。如果是我——」

「夠了，」唐聿趕緊喊停，「我不想聽見一個刑警講述殺人計畫。」

李武擎毫不在意唐聿的態度，繼續說著：「現在重要的是，兇手的目的是什麼？他是想讓顧之彬死亡，或者只是把人關在裡面？如果是後者，顧之彬的死對兇手來說是意外，或者料想之中？果然還是要等守燈人到場才能把事情完全解釋清楚了。我還有一些問題——」

唐聿淡淡地說：「追查什麼？你不要忘了你停職中，我也不是管兇殺案的刑警。目前只是義務幫忙，要是之後屏東縣警局派人來，我們必須馬上交接。」

「兇手會是利用傳說殺人嗎？」李武擎根本沒在聽，喃喃自語似地，用喝光的鋁罐在泥地上寫下「傳說」兩字。「為了表明自己對小琉球很熟悉？又或者只是一種掩人耳目的手段？還是說根本沒有這回事，完全是一木和尚的誤解？利用了當地人對白燈塔的恐懼，知道自己犯案時不會有當地居民經過……」

眼看李武擎把他的話當耳邊風，唐聿馬上嚴格提醒：「喂！不准無視我！這次回臺北之後，你別想待在自己家裡了，你就到督察組附設的小房間面壁思過！」

督察組的辦公室旁邊設有幾處小房間，就跟警局偵訊室一樣，供有犯錯的警務人員到場辯駁。那種地方誰也不想進去，因為就算只是被看見從小房間出入，即便是清白的，也會被誤會成是遭到督察員糾正而來。

「多謝你的招待，但還是不了。」李武擎故作客氣地婉拒。

唐聿挑挑眉。「終於會怕了啊？想不到李刑警也怕我們督察組的小房間，嘖，太好了，這真是我久違的勝利。」

「唐督察真幼稚，還有多久就要升職了？這樣心胸狹窄好嗎？」

「你還記得我要升官了？那就拜託你讓我省點心！」

李武擎嘀咕一聲。「我又沒怎樣。」

這時，天上突然飄起小雨。

楊光打著哆嗦醒了，睡眼瞧了兩位前輩一眼，又傻傻地睡去，完全不在意他這樣子會被誰拍照下來檢舉怠忽職守。

寧靜的空間，唐聿的手機突然發出訊息的提示音，他拿出手機一看，不由皺了皺眉頭。

還在忙嗎？我好想你！你快回來啦……

唐聿按下回覆。

空氣中傳來敲打手機文字的震動聲，停了一會兒，不到兩分鐘又發出訊息抵達的聲音，唐聿再度拿起手機，看了之後，剛才稍微放鬆的眉頭又皺了起來，緊接著還是一陣敲打文字的震動聲。

李武擎看著這幕，淡淡道：「是女人啊。」

沒有疑問，十足肯定的口吻，讓唐聿不太高興地瞧了他一眼，又繼續把簡訊打完。送出。

「我還以為你會更晚才發現我離開臺北。明明要跟那女的共進晚餐，連餐廳也預約好了不是嗎？」李武擎自顧自地說：「話說回來，你以為憑那種蹩腳的跟監技術能騙到我嗎？」

哪壺不開提哪壺，本來沒想計較，但唐聿這時真的要火大了。這時候訊息又進來了第三封，唐聿瞄一眼訊息，本來想回，卻又無端感到煩躁。

他放下手機。煩死了。

「你以為我是為了誰？」他很不耐煩。

「為了你老二。」

「去你的！」他大罵。「如果是這樣的話，我現在就不會在這裡吹冷風、看守屍體了！」

楊光似乎被吵鬧聲驚醒，張開了朦朦朧朧的雙眼。

他們在吵架？

「你可以不用來。」鋁罐在泥土地上劃著深深的凹痕。李武擎若無其事地說：「本來你就不需要親自跑一趟。這是我的事。」

「好好笑，什麼叫你的事？」唐聿盯著李武擎，說話的口氣越來越激切，「別以為我不曉得你想搞什麼！憑你在那裡橫衝直撞，你認為這樣就可以得到你想要的答案嗎？——正好！你給我說，你跟那個**臭屁的傢伙**到底達成了什麼協議？他要你幹嘛?!」

原本李武擎一直沒看唐聿的，這時候他難得也動了怒一般，掃了唐聿一眼。

「不用你管。你有你想追尋的目標。不要管我。」

「說得輕鬆！」唐聿反駁，「你要知道我是你的督察，我不管誰管？你們刑警隊的同仁給你的評價是什麼，你知不知道啊？」

李武擎冷淡道：「不想知道。」

「你就是這樣。好歹做做面子什麼的——」

「你們自己去玩應酬的把戲，我沒那種閒工夫。」李武擎蠻不在乎，「隊上那些傢伙不過是嫉妒而已，明明沒有才能，又想對人頤指氣使，除了用權力壓人，他們還能做什麼？」

「沒錯，你說對了，權力！就是權力！他們有權力就已經很了不起了。那你以為我這些年都在做什麼，我求的是什麼？不就是權力嗎！」

「說到底，你也跟他們一樣。」

李武擎起身，拍拍沾在褲子上的泥草，想結束這個話題，掉頭離開。

一直偷聽的小巡警趕緊閉上眼睛假裝睡覺。

唐聿望著李武擎的背影，很不甘心地揚聲道：「混帳！你這傢伙到底要到哪時候才能從過去走出來啊！」

語落，李武擎停下腳步。

「真好笑……」他低語，接著走得遠了。

唐聿看見李武擎那照樣是彷彿任何事情都挑不起興致的背影，既堅強，又孤單。那背影的主人似乎在說：你知道的，我早就死在過去了。

6

其實，一開始唐聿沒有把李武擎這人放在眼裡，而且他們的相遇幾乎只有「無聊」跟「惹人厭」可以形容。

在唐聿十三歲那年國中考試，他為了要討父母歡心，偷偷做了小抄，就藏在鉛筆盒下。其實他的成績一直都不錯，但他覺得如果每科都滿分才值得向父母炫耀，而那場考試他剛好對某一題的答案有點遲疑，他就瞄了一眼小抄。

答案是對的，即便小抄沒有必要，但這項「作弊」行為，好死不好給同班同學一個叫做李武擎的傢伙發現。

但李武擎沒有向老師報告，下課時，他走到唐聿桌子邊，居高臨下地望著唐聿，然後抬高他桌上的鉛筆盒，唐聿嚇了一跳，「碰」的一聲猛將鉛筆盒往下壓，這聲音引來附近同學的注視。

「唐聿說要請吃冰哦！」李武擎突然回頭對其他同學這麼說。

當時在附近的同學紛紛叫好，放學後全湊到唐聿身邊。

結果當然是唐聿被狠狠地敲詐了。唐聿甩了甩皮包，哭喪著臉。「我要買參考書的錢都沒了。」

「那種東西看再多也沒用啦。」李武擎舔著冰棒說：「反正你很聰明，總可以考高分。」

唐聿當時以為李武擎在諷刺他作弊的事情，等年紀漸長，他發現李武擎說的話並沒有其他含意，就是單純的讚美。唐聿在腦海裡將李武擎歸類在跟草履蟲同等的生物。世上大概沒有這麼容易明瞭的人了，你可以一眼看穿他的喜怒，知道他正陷入深思，又或者知道他不想理你，甚至連敷衍的意思都沒有。

那天，唐聿被李武擎半推半就地拉回家，見到了李武擎的母親。

李武擎的母親李妍正在煮飯，一看到兒子，笑笑地說：「你這麼晚回來真是太好了，媽咪也剛下班，還沒煮好飯，你再等等喔。」

一般會有母親對孩子說「你這麼晚回來真是太好了」嗎？唐聿覺得有點微妙，然後就看見李妍的視線落在自己身上。

打招呼的客套話還沒來得及說，李妍就笑道：「茄子，要吃下去哦！」

「哦，為什麼又煮茄子？」一旁的李武擎喊了起來，隨即對唐聿說：「我決定了，為了答謝你的冰，我決定給你加菜。」

「因為剛好茄子在打折嘛。」李妍笑著解釋。

這時唐聿發現，李妍身上穿著的是女警制服。很好看，他默默望著，心中對母親守候孩子的形象感到嚮往不已。

李武擎也發現同學的注意力落在母親身上，乘機說道：「我媽是警察哦，一點都不溫柔。」

「我聽到了。」李妍從廚房探出頭來，「等等讓媽咪裝一大碗茄子給你。」

「……」李武擎把嘴巴抿成一直線，對唐聿說：「你看，一點都不溫柔吧。我以後的女朋友一定要討厭吃茄子。」

唐聿想到這兒，不由自主笑了笑。

他覺得這對母子的相處模式很奇怪，至少跟他不一樣，他在家裡都是端正坐在桌前，仔細回答父母問的每一句話。如果表現得不好，父親常會打他一頓。

之後不出意外地，一整盤茄子被挪到他眼前。

「不用客氣。」李武擎說，啃著他的雞腿。

唐聿默默吃著茄子，也吃其他蔬菜，他不挑食，這一點是他從小最常被導師寫在聯絡簿上的讚美。

「對了，他今天考試作弊。」

突如其來一句話，讓唐聿一口茄子哽在喉嚨，差點沒噴出來。

唐聿張大眼睛，轉頭看著隔壁的同學，一臉「你吃了我的冰居然還出賣我」的愕然表情。

「是哦。」李妍卻毫不在意似地，把茄子夾到兒子碗裡，對他說：「哪時候小擎你也作弊嘛，不然成績很難看。」

「……」唐聿啞口無言。

李武擎把茄子從碗裡挑出來給唐聿。「不要，做小抄也很麻煩。」

完全不能理解啊，唐聿當時這麼想。

「還有不要叫我小擎。」李武擎做了個「感到肉麻」的表情。

「有什麼不好嘛！」李妍看著同齡的孩子們，笑得很溫柔，「『擎』就是『情』，很奇妙吧！同個音卻有著相反意義的字。小擎就當個能夠頂天立地又有感情、不冷漠的人吧。這是媽咪的願望哦！」

可是結果跟李妍想像的完全不同啊。唐聿望著李武擎的背影。他們都三十出頭了，認識整整十八年，這些年來，他看著李武擎漸漸變化成與李妍願望相悖的人。

但這不是沒有原因的，他也知道，這都歸因於李妍的死。

十八歲那年，他們正準備考大學時，李妍殉職過世。據說李妍遇上一起挾持案，當時她自告奮勇與歹徒周旋，告訴歹徒願意讓自己頂替那位女性路人做為人質，歹徒答應了，將李妍拖上車，一路以李妍的性命威脅警方讓道，遁逃到一處廢棄工廠，之後，歹徒無意再與警方周旋，威脅要殺死人質，雙方僵持六個小時，半夜時分，警方選擇攻堅。

攻堅來得出其不意，歹徒一時慌張，刺殺了李妍，李妍遭刺穿肺部，送醫前不治。

事發後，李武擎性格不變，而唐聿也正因為這個原因，體會到「權力」的必要性，因為後來在警校內，他們聽一位將屆退休的警官說，那場攻堅並不周全，新上任的長官急著立功，沒有多方考量，就指揮了這場行動，但人質的死，在社會大眾的認知裡全是那名歹徒心狠手辣的錯，沒人懷疑到警方的疏失。

事情神祕地被壓了下來。

有**權力**的人，可以操縱真相。

7

毛仰祺已經無數次嘗試要掙脫把他的雙手捆在身後的繩子，即使感覺手指已經因為血液循環不良而發麻，但他仍然繼續扭著手臂，緊壓手掌，直到肩膀因為掙扎的幅度過大發出扭傷的訊號，他才稍微停頓一下。

雙腳也被綁住了，他整個人只好像隻煮熟的蝦子般彎起來。

冷汗從他的額頭往下淌，浸濕了蒙在雙眼的厚布。他繼續掙動著，咬緊了勒在嘴上的毛巾，同時暗罵那個忘恩負義的混蛋居然敢對他這麼做。

那混蛋在不久之前將他約了出來，趁他毫無防備正要上車時，忽然用電擊槍攻擊了他的後頸。頸後的酸痛到現在還持續著，似乎因為出汗的關係變得更加辣痛。

一想到這裡，毛仰祺就更憤怒，恨不得把他那張驕傲的臉蛋扒下來。

可是，到底是為什麼？應該沒理由會讓那混蛋這麼做呀?!

毛仰祺知道此刻自己應該是在車子的廂式貨斗裡，起初他就對這台車起了疑心，但對方說裡面裝了這次交易需要的設備。他媽的設備！老子就在裡面！毛仰祺恨恨地發出嗚咽聲，盼著有人發現不對勁，但貨斗內的聲音被車子的引擎聲掩蓋了。

從外表看來，這就是一輛普通不過的貨車，當它開到僻靜處，跟其他裝載鋼筋的貨車排列在一起時，這台車幾乎是藏木於林，完全不起眼。

尤其現在還是半夜。

車子停下時，周遭一片寂靜，毛仰祺反而比之前更為驚慌。他側耳聽著外頭的動靜，聽見駕駛座有人下車，然後甩上車門。車體一震。然後一秒、兩秒、三秒……他聽見貨斗的門打開了，鐵製的拴鎖撞在尾門的金屬扶手上，發出好大一道聲響。

「哼哼……」

那混蛋笑了笑。

毛仰祺往後一縮，本能想躲開對方——他發現有人靠過來了，這種感覺是在蒙住雙眼後才變得更為敏銳的直覺。

可是他根本退無可退。

看到縮成一團的觀光局長，這人開心地扯掉毛仰祺嘴上的毛巾。

「嗚……」感覺對方碰到自己，毛仰祺搖著頭掙扎，發現嘴上的束縛沒了，他便憤怒地喊道：「你想做什麼？放開我！」

可隨之而來的聲音又讓他馬上住嘴。

空氣裡傳來電擊槍刺耳的滋滋啟動聲。威嚇地持續了三秒。

「我是打算跟你好好說話的，你要是不領情，我只好讓你安靜下來。」這聲音冰冷、殘酷。

「——永遠安靜。你應該曉得我的意思，對吧？局長。」

毛仰祺顫抖著，想點頭，卻又不甘心示弱。整顆腦袋不自覺地晃動。

這混蛋是認真的！像變了個人似的！

「剛才開車的時候，我就一直在想，如果二十年前你就殺了我的話，那麼這一切都不會發生。你會繼續待在溫暖的房間裡，看著戶頭匯進來大把大把的鈔票。不會像現在，害怕接下來會發生的事。這是你能活下去的第一次機會。」

二十年前？毛仰祺心中一凜。

這如堅冰般寒冷的聲音繼續說：「你能避免這件事發生的第二個機會，是你在半年前，知道那塊土地即將轉手的同時，不但沒想過要找到我、補償我多年來的損失，反而再度聚集了那些該死的土地持有人。你們想故計重施，獲取龐大好處。你們本來可以追查到我的去向，哭著向我懺悔，可是你們沒有。」

「慢、慢著！」毛仰祺哆哆嗦嗦地開了口，「你說我們應該補償你的損失？我不懂……你、你是誰？……！」剛說完，毛仰祺自己倒抽一口氣，「難不成你是那個人的……」

「——你知道嘛！你明明記得不是嗎！」附和的語氣充滿了嘲弄，「你明明知道我的存在，卻還是故意從我手裡把一切奪走了！」

「不是這樣的！那時候我們完全聯絡不上你！」

「你以為我會相信嗎？這種毫無說服力的說詞。你是政府的人吧！隨便查一查就會知道。你以為一個不到十歲的小孩還能跑到哪裡去？」

「我有查！真的，我有查！」或許是太過激動想為自己辯解，毛仰祺的聲帶拉直了，聲音變得非常沙啞。「但是查不到！戶籍上沒有你的名字，你在區公所完全沒有紀錄！」

沒有聲音。

說完話後，毛仰祺大口大口喘氣。對方忽然沒有回話，讓他感到莫名害怕起來，巨大的恐慌開始在他全身蔓延，而且他能感覺到人還在，那驕傲的視線如火焰一般燒灼在他身上。

太害怕了，所以毛仰祺又開始掙扎，對方沒有阻止他，這讓毛仰祺懷疑會不會眼前根本沒有人了？外面蟲鳴的聲音很大，好像有成千上萬隻蟲正在求偶。毛仰祺天真的想著，可能已經沒有人了，那混蛋只是想嚇嚇他而已。

可是當他貼著貨斗的內壁，想一鼓作氣往外爬出去，猛然的一拳打在他左太陽穴，讓他整個人將近昏厥了。

他整個人向一旁倒去，前額重重撞在堅硬的內壁上，連哀嚎都細碎得像蒼蠅。

這時耳朵傳來沙沙的聲音，是那人的鞋底沾了沙，挪動的聲音。那人靠近了。毛仰祺心裡清楚，因為有股溫熱的鼻息就在他頰邊。

「我給你第三個機會，」那聲音如此說：「也是最後一個機會，讓你可以脫離痛苦。」

毛仰祺的耳朵裡嗡嗡作響，感覺雖然雙眼蒙了布，可是仍有幾道亮光在他的視網膜上閃動。

「你說什麼……什麼？」他虛弱地問。

那人拉住他的衣領，將他的上半身勉強抬起來。然後他聽見對方說：「告訴我，二十年前，你是怎麼殺了『他』的？」

8

無線電發出唧唧吱吱的聲音。

TORO開始嗅著主人的臉，希望能把主人叫醒。不過先醒的是唐聿，他從瞌睡裡反應過來，自己竟然不知不覺睡著了。
真虧自己睡得著，唐聿往旁邊一瞥，不遠處還擺著一具屍體。
李武擎從樹後現身，逕自拿起楊光腰間的無線電通訊器。
「請說。」
一波唧吱聲過後，無線電中有人說：「所長安排了人會去把大體運走。有診所願意幫忙。應該再半小時左右會到。」
「知道了。」
李武擎掛掉無線電。
現在是早上五點半。黑夜將盡，天空陰暗。楊光終於醒來，用力伸伸懶腰，感覺渾身腰酸背痛。摸摸TORO的頭後，他看看天色，說：「奇怪，怎麼感覺好像有風雨要來的樣子？跟之前颱風要來的時候好像。」
「不是感覺。」唐聿拉拉西裝外套，「是真的有颱風要來。」
「你怎麼知道？」
「氣象說的。」
「哦！」他顯得很困惑，「奇怪，我前幾天看新聞的時候怎麼沒注意到？如果有颱風要來的話，我們所裡要派人到街上宣導一下防災措施才行呢。」
每年經過臺灣的颱風，有九成都會經過小琉球，小琉球地勢崎嶇，沒有高大的山脈掩護，有不少地方都會被強風吹毀，尤其島上還有不少老房子。
唐聿拿出手機，想查一下本日回本島的船班，發現到目前為止氣象局還沒有發出任何停駛的通知。這不意外，每回都得等到接近時間點了，政府機關才會公布災害應變結果。收起手機前，他又看了看螢幕上方訊息通知，有五通未接來電，以及兩則未讀訊息，來自那位警政署主任秘書的女兒。

十分鐘後，一陣口哨聲在林間響起。他們互相對看一眼，隨即發現有個老人撐著大花傘，來到他們面前。

口哨聲在看到他們的時候停止了。

「怎麼這麼早有人在這？」老人滿臉疑惑，然後視線落到了穿著制服的小巡警身上。「警察？」

楊光覺得這是自己「挺身而出」的時候了。

「您好呀！您是來散步的嗎？可能要繞道一下囉！這裡出了一點事，可是我不能說誒！很抱歉！」盡責的小巡警一口氣把該交代的都交代了。

老人大笑著看他。「我才不是來散步的啦！我是來關掉燈塔的燈啦！」是守燈人！

李武擎的注意力馬上過來這邊了。他走向老人。「昨晚難道沒有人通知你嗎？」

老人轉過去望著那個看起來孤傲的年輕人。

「通知什麼？」

「這裡發生了命案。」

「咦？沒有哇！怎麼回事？」老人很驚訝，「你剛剛是說死人了嗎？」見李武擎點頭後，老人眼睛睜得大大的。「可是昨天我來開燈的時候，什麼都沒發生啊！」

唐聿在一旁低聲道：「怪了，昨天度假村的張老闆不是說要去通知守燈人嗎？」

李武擎也注意到老人確實不曉得白燈塔發生的事。昨夜張行昆慌張的身影又浮現在眼前，李武擎不禁對張行昆昨夜的行蹤生疑。

楊光發現原來這一位老先生是重要的證人，為了彌補昨天聽到鬼故事時的失態，他決定今天要好好表現一下。

「老人家，我該怎麼稱呼您呀？」

「叫我阿財吧，大家都這麼喊。」

「阿財先生！」楊光笑得一臉燦爛，活像討紅包的孫子。「我們想知道昨天您是哪時候過來燈塔這邊的呢？」

老人想了一下。「昨天……大概就下午六點吧。我都照著氣象局發佈的日出日落時間在走的。這我得跟你們解釋解釋。」

不用他們問，老人很熱心地說道：「我的工作啊，就是每天早上日出的時候過來關燈，然後日落的時候過來開燈。每次來就在附近稍微巡視一下，沒什麼事的話我就回家啦。」

李武擎問：「昨天晚上六點左右你來到這裡的時候，有發現什麼不尋常的事嗎？」

「不尋常的事？」老人偏了偏頭，「什麼也沒有啊，白燈塔這裡每次到了晚上，連觀光客都不太來，怎麼會有什麼事呢？」

「都沒遇到什麼可疑的人嗎？」唐聿補充。

老人唉唷一聲。「哪會有什麼可疑的人啦！」

李武擎接著問：「鎖呢？燈塔的鎖。」他把黃易洲當時為了一探究竟而用石頭敲開的扣鎖拿給老人看。

老人看了一眼，馬上說：「這不是我的鎖，沒這麼新。」他往前看，發現燈塔的鐵門是開著的，忍不住問：「怎麼回事？我記得把門鎖好了啊。」

「這個鎖聽說是原本掛在門上的。」李武擎說。

「不是啦，原本的不是這個。」老人像要證明似地，拿出放在口袋裡的鑰匙，在那新鎖上試著開啟，但很明顯這不是屬於同一套的鎖具。「不是這個。」

「本來的鎖被換掉了。」李武擎說。他的一部分設想這次得到了證實。

「唉，到底發生了什麼事啊？」老人沒有頭緒，往燈塔走了幾步，看見地上蓋著塑膠布的隆起形狀，忽然感覺頭皮一麻，忍不住脫口道：「真的死人啦?!」

楊光過去給老人拍拍背。「別緊張，沒事沒事。」

李武擎這時似乎已將外界隔離，沉浸在自己的思緒裡。要開這種扣鎖不難，換是他，拿兩支扳手利用槓桿原理就能撬開。片刻後，李武擎知道自己還有事情要問，可是剛轉過身，唐聿已經開了口。

「老先生，昨天下午六點您過來開燈的時候，有看過燈塔裡面嗎？」

「當然看了。開關在裡面，沒進去怎麼開燈。」老人心有餘悸地說。

「那時候地上有什麼水嗎？還是您有打掃？拖了地？」

老人搞不太懂唐聿的問題。

「我們在燈塔地上發現了一些來歷不明的水，不知道是什麼。」

老人皺了眉。「那我也不曉得。我昨天看到的時候一切都還好好的。門也鎖上了，鎖完之後我就回家裡去打牌。然後就到現在，你們告訴我有人在這裡死了。唉唷……這消息傳出去可不太好。」

「是呀，我們警方會趕快把事情處理好！」楊光拍胸脯保證。

不久後兩名分駐所的員警跟抬著擔架的兩位民眾也到了這裡。看見有人接班，李武擎對唐聿說：「我們要回度假村去找到張行昆。」

「嗯。」唐聿同意。說要去找守燈人的張行昆竟然爽了約，不知道跑去哪裡。

有了守燈人的證詞，他們對顧之彬命案的來龍去脈，已經有了大致瞭解：

兇手首先在守燈人執行完工作後，破壞了白燈塔的門鎖，接著，不知是兇手跟顧之彬約在這裡見面，或者兇手在其他地方攻擊顧之彬、將人帶到這裡，總之顧之彬因為後腦杓受到攻擊而陷入昏迷，隨後兇手藉機將他關入白燈塔內。

但兇手沒有把門鎖完全鎖上。以致於後來聽到怪聲想打開燈塔鐵門一探究竟的情侶，很快發現了顧之彬的死狀。

守燈人巡邏時間是晚間六點，情侶聽到怪聲發現屍體的時間是七點四十六分，可以知道這中間一小時多是兇手的行兇時間。

「可是兇手既然換了鎖，為什麼不直接鎖緊？」李武擎對此感到疑問，「雖然從外面只要把T字型鎖扣上就可以阻止內部的人逃出去，但如果把新的鎖扣上了，今天一早守燈人來的時候，就算發現無法開鎖，也不會那麼快發現屍體。」

「兇手不在意屍體被發現吧？」唐聿猜測。

「如果不在意，直接把顧之彬打死就好了，何必再費心將人拖進白燈塔？」後腦杓上的傷，是兇手足以攻擊對方致死的證據。但兇手沒這麼做，而是大費周章破壞門鎖，將人關進去。

「就算原本的門鎖再舊，也不可能隨便敲一下就壞了。」李武擎說：「兇手是預謀好的。他必須準備了工具破壞門鎖，也準備了新鎖。他就是想把顧之彬關進去。」

「但是為什麼？」唐聿問。

一定要把顧之彬關進燈塔，對兇手而言有某種意義嗎？

李武擎思考著，走向了燈塔，看著塔內。

「……哈。」他忽然冒出一聲輕笑。

唐聿覺得莫名其妙，跟了過去。「你笑什麼？對死者太失禮了吧。」

但李武擎根本不在意那些，他指了指燈塔的地面。「你看，水都蒸發掉了。」

「真的哎！」楊光不曉得哪時候湊了過來。

「兇手只打算隱瞞這件案子一段時間，」李武擎說：「這段時間只要足夠讓那些水消失就好了，至於屍體會不會被發現，兇手根本不介意——不，或許該說，兇手預計要讓守燈人在今早發現屍體。因為當守燈人發現屍體時，所有的『證據』都已經消失不見了。」

第六章　沙瑪基

1

他知道外面天亮了，但這個地方依然暗得像深夜。

男人坐在通往「地獄」的低矮隧道裡，聽著壁面傳來人聲與海濤聲，享受一種被人遺忘的歡愉。等待復仇，已經等多久了呢？他拊著胸口，心臟似乎因為即將到來的時刻而激烈跳動著。到這座島上潛伏好多年，期間，摸索出那些隱匿在表面下的複雜人際關係。

過去發生的事，在未來發酵，終於將破土而出。

有人應該為過去的錯事負責，為他失去的家庭負責。

唯一負責的方法，就是同樣付出性命。

男人的眼角落下一滴淚，又被自己迅速擦去。鬼魂是不流淚的。

為了迎接這一天，他在腦中預演過好多次，最後甚至在夢裡，還將自己想像成地底冒出的一雙雙腐爛的、可怕的手。

這些手，渴望將那該死的人拖進地獄。

2

他們回到雙心度假村才早上六點半，早起的遊客不多，中心大廳有足夠的空間讓他們享受一頓完美的早餐。但李武擎直接找了張明芸，他迫切想知道張行昆的下落，而出乎他們意料的，是她也不曉得。

「我以為爸爸跟你們在一起。」張明芸訝然望著眼前三人。「昨天晚上我打電話給他，他說他要協助警察辦案，讓我不必再聯絡他。」

張行昆在撒謊。他們都知道，昨晚張行昆來白燈塔不到五分鐘後便離開了現場，其後就沒有再聯絡過他們。

張明芸顯得很焦急。「你是說，我爸不見了嗎？他沒跟你們在一起？」

「妳可以再試試看撥打令尊的手機號碼。」唐聿安撫她，「他讓妳昨晚不要聯絡，妳之後就沒有打過了吧？」

「嗯……」張明芸有點恍惚地拿出手機，按下按鍵。

電話鈴聲持續在響，可是沒有人接，轉進了語音。她望著他們，又打了第二通，可是結果還是一樣。

「令尊是住在度假村裡吧？去他房間看過了嗎？」唐聿問。

張明芸二話不說轉頭就走，他們三人跟在後面。

房間沒人。空蕩蕩的。被單沒動過。

李武擎凝視著眼前的景象，好像陷入了某種思緒裡。

唐聿又問：「還有沒有哪裡是令尊可能出現的地方？」

「……」張明芸的眉頭整個皺了起來，她左右踩步，忽然想到什麼似的張大了眼睛。

於是三人又跟著她繞回了中心大廳。

不過這次到了中心大廳，他們拐進了一間上了鎖的房間。張明芸把鎖打開，房間的老舊氣味頓時撲鼻而來。裡面裝滿了很多東西，卻沒有張行昆的身影。

「這裡也沒有……」張明芸喃喃自語，表情看起來快哭了。「怎麼辦？爸爸他從來不曾忽然不見了！」

唐聿想了想，對楊光說：「請你們所裡的人幫忙吧！我看賴所長似乎也跟張老闆交情不錯，你幫張小姐問問。」

「收到！」楊光做了個舉手禮，帶著TORO暫時返回分駐所。

「那我們先出去等楊警員的消息好了。」唐聿說。

當他跟張明芸準備轉身離開，李武擎突然出聲喊住他們。他指著這個房間，問：「這是什麼地方？」

3

駱肇修把門打開，深深吸進一口窗外的空氣。打從他獨居開始的第一天，之後每個清醒的早晨，他都會做同樣的事，好像慶賀自己還活著，還能呼吸。但同一個動作，今天這次卻有點混亂了。他覺得自己好像做了一個很長的夢，到現在仍沒有醒來。

進行實驗的願景很好，在很短的時間內有了進度，獲取更龐大的支持，資金一筆接一筆挹注進來。後來，這個實驗的雙方都意識到，研究的成果有了盡頭。

那比失敗的實驗還要糟糕。

失敗的實驗可以重新假設，從第一步開始實驗，設定好環境因子，控管，避開陷阱。然而找不到下一步的實驗，注定失敗。沒有重頭一次的，真正的失敗。

即使如此，他仍不顧一切尋找著解答。

他在所有數據裡埋頭考究，認為肯定是遺漏了某個環節。實驗的目的是為了大眾，但真正動手的卻只有他們。他們的所知有限，能擁有的當然也有了限度。

此刻，他憂傷著為何再次到了極限。

為什麼？他明明這麼拼命了。十四年前，硬生生將實驗的盡頭拉長到現在；十四年後的今天，他再度面臨同一個盡頭，所以他正設法再延長一個十四年，甚至更久。

小琉球的空氣有別於都市，像摻了薄荷，從鼻腔一直涼到肺部，然後沿著血管在體內四竄。駱肇修一口接一口用力呼吸著，希望這可以讓他的腦袋清醒。

十四年，說來輕鬆，但他已經不是當初的那個他了，就算他周遭的景物不變，但他已老了，老得連自己的行李都搬不動，老得一走上樓梯關節就在發疼。他陷入一種前所未有的哀傷之中，一次又一次反問自己，如何是好？如何是好？卻始終找不到最合適的答案。

讓實驗成功的答案，改變過去錯誤的答案，在哪裡？時光匆匆，有沒有讓歲月倒轉的答案？沒有人回答他，因為不必回答，這答案太簡單不過了，因此就連自己都懶得回答自己。

早在一開始，他就已經選擇了這個方向了，不是嗎？

既然已經做出選擇，而命運無法後悔，那麼他還能把心願寄託在哪裡？

只有一個人。他只擁有那個人了。

駱肇修感覺自己的心臟在淌血、右腿在痛、頭顱在劇烈發顫。

他向來如此，懊悔，深思，然後篤信——那個時候的我沒有走錯路。

他知道，等一下關上窗戶的自己，就是重新隔開了自我跟世界之間的連接。這是他的世界，他的成就，專屬於他，而他將會得到一份施恩於大眾的成就。

這是一個偉大的目標。

無論達成的手段是好是壞，這是一個偉大的目標。

4

在黯淡的光線下，房間內部讓人感覺像個倉庫，擠滿了各種老舊的物品。鍍金邊框的黑白相片、竹簍、石磨、陶碗，缺了輪子的推車，以及書皮被蟲蟻啃噬過的數疊線裝書，零零總總。李武擎站在這些東西中間仔細環視，有個直覺告訴他這裡並不普通。

張明芸聽到提問，從慌亂之中抬頭，不知道是過敏還是哭泣的前兆，她吸了吸鼻子，才用勉強恢復鎮定的聲音說：「嗯……這裡是爸爸設立的文物室，有點類似保存老東西的地方。偶爾爸爸會過來這裡坐一下午。」

「開放參觀嗎？」唐聿問。

「沒有，平常沒有開放。」張明芸順手開了門邊的燈，懸吊在天花板的白熾燈泡亮了。「我本來也想說既然有這些值得紀念的老文物，不如開放給遊客參觀，可以讓別人稍微瞭解一下我們小琉球的歷史，但是爸爸說這些也不是什麼稀奇的東西，而且也不算是我們的，所以還是收著就好。」

「不算是你們的？」李武擎發問。

張明芸點頭。「其實這是我爸一位老朋友的，算是我們家的世交吧，我們兩家的感情還不錯。大概半年前，聽說世伯家的老房子要拆了，我爸就把那房子裡可以搬的東西都搬來了。」

唐聿也跟著李武擎開始在房內瀏覽著。「妳世伯家沒有人整理？為什麼要把東西搬過來？」

「喔，其實世伯家的那塊土地，在二十年前就已經賣掉了，嗯……」頓了一頓，她解釋：「應該說是被政府徵收了，但是房子好像都沒拆掉。世伯當初在賣土地時不幸過世，家裡又沒人，所以委託我爸爸代為處理。我爸半年前聽說政府好像決定要拆房子了，所以趕快把世伯的東西搬來，免得被當垃圾處理掉，算是盡了一份朋友的義務吧。」

「妳剛才說土地被政府徵收？」李武擎問。

「嗯。」

「徵收去做什麼？」

「這個我也不清楚，聽說是要建福利機構，可是二十年了也沒開工，所以我也不曉得到底是怎麼樣了。」

唐聿苦笑道：「其實不止這邊吧，有時候政府徵收了土地，卻沒有足夠的預算進行建設，導致有部分的土地荒廢了數十年。」

「最近可能要動工了，我猜應該是這樣。」張明芸說：「不然怎麼忽然說要拆掉世伯家的房子？那個大宅子應該算是古蹟了喔！我小時候經常去玩。我原本還以為可能是古蹟的關係所以政府不拆掉，結果好像不是。」

李武擎的視線穿過長形桌面上堆疊的文物，望向牆壁上張貼的海報、地圖，還有幾張像是筆記的零散紙張。

「妳世伯該不會是在研究歷史的吧？」他問。

「不知道算不算研究歷史，但是他總是在讀書。」張明芸回憶著過去的記憶，「世伯家在當時算是很富裕的，不僅有土地，也有錢讀書，他家還有一間大書房呢，不過好像因為太久沒整理，書都被蛀掉了，留下來的文件大概就這些了。」

「這個，」李武擎指著牆上其中一張地圖，「妳知道這個名稱是什麼意思嗎？」

張明芸湊過去看，看見了一張邊角有破損的老地圖上方寫著「沙瑪基」三個字。

字體像用鋼筆寫的，墨色已褪，但從端正的字體來看，可以感覺寫字的人或許有著嚴謹的性格。

「這是小琉球的地圖吧？」唐聿記起他在遊客中心看導覽時的本地簡介，上面就印有小琉球的地圖，還列舉出不少觀光景點供遊客參考。「雖然輪廓有點差別，但應該是小琉球沒錯。」

「啊！我想起來了！」張明芸小小驚訝著，「是小琉球地圖沒錯唷，而且這應該還有其他張類似的地圖。是世伯他收集小琉球各個時期的地圖，你們現在看到的這張，小琉球還被稱做沙瑪基，如果我沒記錯的話，這張地圖應該是日治時代的。」

「還真的是老古董了。」唐聿道。

「小琉球有很多老名字，後來是到清朝康熙才一直沿用小琉球這個稱呼到現在。」她說。

李武擎繼續端詳那張地圖。就像老式的觀光導覽，這張地圖有數個被標示出來的點，然後用鋼筆往外拖曳，並寫下註解般的簡短文字。文字是日語，夾雜著漢字。從可辨識的漢字裡，可以知道當時白沙港口已經開發，白燈塔也存在著，以及數個鄰近海岸的石灰岩洞穴，至今都因為政府發展觀光的關係冠上了龍蝦洞、美人洞總總稱呼。

可是其他地方呢？

他忽然納悶起來地圖上標誌的這些地點有什麼特殊意義嗎？

「那這些照片呢？」他接著問。

張明芸回答說：「是我爸年輕時候跟幾位朋友的合照，大家感情都很好，有些叔叔伯伯現在也經常到度假村來敘舊。」

唐聿瞧了幾眼，看見有張五人合照，大家手搭著肩，感覺看上去十分融洽，而其中有一個身材結實，臉上蓄著一撮鬍子的男人，不知為何，唐聿感覺有點眼熟。

5

假如在遊覽小琉球時曾認真記下看見過什麼，很容易可以發現在這狹稠的小島上，寺廟的數量，遠比臺灣本島任何縣市的寺廟座落密度還要高。

在小琉球六點八平方公里的面積裡，據說就有九十多間寺廟，包括公廟與私廟諸多不等，主因在於荷蘭人一六三六年殲滅原住民後，來小琉球居住的幾乎為各地移民，他們有各自的信仰，因此島上聚集了多元的宗教文化，一代代流傳至今。

這些寺廟中，其中最廣為人知的便是位處於小琉球島中央的「碧雲寺」，該寺在一七三六年（乾隆元年）開基，是小琉球最早興建的寺廟，主神為觀世音菩薩。當地居民流傳著，若是有關於島內無法解決的「內事」，都可以到碧雲寺尋求協助。

紅色檜木桌案擺滿了貢品，香爐煙火裊裊。虔誠的信徒到此參拜，跪在觀世音菩薩殿前，真誠地懇求。

受到颱風影響，及早歸家的香客，沒有誰注意到張行昆憂愁的神情，他就這樣撚著三炷香，跪在佛前，雙眼望著仁慈的觀世音菩薩，彷彿在尋求救贖，渴求著解脫。

人的一生中，想要的東西太多，但不是什麼都能得到，得不到的怨恨，漸漸變作可怕的執念，折磨著自己的後半生。相對的，人的一生中，能得到的東西是有限的，如果擁有的超出自己所得，那些虛假的浮華，總有一天會破碎，顯露原本醜陋不堪的本質。

手中的清香，不知不覺已經燃燒一半，佛堂前孤寂的身影，背負著太多的心事，低下頭膜拜之後，彷佛重得再也抬不起來。

「阿彌陀佛……」

靜謐的佛堂，低低的佛號聲響起。張行昆緩緩起身，似乎耗盡了力氣一般，臉上寫滿疲憊。

一木默然地看著他，雙手合十，貼在掌心的念珠在香火薄煙裡，被粗糙的拇指一顆一顆往下送。

6

李武擎回到了入住的海景套房，目前他打算在等待有人找到張行昆下落的同時，回房間稍微沖個澡，躺一下，因此在中心大廳簡單用過早餐後，他徑直走回房間，拿鑰匙開門的時候，發現後頭的跟屁蟲還在。

「為什麼你要跟過來？」

唐聿推開橫在面前的手臂，直接走進房間，連西裝外套都沒脫，直接大字形躺在雙人床上。

「沒關係，我不冷。」發現官網發出宣布停駛小琉球接駁船的消息後，唐聿很認份地接受了現實。反正是躲不了了。

「有沒有搞錯？我可不是在問你要不要蓋棉被。」

李武擎拉住唐聿的手臂，想將人拽下來，可是唐聿整個人巴在床上，死活不挪開。

「你知道我之前在你房門外等多久嗎？你好意思這樣趕我？」唐聿一句比一句強勢，不等李武擎回答，已經甩掉皮鞋，滾進了被窩裡。

「還有空房吧，你不會自己去住一間喔。」

「不要。」

「……」

李武擎望著唐聿鳩占鵲巢的睡姿，好一會兒說不出話來，最後索性放棄了。

脫掉夾克。拿出換洗衣物。

他進了浴室。

可浴室的門才關上，唐聿的眼睛就張開了。

*

有一段時間，唐聿曾想過永遠不要醒來。能睡著是一件多麼幸福的事啊！睡著以後，身體上的傷口就不感到疼痛了。

儘管國中的時候學校仍宣導要早睡早起，唐聿每晚幾乎都在凌晨時分才入眠，起床鬧鐘響的時候，他會馬上清醒並把鬧鐘關閉，否則打零工晏起的父親若是被吵醒了，少不了一頓打罵。

昨夜，被棍棒打到的地方出現了淤痕，血液凝聚成紫黑色的斑點，讓他覺得自己像隻混種狗。他把校服穿上，然後用母親留在梳妝台上的化妝品開始塗抹那些無法用衣服掩蓋的傷口，一切準備就緒，他出門上學。

在學校的他，就跟其他的孩子一樣，讓人難以想像他會是父親的出氣包、母親嘴裡的拖油瓶。

父親施虐的過程斷斷續續過去了四年，期間唐聿數度萌生「這會是最後一次了嗎」、「果然爸爸還是很愛我的」這種念頭，可是在遇到李武擎之後，他開始意識到自己的心願真是傻得可以。

看著李妍，他知道所謂的親子之間不該存有暴力，無論心理或生理，都應該充滿慈愛才是，就算生活上有什麼不順遂，彼此仍要約束某個底線：不說出令對方難過的話。

有些言語是不能說的。

他羨慕李武擎有這麼一位好母親。

那晚，他在李家吃過晚餐，回家後才剛踏進玄關，就被父親一把扯過去，像個玩具似地丟在客廳地板上。

父親拿起母親簽了字的離婚協議書，當面撕碎，將那一片片紙屑拋在他身上。

「那女人把你丟給我了！」

「我要你這個什麼都不會的小子有什麼用！」

喝了酒的父親如此嘶吼著。

「廢物！」

宣稱斷絕關係的紙片如同雪花，灑向唐聿心底最後一塊柔軟的部分。

已經不行了。

……沒辦法，我不行了。

他茫然地拾起紙張，用雙手攏著，堆成一個白色、醜陋的小山丘。父親抽起了菸，狠狠地吸著，彷彿要把肚子裡的怨氣盡數發洩，屋子裡白霧瀰漫。然後那支仍在燃燒的菸，彈向他的運動服，把藍色的運動褲燒出一個小洞。

燒掉的衣物變成一灘灼熱的泥球，灼傷了他的大腿。

很痛。

痛得連怎麼止痛都不曉得了。

還不到晚上十點，父親就醉得不省人事。唐聿原本躲在棉被裡發抖，發現外頭沒有聲音，他才哆嗦著下床。父親倒在沙發上呼呼大睡，腳邊全是啤酒罐。

機會到了。

他站在父親身邊，頭一回居高臨下地望著父親的臉。那與幼時記憶相似的臉龐，為何卻有出入的人格？這個人已經不是我的爸爸了。他心想，我的爸爸不會這樣對我。

這個人，是惡魔！

唐聿轉身，走到了廚房流理台前。很久沒開火的瓦斯爐，罩著一層灰塵。唐聿伸手，轉開了爐火。瓦斯爐爆起的火焰空燒著。

接著唐聿把旁邊的抹布往火焰上丟。抹布立刻燒了起來，燒融的合成纖維像水珠一樣往下滴，逐漸把木製地板燒出一大片焦黑的痕跡。

火勢蔓延著，他則緩慢走回自己的房間。裹著棉被。

沒關門。

因為他想聽見惡魔的哀嚎。

7

林思源今年六十三歲了，但駕駛他那艘出海的工作船，動作比二十來歲的小伙子還要俐落。他首先檢查燃料，接著啟動引擎，等五到十分鐘，確認暖機充足就可以開船出發。

從白沙港碼頭到他進行「箱網養殖」的地方，大概只要十五分鐘，快艇會更迅速一點，但現在他只有開工作船，而他還不想讓這艘老船報廢掉。

細雨飄著，浪頭逐漸攀高。此刻，林思源正在為兩件事感到麻煩。

首先，因為颱風來的關係，原本預計參觀箱網的遊客都取消了行程。在政府推動觀光漁業的政策下，他在小琉球外海的箱網養殖，也開放給大眾參觀，一般是這樣的：遊客報名，稍微收個手續費，搭快艇，到箱網旁邊繞兩圈，等遊客們拍完照，他就可以收工了。可是今兒個颱風一來，他原本在「安檢所」登記好的出海旅客名單全部報廢，這代表他今天的收入沒了。

第二件事，則是他老婆太煩了。

比普通老婆更煩的，就是討海人的老婆；比討海人的老婆更煩的，就是禁止討海人賭博的老婆。想當初他年輕時在遠洋船上工作，半年十個月回家一趟是稀鬆平常的事，一群大男人待在船上，跟烏賊大眼瞪小眼，連個消遣都沒有，當然只能賭博。

賭博的習慣到現在快滿五十年了，完全沒有改變，可更厲害的，是他老婆念了他五十年也沒有改變。

昨天也不過是到老朋友家賭幾把，就被老婆叫回家工作。午夜那時候，一聽到廣播說有颱風要來，她就緊張得要他隔天一早出去巡視。可他偏偏沒回家，硬是輸了一星期的觀光費才罷手，一回家，老婆簡直跟黑鮪魚一樣活蹦亂跳，差點兒把屋頂都翻了，可又因為太珍貴，捨不得碰她一下。

真的是冤家啊冤家……林思源哀嘆著，一邊駕駛工作船，等快接近的時候緩緩降下船速。

小琉球的「箱網養殖」是全臺灣最優良的，宜蘭外海跟澎湖海域都沒這裡得天獨厚。在小琉球西北角美人洞那裡往海面上望，能看到一個一個宛若呼拉圈的圓圈，那就是設置箱網的地方。這裡的海水乾淨，海流穩定，而且不受季風影響，也遠離了碼頭航線的油污污染，是箱網養殖的絕佳條件。

所謂「箱網漁業」，就是把魚養在大海中，圈個範圍起來不讓魚隻游走，感覺就像養在魚池裡一樣，可以控制魚兒的成長，而且可以隨時撈捕。大自然的海水，是魚隻生長的原生環境，當然魚兒會長得格外肥美，近年來，養在箱網裡頭的海鱺價格特別好，全都外銷到日本去，而在單純以販售為主的漁業之外，還能讓遊客看幾眼就賺到另外一筆觀光財，倒也是件愜意的事。

總之，這生意沒颱風來攪局，那就十全十美了。

養在海水裡的魚，最煩惱的就是這些魚要是真正「回歸大海」的話就慘了，一個箱網的直徑有二十公尺，深十五公尺，這四千七百一十立方公尺的空間只要破了一個洞，幾千條魚根本連一條都抓不回來。颱風正是破壞箱網最重大的因素。

林思源讓工作船停著，開始檢查箱網上頭的網子有沒有好好固定在圓周的扣環上，有時候大浪一打進來，網子變了形，魚群就會趁著空隙不假外出；不然，颱風有時候會把奇奇怪怪的漂流物帶到這裡來，把箱網撞歪了一角。魚群沒了算一件，要修補箱網又算一件，真是得不償失。

他巡視完所有箱網後，差不多也接近中午，他看著遠方的海面，感受船隻上下晃動的程度，確實，這次的颱風沒什麼雨，浪倒是大得很。

重新回到駕駛座，林思源準備返航，他的船都停在港口那裡，等會兒可以順道去遊客中心瞧瞧新來的櫃臺小姐，正當他這麼盤算著，一個大浪打來，忽然將他的船身迴轉了一圈，他趕緊加大馬力，想穩住船好掉頭，可他的視線不經意朝旁邊一瞥，就這麼黏在了那裡。

那裡是美人洞一帶的珊瑚礁海岸。因為海水不夠深，所以是沒有船會過去的。

此時，海浪一波波打向那裡美麗的珊瑚礁。

林思源愣了愣。視野上下搖晃。海面也起了一層薄霧。他懷疑可能是自己看錯了。

但就在他發愣的一分鐘內，又讓他看見了，有什麼東西在珊瑚礁那裡載浮載沉。

是什麼東西？

漂流物？垃圾？一群魚屍？

鬼使神差的，林思源決定把船開過去一探究竟。以前在海上，就被那些老船員們吩咐過，要是打撈到屍體還是人的遺物，都不可以隨便再丟回海裡，那些死去的人，大部分跟他們一樣都是討海為生的可憐人，所以要是遇上了，幫忙那些死者入土為安就好，這樣大家都相安無事。

林思源不知道自己怎麼會想到這個船員之間的老習俗，明明不確定那會是屍體，而且怎麼可能會是屍體呢？這個小島已經多少年沒人溺死過了呀！

可是他還是把船往那裡開了。

接著不到五分鐘，他就看見了一具水腫的男屍卡在珊瑚礁裡頭，被海水無情地拍打，而且那扭曲的臉上，舌頭像被誰硬扯出來似地伸得特別長……

8

薛茜琳原本預計在今天中午退房的，但因為沒了回本島的船，所以她就續住了一天——實際上，要是沒有颱風，她明白自己也會多留一天。

她心裡想著李武擎。不知道為什麼，像個沒談過戀愛的少女似地想著他。

感情這回事真是奇妙，明明什麼都沒開始，就好像已經陷下去。她看著上傳到筆記型電腦的照片，然後望著不知道第幾次網頁自動儲存記錄的網誌，將近有一小時她都沒再敲出半個字。

照片是她第一天就偷拍到李武擎的那張，在大福港口，繫船柱上，以藍天為背景，逆光的高大身姿。她盯著這張照片看了好久，猜想當時他的表情，還有他的目光到底在注視什麼。

他還看得進什麼？真是令人好奇。他看起來是那樣危險、孤單、強壯、神祕……天啊！

她都想罵自己花痴了！

網頁再度顯示「自動儲存中10：43」。薛茜琳百無聊賴地打了幾個笑臉，然後又刪除，又打了個笑臉，結果下一個自動儲存時，網頁忽然跳了一下，變成請檢查連線狀態的通知。

薛茜琳傻住了，幾秒後意識過來可能是度假村的無線網路當掉了。不曉得會有幾個人因為斷網而遭殃？打到一半的報告，查到一半的資料，訂到一半的演唱會票……吼！我想這些幹嘛啦！她從以前開始就愛胡思亂想。

把無聊的想法摒除，她闔上筆記型電腦，看了看時間。

要到中午了，她在想要是去找李武擎吃飯，會不會被拒絕？

正如大傳系學姊說過的：人生就是嘗試！要成功先得革命！猶豫再三，薛茜琳終於鼓起勇氣去敲李武擎的房門。

她撐著傘，在海景套房的門口站了好一會兒，覺得臉上的微笑調整到最佳角度的時候，她敲敲門，並在心中默唸：要一起去吃飯嗎？要一起去吃飯嗎？

大約等了三十秒，門打開了。

當她正準備以笑臉邀請對方吃飯，出乎她意料的是，過來應門的人居然不是李武擎。

「……？」

這個男的，我記得好像就是昨天在大廳給李武擎一拳的人。

「……！」

為什麼他脫了外套，只穿著襯衫，而且領帶鬆開，襯衫下擺也拉了出來？頭髮好像還有一點亂……是在睡覺嗎？臉上好像還有棉被的印子。

「……?!」

真、真的在睡覺嗎？這房型只有一張雙人床吧?!

薛茜琳的潛意識歷經了一連串迅雷不及掩耳的變化。

不過雖然只有呆愣幾秒鐘，對唐聿來說已經是浪費時間了。他皺起眉頭，有點疲累地把手搭在門把上，問：「有什麼事？」

唐聿注視著她，似乎可以從她漂亮的眸子裡看見她對他的存在感到質疑。

「呃——」她拖了長長的尾音，腦子裡急遽思考她要說什麼才好。她同時悄悄往房內看，沒看到李武擎的人。

為此，她鬆了一口氣。

「我想找李武擎先生……」她表現出困惑的樣子，「他是住在這間房嗎？」

唐聿往身後瞧了一眼，沒人，然後去浴室確認一次，沒人。

「我居然真的睡著了！」

她看見他似乎有點懊惱正在喃喃自語。

太好了。

正當薛茜琳內心小慶幸著，旁邊傳來了一陣急促的跑步聲，她轉頭，看到被張明芸稱呼為楊警員的巡警跑了過來。

當然，還有那隻警犬。

楊光顧不得跟普通民眾打招呼，直接對唐聿說：「不好了！又出命案了！所長讓我趕快找你跟李警官過去！」

9

毛仰祺的屍體是被一位漁民發現的。

漁民在巡視箱網時，無意間發現岸邊有「異物」，靠近一看，發現竟然是一具屍體。漁民首先報了警，分駐所的所長即刻派人到現場瞭解詳情。

擺在分駐所儲藏櫃內的黃色警戒線很久沒用了，明黃色快要褪成黃白色，但這兩天居然就用光兩捆。

因為發現屍體的現場鄰近美人洞風景區，所以要是在這海岸邊的民宿，有可能都會眺望到底下聚集了一些人。幸好因為颱風天的關係，沒有多少人外出活動，所以除了幾個村民圍觀外，並沒有引來不必要的閒雜人等。

屍體已經被拉上岸。透過死者褲子口袋裡的皮夾得知他的身分：毛仰祺，男性，四十八歲。

看著身分證，賴建平立刻認出毛仰祺是政府官員。觀光局長之前來過小琉球替活動剪綵，就算不常出現在電視節目上，但他不會忘記。

賴建平望著地上那具慘白的浮屍。

原本活生生、在電視上呼籲積極拓展本土觀光業的一個人，怎麼也沒想到居然會死在這裡。

當唐聿正想打手機找李武擎，楊光的警用無線電已經傳來通知，說李武擎已經到了現場。唐聿趕到的時候，忍不住先賞這個不安分的刑警一記白眼。

發現屍體的漁民叫林思源，經過進一步詢問，確認沒有值得參考的訊息後，就讓他暫時離開。

發現時間是在上午十一點多，地點是美人洞風景區往南約兩百公尺處的沿岸，抬頭一望，還能遠遠看見美人洞風景步道上的亭蓋。這裡海岸邊巨石林立，沙灘狹窄，因此遊客大部分聚集在前方進行水上活動。

颱風讓清澈的小琉球海面難得混濁起來。似乎是颱風的關係，步步進逼的海浪讓警察們可以駐足的地方更狹小。

身為督察員的唐聿，照理說，已經很習慣旁觀刑警們處理刑事案件，對屍體也有某種程度的免疫，可是對於浮屍，唐聿還是難免露出尷尬的表情。

「你可以嗎？」李武擎問。

知道他在問什麼，唐聿搖搖頭，坦白說：「沒辦法。」針對浮屍的屍檢必須解剖才能有確切的證據，屍溫、屍僵，這些在海水的影響下無法用普通數據判斷。

但是從毛仰祺的頭部可以看見一處明顯的創傷，下凹的程度簡直跟洩了氣的皮球相仿，再加上身上的皮膚有大小不一的創口……其實頭顱是很堅硬的，能將頭殼傷害到這種程度，唐聿推測那大概比跳樓身亡的屍體更嚴重。他在內心回想著案例，判斷毛仰祺是從高處墜落的機率比在海水溺死的機率要大。

李武擎也不勉強他，自己套了手套，察看死者的體徵，然後他發現在死者的手腕跟腳踝處都有明顯的縛綁痕跡。

「是被綁來的？」唐聿感到驚訝，視線跟著李武擎翻動屍體時一起觀察。「可是身上沒有綑綁物。」

「臉頰也有摩擦的傷口。」李武擎推測，「兇手綁架毛仰祺，困住他的行動，也讓他不能出聲呼救。」

「在把他推下去前還解開繩子……」唐聿低喃，順勢往高處一望。

這附近的山崖都有可能是毛仰祺被兇手推落的地點。

「我知道這人是誰。」

「我也知道。」

唐聿順口一說，其實他剛才已經從賴建平那裡得知這位死者正是觀光局長。當他知道死者身分的同時，他就猜測這件命案有可能鬧得很大，而那個老是喜歡聞著百合花顯擺的傢伙不可能再把事態壓下來。

「我說的不是指他的身分。」李武擎進一步說明，「他也住在雙心，而且認識張老闆，同行的好像還有其他三個人。」

「嗯？」唐聿看著李武擎的側臉。「為什麼你會知道？」

「住在同一間度假村，總是會看到幾眼吧。」李武擎含糊一說，邊往前走，靠近了發現屍體的淺灘。「你去讓分駐所的人查找那些人的不在場證明。」

「喂！你不要太靠近！」

儘管唐聿在後頭喊，李武擎卻置若罔聞，而且當著所有人的面脫下了鞋子，步入沿岸的珊瑚礁石內。

唐聿見狀，只得嘆息一聲，跟著過去接應，可是才剛邁步，就看見李武擎站在大石頭上滑了一下，嚇得旁人低呼一聲。

「拜託你小心一點好嗎！」唐聿不得不換台詞。

李武擎自顧自在珊瑚礁海岸穿梭。

這些礁石上幾乎都長滿青苔，石頭之間的水流裡有寄居蟹與小魚到處活動，有些地方礁石分佈較為密集，就會把海水留在石縫中間，感覺像形成了一個小湖泊。

小琉球的水域都很清澈，近海處甚至可以一眼望到底部生長的珊瑚礁，但這也給人一種錯覺，會讓人下水前認為雙腳可以踩到底，其實水是很深的。

從屍體上的綑綁痕跡，可以排除毛仰祺是失足跌落海中而死。說起來，若兇手已經綁住了毛仰祺，並想將人推落懸崖，為何還要刻意解開繩索？

李武擎思考的同時，也注意著腳下每個岩石的狀況，這裡的岩石因為受到海水沖刷都很光滑。在發現毛仰祺屍體的附近那顆岩石上擺上了黃色明亮標誌，顯然不久前已有派人到此拍照存證。

這裡是珊瑚礁與海水的交接帶，漲潮跟退潮之間，此處會出現兩種景致。那位第一發現者漁民看見的，是屍體在沿岸礁石邊漂浮。李武擎盯著那處看了看，又四處端詳著，忽然發現附近有一個岩石的顏色不太對，他立刻攀爬過幾顆岩石走了過去，結果看到眼前這顆巨岩的底部時，他猛然愣住。

巨岩與礁岩互相堆疊，中間形成了一個獨立空間，像是洞穴，又像是一個石窟，而詭異的是，洞窟裡面的石頭是紅褐色的，看起來簡直就跟用鮮血染成的一樣！

10

碧雲寺的南方大殿內，是接受信徒供奉「光明燈」的所在，嚴肅莊嚴的屋宇下，放眼望去，一盞盞點亮的光明燈就在格子狀的牆面上，鋪成橘紅色的溫暖色澤。

每日負責擦淨光明燈表面玻璃的老志工正在仔細工作著，他必須檢查每一盞光明燈的狀況，一邊默念佛經、一邊用乾布擦去表面的灰塵，檢查寫上生辰紅紙上的字條有沒有褪色或者破損，工作才算完成。

老志工的動作很小心，每天他都花整個上午在為信徒們看管光明燈，這是義務的工作，而他樂於奉獻。這裡的每一盞光明燈，都飽含信徒對其親愛之人的祈禱，而他們所能做的就是讓這些燈火持續亮著，給信徒們心中一絲安慰。

這天的工作快要結束，殿前來了兩位客人，老志工看見了便鞠躬示意，那兩位客人也點點頭當作回禮。

到這裡察看光明燈狀況的信徒並不罕見，有時候也有更虔誠的信徒會願意花多一點香油錢，買下一個更好的位置，希望上天更眷顧他們，所以每一盞光明燈的位置並不固定，有些靠近殿前，有些則位置偏低。

老志工繼續忙著手邊的工作，但他仍不自覺悄悄往那兩位客人瞧幾眼。其中一位客人的身上衣著雖然簡陋，但身上穿的僧袍倒是十分乾淨。是俗家弟子嗎？老志工在心裡毫無惡意地猜測。

那兩位客人已經到偏內的位置，目光雙雙來到其中一盞光明燈上。他們靜靜凝視著。

那盞光明燈上，貼著「謝意帆」的名字。

11

「李武擎！你發什麼呆！」

李武擎看著那紅石窟整整有一、兩分鐘，是岸邊的唐聿看他動也不動，大喊一聲的時候，才讓他回過神來。

「你受傷了？」唐聿高喊。

李武擎搖搖頭——有的時候你不能否定大自然給你的震撼，光是看到一種顏色或者一座山巔，就能讓心中的思緒波濤洶湧。

他回過頭來面對著這個洞，有一種潮水跟死去浮游生物的微臭氣味竄進了他的鼻腔。他放緩呼吸，頭伸進紅色的石窟裡，凝視底端那一片虛無的黑暗。

當眼睛逐漸適應這種光線，他稍微可以看清一公尺長的石窟底部，那裡有一些像是垃圾跟漂流木的碎渣沉積著。李武擎想，要是旁邊有巫婆拿著杓子攪動，這裡就像極了那鍋湯。

大概是退潮了，海水並沒有淹過這塊大石，裡面殘流的海水似乎也從岩石縫隙之間流洩出去。

李武擎打起手電筒。

紅色石窟內殘留的海水裡，似乎有什麼被燈光反射而發亮。

他伸長了手，往那發光的地方觸碰，接著他摸出了一隻筆。是鋼筆。黑色的筆身以及金色的筆蓋。

「你不要掉下去喔！」

他又聽見唐聿在喊。像個煩人的保姆。

抱歉。

李武擎悄悄把這隻筆沿著袖口藏進了袖子裡。

起身時，他偶然抬頭一望，發覺自己看不到天空。

是的，這個紅石窟的正上方就是一座懸崖，在他身處的這個角度不管怎樣往上看，都只有懸崖那片光禿禿的山壁。明明周遭都有光線，但就屬此地這一處，彷彿被陽光遺忘了，陰暗的、濕冷的，夾在礁石之間動彈不得——

忽然間，李武擎好像聯想到什麼了，一陣介於恍惚與清爽的特殊感觸貫穿了他。

他開始沿著原路回去，跑上岸，隨便套上鞋子後就奔了出去，那裡有一條小路通往山崖上，是遠離了美人洞風景區步道的荒廢小路。李武擎大步大步跨著，身後的唐聿照樣跟了過去，不過這次他沒有出聲打擾。他們爬到山崖上大概只花了兩分鐘，兩人微喘著，站在一條泥濘的沙土路上。這條路靠近山坡的一側停滿了貨車，可能是附近工寮的人停放庫存的地方，另一側則是面海。

站在小徑到這裡的出入口前，他們都看見了一個破爛的木製立牌，以紅漆寫著：「斷崖」、「小心」。漆色斑駁。

李武擎站在那裡往下望。是海。然後他微微探出上半身，才在視野裡看見那個紅石窟在斷崖的正下方。

「你發現了什麼？」見李武擎終於停止動作，唐聿才開口。

李武擎凝視著這個多年好友。「我好像知道這是怎麼回事了。」

12

「是要改名嗎？」

「是的。」

碧雲寺內，張行昆拿著一張小紙條，交給負責光明燈事務的幹部。一木就站在張行昆身後，閉口不言。

拿到資料的幹部十分恭敬地取出一張紅紙，以毛筆沾墨寫下了這人的名字跟生辰，接著用手稍微搧了一下。讓墨痕乾燥一點，等等放入光明燈的格子裡，字跡才不會在玻璃內側暈開。

在乾墨的時候，那幹事順口閒聊。「這孩子今年也要滿二十三歲了吧。」

「啊？」張行昆心一驚，意會過來幹部指的是紅紙條上的名字，趕緊陪個笑臉說：「是、是啊。」

幹部沒發現有什麼不妥，繼續道：「還在念書嗎？現在找工作可不容易啊。」

「嗯……在工作了，似乎是跟學業相關的工作。」張行昆神情有些緊張。

那幹部瞧著張行昆的樣子，又窺見一木在後面皺著眉頭，似乎也瞭解了內情，就不再聊下去，隨後見差不多了，便拿了梯子，攀高給光明燈換上新名條。

無論如何，能得到別人的祝福總是好的，無論對方是否知道有這麼一個人關心著自己。光明燈所代表的正是人與人之間的羈絆。

事成後，那幹部與張行昆、一木鞠了躬。

張行昆二人回禮，離開碧雲寺時，剛好聽見過路人竊竊私語，討論關於海岸邊發現一具屍體的事。

第七章　祕密實驗

1

「都說了，我不曉得。不、清、楚！」

飽含不耐煩的聲音在客房內響起。梁家祥舒舒服服地坐在沙發上，一邊喝著酒，一邊回答唐聿的提問。

離開紅石窟的斷崖處，李武擎跟唐聿回了雙心度假村，楊光也被指派跟著一起調查案件，他們從張明芸口中證實毛仰祺跟另外三人是此次同行的旅客。分別為：梁家祥、駱肇修，以及謝禾良。

他們首先找了梁家祥詢問。這位暴發戶的房門敞開著，一進門就能看見他顯得痞氣的坐姿與表情。

「說不定是自己去找樂子了，你們窮追猛打什麼呢？真無聊。不如趕快去找真正的犯人吧。」梁家祥用斜眼睇著眼前三人。

「這個。」楊光這時悄然遞給唐聿一張名片，名片上寫著「新晴生技股份有限公司總經理梁家祥」，底下則有五六行該行號各分公司的位址與號碼。

名號倒是響亮，「新晴生技」在新聞上時有所聞，說是積極參與各種永續醫療技術研發，前幾年似乎在改善動脈粥狀硬化方面的藥物開發上有耀眼的成績。

唐聿走上前，看見桌面滿是酒瓶跟酒杯，怎麼也不覺得梁家祥會是從事生技產業的人。屋內倒是不亂，但沒有照相機，也沒有購買任何小琉球紀念產品，小型旅行包在地面打開著，一兩件襯衫橫在袋口，大概是昨夜換下的吧。依這旅行包的大小，也帶不了幾件衣褲。

「梁先生，您跟毛局長認識很久了？」唐聿問。

「多久算久？」梁家祥口氣中似有一些嘲諷，「也就這幾年吧。」

「您跟局長來小琉球做什麼？」

梁家祥聳聳肩，沒說話。

「您跟毛局長預計哪時候回本島？」唐聿站到梁家祥面前。

梁家祥抬起眼皮。「那可不一定，喜歡就多待幾天嘍。」

「是嗎？看樣子比起小琉球的美景，您更喜歡小琉球的酒，跟本島的酒喝起來有什麼不一樣嗎？」唐聿的嗓音十分堅決，「我看不如把事情攤開來講吧，您跟毛局長都是有頭有臉的人物，惹上這種麻煩也不好。」

梁家祥彷彿被唐聿那句「有頭有臉」說得心情愉悅，賊賊笑了兩聲，說道：「小夥子，你眼力不錯，說話也動聽。好吧，我突然想起來，昨兒半夜我看到那姓毛的出門了。」

唐聿不動聲色地問：「是什麼時候？」

好個「突然」想起來，本來是打算悶不吭聲吧。

「大概是半夜十點多吧。」梁家祥舉起酒杯喝了一口，「那之前我們聚了一會兒。我才回房沒多久，打算出去找個宵夜，就看見他走出房門了。」

「然後呢？」

「什麼然後？我可沒無聊到跟蹤一個男人。我怎麼知道什麼狗屁然後？」

梁家祥吊兒郎噹的樣子，影響了唐聿的心情，他厭惡跟這種趾高氣揚的人展開對話。他看了看李武擎，心裡盤算要是李武擎沒提問，他們就接著去找其他兩名嫌疑者了，這時，李武擎問：「你覺得毛局長是為了什麼而死的？」

梁家祥聽了，只定定地看著李武擎，誰也沒說話。

楊光感覺周遭的氣氛陡然緊繃起來，他微微不安的目光在李武擎跟梁家祥的身上打轉。

「昨晚你們聚在一起，聊了什麼？」李武擎的眼神沒有迴避，「是不能說出來的內容？」

結果到最後，梁家祥還是沒有交代先前跟毛仰祺之間的談話內容，他們到小琉球的目的成謎，行程也是一大疑點。

梁家祥目送上門的三個瘟神，等人走遠了，才把客房的門鎖得嚴嚴實實。

這件事暴露了！他知道，跟毛仰祺私下到小琉球的理由，有可能被那幫人知道了。

不然怎麼可能在交易快要完成的時間點人就突然掛了?!

梁家祥恨恨地想著，右手下意識捧起酒杯來喝，可酒剛沾唇，他卻忽然不喝了。

不能喝了。對！要是醉了的話，連怎麼死的都不曉得！

那幫人做事從不給人留餘地，毛仰祺的死就是一個警告。他覺得自己想得沒錯，一定是警告，警告他別想在他們的計畫裡節外生枝。

去他奶奶的，只是想多賺一筆而已，犯得著連人命都搞出來嗎！

梁家祥覺得越來越生氣，又繼續撥電話。

他得讓手下到東港來接應，回臺北後，非找那幫人問個清楚不可。他梁家祥可不是被嚇大的，從來就只有他耍人的份，沒人敢欺負到他頭上。

他在心裡擬定了很多主意，可是這些法子施行前，他知道得先保住自己的命。

2

儘管知道方才的實驗計畫並未打動多少觀眾，謝禾良依然沒在駱肇修的臉上看到沮喪。

一年前，他二十一歲，剛畢業成為駱肇修的助手，就被帶去一個意想不到的祕密會議室，那間會議室位處市中心的一棟商業大樓內，室內約有五十幾坪，滿滿的座位，卻只有十餘人到場。

後來他才知道，到場的人還不是真正參與這場會議的人，他們都是與會者的秘書、企劃這種私人助理職位，當他們到場時，會透過即時連線傳達給背後的雇主知道。

這場會議舉辦的時間並不固定，一個月多則三次，少則一次都沒有。在他的記憶裡，曾有連續五個月他們沒再去過會議室，然後再度啟程時，他察覺駱肇修的神態像是總算抽到好牌那樣，隱忍著、又難免按耐不住焦急。

有時候，會議的主題可以馬上得到結論；有時則不。那天他第一次參加，駱肇修讓他安靜待在一旁。他聽著駱肇修把將近十年的實驗分析如數報告，接著進入主題：為了取得更完善的結果，有必要進口造價昂貴的硬體設備。

這個主題在提出後的五分鐘內有了結果。

否決。

與會的幕後人士，並不答應駱肇修的要求。

他們被請出了會議室，直接步出這棟大樓，與一位穿著白袍宛若醫師的人擦肩而過。一路上，有個俏麗卻氣質冰冷的女性領在他們前面，不時回頭指路，好像怕他們會忽然掉頭闖進會議室一樣。

回到地調所的途中，駱肇修保持沉默，一直到他忍不住提問：「教授，那些人是誰？」

駱肇修一如既往以和藹的眼神看他。「是一些有錢有權的人。」

「是政府的人嗎？」

「或許有關係。我也不清楚。」又說：「沒幾個人清楚。」

「就是他們贊助您的實驗？」

「對。」

私人企業也會贊助政府活動，當時謝禾良以為在會議室的幕後與會者應該是這種存在。

「可是這次為什麼不答應您了呢？」他感到憤怒，「連我都知道目前硬體資源嚴重不足，如果他們真的支持這項實驗，就應該貫徹到底！」

駱肇修嘆了一口氣。「你錯了，孩子。他們不是支持我所提出的實驗計畫，而是比起其他人，我的實驗讓他們能得到更多的利益。」

謝禾良愣住。「什麼？」

「這樣說吧——幕後那群人設立了一個帳戶，讓我們這些想要獲得贊助的人互相拼比，勝者就可以從帳戶裡提領必要的金額。

帳戶內的那筆錢是固定的，而我們這些人所進行的項目截然不同。我們是為了資源實驗，其他人或許是醫療方面的、又或者是科技方面的，總之，我們都在爭奪這一筆錢。

只要我們得到的金額多了，相對的，其他人的計畫預算就會縮減，這就是我們跟其他人之間的關係，這也就意味著，我們的能源項目前進一步，其他人的研究計畫就會停滯不前。

我們無法顧及每一方面，人們需要的東西太多了。

可是出資這筆錢的那幫人，卻能在這有限的金額內，創造出最大的利益。這筆錢給我們進行實驗的成果有限，但對他們來說，卻是價格翻倍的事，他們有管道可以加工我們創造出的成果，轉手再賣，獲得更多錢，然後等他們有錢後，便填滿了原本的帳戶缺額，讓我們這些人進行下一次的爭奪。」

謝禾良瞪大眼睛看著駱肇修的背影。「好像……像個循環一樣。」

「循環嗎……」駱肇修看著地調所六樓的景色，「你說得沒錯。而且你也不要忘了，我們都是在這個循環裡掙扎的人，一旦我們贏了這一輪，就會有人在背後伺機謀取，因為我們擋了他們的路。接著我們為了繼續擁有這筆錢進行研究，就不得不跟他們對抗。」

「這似乎一點都不公平！」謝禾良感到氣惱。為何分明是為了社會大眾福利的事，偏偏如此艱難？政府騰不出手幫忙，就連私人企業也妄想瓜分。

「人生在世，本就沒有什麼公平可言。」駱肇修低語，「有時為了大局，你會不得不犧牲一部分。舉例來說，我們今天在會議室遇到了那位醫生，要是他提出的醫療計畫被允許了，就能拯救很多病人，但我們為了臺灣新興能源的開發研究，就會一直拖延下去。」

人生在世，本就沒有什麼公平可言。

有時為了大局，你會不得不犧牲一部分。

謝禾良一直記得這些話，並用這些話說服自己。他沒做錯，錯得是那些愚蠢的守財奴。何況，既然那些人不幫助自己，他們只能自救。

駱肇修就站在那裡，凝視牆上的數據，不停在筆記本上紀錄。向量，傾斜角，壓力，傾斜面，傾角滑距……算得煩了，劃上一個大大的叉，代表這次的計算又行不通。

外頭，度假村的遊客們匆匆嚷嚷，哪裡曉得他們腳下除了沙灘，還有更寶貴的東西！

沒有人知道。所以實驗研究的痛苦，只有他們承受。

可憐的教授，連飯都顧不上吃，身形日漸消瘦……

謝禾良為此憂傷著，更難受的，是他除了做些雜事之外什麼忙都幫不上。此時，當他決定替教授重新送上一份午餐，客房的門鈴不適時地響了。

3

張明芸剛從廚房出來，就看見父親張行昆行色匆匆地回來了。就算他一路閃躲著別人的視線走在園區的小路，張明芸還是看見了自己父親的身影。她跟了過去，想要直接喊他，卻又想悄悄看父親會到哪裡去。

結果父親停在梁家祥門前，本來預備要敲門了，突然四下張望幾眼，確定沒有人注意自己之後才叩門入內。

這一幕看在張明芸眼裡，令她心中的煩惱更加強烈，猶豫之間，她躡手躡腳來到梁家祥套房窗邊，決定偷聽他們的對話。

可惜她沒有聽見什麼能搞清楚現狀的訊息。裡面兩人的談話聲好像都刻意壓低，她在外面只隱約聽見父親像在建議梁家祥買什麼東西下來的勸言。這些不知所謂的詞彙，聽得梁家祥直接拒絕，而且直言他並不考慮。

過沒兩分鐘，房內的聲音安靜下來，張明芸猜他們的對話要結束了，趕緊躲到造景旁邊去。果然，父親隨後疾步而出，臉色比剛才更加憂鬱。

以前，她相信父親不管做什麼，都是為了她好，如果父親有事情瞞著她，那必然是不願她知道的事。父親是個堅強的人，為了頂替早逝的母親，他付出了很多。張明芸覺得除了用百分之百的坦承去對待父親之外，沒有任何禮物可以表達她對父親的心意。

誠實比一切都好。因為誠實總是比其他事情要來得難。

可是這一次，她決定要開口問問父親的打算。

如果不這樣的話，她的心裡隱隱約約有種感覺，這次再不開口，一定會後悔的！

然而才跟過去沒幾步，正想出聲喊住父親時，旁邊突然有好幾箱紙箱倒下來，擋住了她的路。

4

「你們真的認為我跟教授會跟局長的死有關嗎?!」

唐聿剛說明來意，謝禾良就立刻從椅子上跳起來，他怒視著眼前三人，態度充滿了戒備。

「請不要激動。」唐聿賠上笑臉，「事情還在搜查階段，我們只是前來詢問一下相關事情而已。毛局長為什麼深夜出門？又去做了什麼？這些我們都在調查。而湊巧的是，我們在局長房內的垃圾桶找到這張紙——」

唐聿把一張Ａ４的紙張遞出去。

結束與梁家祥的談話，李武擎等人收到了新的線索，負責搜查毛仰祺客房的分駐所同仁，在垃圾桶內發現一張折疊起來的紙，白紙上唯獨以電腦列印了兩行字：

有事詳談，實驗室

駱肇修

他們將這張紙放入透明封口塑膠袋內交給了楊光。

此刻，負責調查毛仰祺命案的他們，顯然非常迫切想知道駱肇修對此有何意見。尤其唐聿還有另一個理由——當他從張明芸口中得知駱肇修是地調所的所長，他馬上想起黎海凡幫李武擎查詢的那件舊案：十四年前，在地調所意外死亡的研究員。

這個機構再度出現了。唐聿並不認為這是巧合。李武擎隨便查了一個有關地調所的案子，結果到地調所。

了小琉球，就遇到地調所的人？這樣的機率太低了！然而事情又回到了他一開始的疑問：李武擎這傢伙為什麼忽然想查十四年前的案子？

唐聿認為自己必須搞懂這是怎麼回事。

他仔細端量駱肇修的反應，然而那看上去溫文的男子在看了字條後，並沒有什麼特別的情緒發生。

「這不是教授的東西！」謝禾良緊握著拳拚命解釋。「你們該不會是隨便捏造證據出來吧！」

「不要緊，禾良。」駱肇修對愛徒報以慈祥的微笑，然後對著李武擎等人說：「我們的確認識毛局長，雙方也是搭同一艘船來的，可是我們抵達這裡後，並沒有繼續一起行動。毛局長發生這種事，我們也很遺憾。」

「恕我直言，」唐聿托了托眼鏡，「請問你們跟毛局長到小琉球的目的是？」

「目的？」駱肇修似乎對這個飽含爭議的字眼感到哭笑不得，「到小琉球能做什麼？不外乎觀光旅遊吧。」

「看你們的樣子不像是來旅遊的啊。」李武擎在這房裡掃一眼。

從敞開一半的房門，可以看見滿滿的書籍資料堆疊在床上。

駱肇修輕輕笑了一聲。「承蒙毛局長的好意，我們才有機會到這裡散散心，不過如你所知，我是地調所的所長，我手邊有很多實驗必須處理，實在沒有那個心情。」

「既然是這樣，就留在臺北做實驗就好了啊！」楊光有感而發地說。

實際上小巡警是覺得這師徒倆到小琉球還不忘工作簡直是辜負了良辰美景，不過李武擎反而覺得他問了個好問題。亦即：他們有一個不得不到小琉球的理由。

會是什麼呢？

「你們也太沒禮貌了！」謝禾良抗議。

「若是有無禮的地方，很抱歉。」唐聿說：「但辦案所需，請告訴我你們昨夜的行蹤。請從夜間十點開始。」

「十點嗎……」駱肇修並不介意這個問題，他想了想，「十點左右我就睡了，一直到今天早上六點多起床。禾良大概跟我一樣都待在房裡吧。」

「兩個人互相作證，這樣可不行。」李武擎說。

「這樣我也沒辦法了，事實就是如此。晚上十點之後不睡覺，在這個小島上還能做什麼呢？」

就在楊光差點回答「可以去潮間帶」之前，李武擎接著問：「這張字條，姑且不論是不是你親手打出來的，但毛仰祺顯然是因為這張字條的關係外出。如果你跟毛仰祺之間沒有任何聯繫，他在看到字條的時候一定會起疑，也不會乖乖被騙出去了。」

駱肇修一時沒回應。

李武擎尖銳地問：「實驗室在哪？還有——你們到底在進行什麼研究？」

駱肇修聽了，啞然失笑道：「這可真是令人為難。」

李武擎勾勾唇角，但寡淡的眼神表示他一點都沒有在開玩笑。

「你也不想把事情鬧大吧，如果這件案子一直僵在這裡，我實在沒有辦法，也許會告訴媒體訴諸社會大眾的力量，到時候要是被媒體挖到什麼風聲可就難辦了。」李武擎輕描淡寫發表意見。

「我想你是誤會了。」駱肇修不以為然地說：「我們是公家機關，當然是按照政府的吩咐進行實驗研究，你們不會找到任何媒體感興趣的話題的。」

「政府的研究哪一項不是出動大批的研究人員？我看這個研究只有你們師徒倆。哼，到底是為什麼？」

駱肇修臉色僵硬起來。就在這時，楊光腰間的警用無線電響了。楊光回覆了賴建平的呼叫，卻也同時讓屋裡所有人聽見賴建平說：「等等會有直昇機來運送毛局長的遺體。這件命案已經轉交給中央了，我們不可以插手。」

「誒？」楊光感到不可置信，「好歹是在我們分駐所的地盤，我們——」

「別說了，你快回來。東港派人來之前我們保持待命。」賴建平急急說完，切斷了通訊。

「太突然了吧……」楊光頓時愁眉苦臉，而且在場所有人都在看他。

楊光一臉慌亂，似乎在為自己成為首席刑警的目標心碎，但唐聿很清楚這是什麼情況。看來有人不得不露面了……

駱肇修首先開口道：「我想，事情已經很清楚了，三位大概不必糾結我們到小琉球是什麼目的的問題。我相信自然會有人調查清楚的。」

「是嗎？」李武擎掏掏耳朵，「我怎麼什麼都沒聽見？」

唐聿一聽，暗暗頭疼起來。剛才賴建平的通知很明顯，顯然中央政府已經有人注意到這裡的事，如今最好明哲保身。如果不適時勸阻一下，恐怕這傢伙又得口不擇言。

然而下一瞬，駱肇修忽然轉變態度，變得自負起來，他微微一笑。「我勸你不要這麼做。畢竟現在當警察已經很沒有保障了。」

明顯帶有「暗示」的話語，讓本來想讓李武擎隱忍的唐聿，心中的旗幟猛然倒戈，回到好友這方的陣線。他低低咳了一聲，清清喉嚨，目光銳利地看著駱肇修。

「啊啊，我們是很有冒險精神的，再說，身為督察員絕不容許警署內部有任何可疑活動，就算是高官之間的庇護也是一樣。駱先生，我建議貴方還是好好配合我們辦案，不然在此之前，我無法保證你的研究可以順利繼續下去。」

這話聽得李武擎有點意外，但稍微一想也能猜到原因，這或許是相熟已久的關係吧。

「你們未免太過份了！」謝禾良很不滿。

「偵辦案件是我們的工作。」唐聿堅持，「有可疑的地方勢必要查清楚。如果你們覺得自己是清白的，就應該對我們證明這一點。不是嗎？」

「我們的實驗跟他們的死沒有任何關係！」謝禾良大喊。

然而此話一出，唐聿跟李武擎便直勾勾地盯著謝禾良。他們的眼神凝重，雖然只有幾秒鐘，卻讓整個氣氛一變。

「你剛剛說什麼？」李武擎問。

「他剛剛說：**我們的實驗跟他們的死沒有任何關係**。」唐聿笑笑回應。

「『他們』是誰？」李武擎又問。

唐聿微笑。「我也想知道呢。從頭到尾我們只提了毛局長一人的死訊吧！」

謝禾良表情一變，唐聿就知道他們戳中了核心。脾氣激烈的人最好對付，這裡就有個鮮活的例子，所以唐聿不止一次告誡自己要保持冷靜就是這樣，他也希望李武擎可以同樣冷靜。

「你們、你們……」謝禾良看似憤怒得要摔東西了。

駱肇修見狀擺了擺手，安撫學生。

「請不要嚇到他了。」駱肇修處變不驚，語調優雅，「我們只是聽到度假村的一點風聲。偏巧我們曉得之前發生意外的顧先生跟毛局長之間似乎有點淵源，毛局長又出了事，所以這孩子難免把事情兜在一起。」

李武擎微微傾身。「顧之彬跟毛仰祺之間是什麼關係？」

「這恐怕需要你們警察自己去找了。」駱肇修保持微笑。

「好吧，那我們先回來實驗室的話題。」李武擎說：「我看你也是明白人，知道我們不會放棄的。為了大家都省點麻煩，不如攤開來說了吧。」

對話停頓片刻。

「——既然你們都說到這份上了，」駱肇修倒也坦然，「我可以帶你們去實驗室，反正這項研究再過一段時間也會找機會公開，但我還是希望你們能夠保密。」又重複一次：「對你們等等即將看見的所有東西都得保密。」

「儘量吧。」李武擎聳聳肩。

他與唐聿對望一眼，彼此眉眼間都有點得意。

5

張明芸趕快退開，免得大紙箱壓到自己，但腳下一個沒注意，還是讓紙箱撞到左肩，嚇得她小小叫了一聲。

「抱歉！抱歉！」

一個男人的聲音傳過來。

張明芸看見小馬從凌亂的紙箱後面現身。「是你喔！」

「還好是小老闆娘！」小馬慶幸著，「要是撞到客人，那我就完蛋了。」

張明芸蹙起了眉，半是埋怨地說：「你在搞什麼啊？」

「我？我在運送衛生紙啊，現在是進貨時間，物流車剛來。」小馬先把推車固定住，然後動手把紙箱一個個搬回推車上。

張明芸見狀便想幫忙，手剛碰到紙箱，就想起她原本想找父親談話的事。可是當她急忙沿著張行昆離開的方向過去時，早就看不見張行昆的人影。

她接著又打了父親的電話，但父親沒有接聽。

「怎麼了嗎？」小馬湊過來問。

「沒什麼啦……」她無精打采地回應著，隨即又嘟起嘴來瞧了小馬一眼，「趕快把東西收好啦，不然要淋濕了。」

「我想說少跑一趟，這次裝得比較多，沒想到就翻了，哈哈。」小馬邊解釋邊把紙箱疊上推車。

張明芸沒有怪罪他的意思。但大概心裡有事，所以沒有跟平常一樣笑臉盈盈的。小馬偷偷看著她的表情，沒再說話。

天空下著雨。

雨勢好像越來越大了。

6

巡警楊光帶著警犬TORO依依不捨地告別兩位前輩，讓唐聿忍不住鬆了一口氣。身邊跟著一名見習生還是挺彆扭的。

謝禾良從度假村的停車場開了一台車，帶他們一行四人走環島公路。車子往南，沒有紅綠燈的馬路不出五分鐘就經過了山豬溝、蛤板灣、烏鬼洞，然後轉進信義路——一個標示「天台」的老舊路牌貼在電線桿上——他們停在一片空地。

空地左右有著數間民宅，多為一樓的平房。他們的車子停在一間廟旁，廟的規模不大，近似私人宗祠。空地的另一頭有燒金紙的爐子，旁邊有一口廢棄的井。唐聿望著這片景致，典型的鄉下風景，鋪設空地的水泥很多都龜裂了，縫隙長出綠色的雜草。

「走這邊。」駱肇修輕聲道。

那微跛的身影領在前面，非常從容。謝禾良亦步亦趨跟在旁邊。唐聿從這一幕觀察到謝禾良對駱肇修的感情，絕非是尊敬而已，他對自己的判斷很有自信，這個年輕學生對駱肇修有一種近乎熱忱的崇拜。

他們繞過私廟，到後頭一間鐵皮屋前，深灰色的混凝土表面顯示屋子已經有點年紀了。謝禾良打開屋子的鎖鍊，推開有點厚重的木板門，撲鼻而來的氣味讓唐聿聯想到倉庫。

而這裡表面上看來是倉庫沒錯，約略十坪大的空間裡堆著老舊的掃把、畚箕等等農家用具，但屋子正中央的一個大空洞，吸引了他們的注意力。

「這本來是一口水井。」駱肇修說：「已經荒廢很多年了。」

他們跟隨著一起走過去。

「這是——」唐聿很驚訝。地上的空洞連接著一條長長的樓梯，看不到底部。

李武擎似乎也略感驚喜，不動聲色地觀察起這個地方。

「這就是通往實驗室的入口。」

唐聿注意到駱肇修說話的神情像在向鄰居介紹自己成績優異的小孩一般。

「真是意想不到。」李武擎答腔。

「請走吧。」駱肇修說完又對謝禾良吩咐，「你去把門關好。」

謝禾良點點頭，從裡面把這間倉庫鎖起來。

樓梯很新，僅容一人通過的空間是鑿開的岩石通道，內部打上岩釘，掛網噴漿過而顯得晶亮。頂部牽了電線，看來十分簡陋，五分尺一顆燈泡。

李武擎跟唐聿在駱肇修身後走著。

密閉而不知盡頭的樓梯，帶給唐聿一種焦躁的感受，幸好當他覺得不太能適應時，他們已經到了一個平台，駱肇修掏出鑰匙，開啟眼前這扇不銹鋼門。

看到內部的裝潢時，這兩位首次到訪的客人都感到驚異。

「這裡就是我們說的實驗室。」駱肇修比了「請進」的手勢。

如果這是出現在城市裡面的實驗室，唐聿或許不會那麼驚訝，但一進入這間實驗室，對面就是一整片透明壓克力板，壓克力板後面是岩石層，可以清楚看見岩石的紋理以及上面類似結晶狀的攀附物。

實驗室中間有兩張長形高腳桌，並排著，周圍擺著幾張高腳椅，椅背掛著實驗用白袍。桌上擺滿電子儀器，燒杯、顯微鏡，以及其他唐聿說不出名字的科學器材。

室內左方牆壁貼滿資料，中文、原文都有，上面還有劃注的筆記；右方牆面則是兩道電子螢幕，似乎正在監控著什麼，呈現不規則的波浪狀座標圖形。

雖然談不上有任何根據，但李武擎覺得眼前一切應該都不是這幾年才剛完成的。這裡看起來很新，但氣氛不對，這間實驗室至少存在五、六年了，有可能更久。無論如何，這裡的一切無疑讓他感受到實驗項目的龐大，但問題來了——

這絕不是政府的手筆。

不論是財力或者建設方式，都不是政府會呈現出的樣子。

李武擎的視線不停在實驗室內梭巡，讓他很快發現原來不只這一間，在左側貼滿紙張的牆壁上，有個貼合緊密的縫隙，那裡還有一道門。

「還有其他的設施？」李武擎問。

駱肇修道：「還在陸陸續續增設一些必要的實驗環境，因為隔壁還沒施工，所以就不方便帶兩位參觀了，請見諒。」

李武擎雙手環胸，開始在實驗室裡緩慢走動。「既然都到這裡了，就請你說明一下吧。你們在這裡進行什麼實驗？」

駱肇修停頓一下，像是要引起對方的注意。

「——是可燃冰。」

他終於說，眼裡有淡淡的笑意。

7

咱們的形象大使不高興了。

賴建平一邊喝茶，一邊觀察楊光的樣子。這小子每回鬧彆扭的時候都會跟警犬說話，倒不是像平常主人對待寵物那樣普通的情誼交流，而是唱作俱佳地把TORO融入自己的生活裡。賴建平知道這小子大概是認為世界上除了那隻警犬之外沒人可以理解他了，所以才故意這樣挖苦。

「TORO！你會不會冷呀？我覺得好寒心呀！」

「TORO，你知道世界上最遙遠的距離是什麼嗎？是金莎在我面前，你卻叫我只能吃七七乳加。」

賴建平吸了一口熱茶，感覺青筋在額頭快要爆開了。

「TORO……我檢查看看你有沒有禿頭。」楊光開始抱住警犬翻看牠的皮毛，「要是不小心禿頭的話，可能會變笨唷！還好我沒給你喝茶，聽說喝茶比較容易禿……」

「唉！」賴建平終於受不了了，但還是盡量讓勸阻的聲音聽起來很平穩，「喝茶才不會禿頭，不要誤導民眾。」

楊光瞧了賴建平一眼，目光又返回到TORO身上。「嘿嘿嘿，TORO，有人想加入我們的話題哎！我們才不理他咧！對吧！」

「……」賴建平片刻無言。搞不懂別人是為你好的臭小子，他暗忖，我可比你混得久。

決定索性對小巡警的抱怨視而不見，賴建平坐回辦公桌前查閱文件，這時，他察覺有人進來分駐所，便抬起了頭。

「哦，源叔！」賴建平迎過去。

林思源跺著小步，視線掃過一旁跟寵物玩得正歡的小巡警，問賴建平說：「在忙啊？」大概是習慣了，他直接坐到泡茶的會客椅上頭。

「還行，每天不就這樣。」賴建平跟著到了「泡茶區」。這是他跟小琉球村民們聯絡感情的好所在，最近這些年甚至有遊客到小琉球也來跟他喝杯茶。

林思源拿起放在椅子邊的扇子搧了搧。「颱風天不用工作，想說來這裡殺殺時間。」

「我還以為你要去摸幾把。」賴建平邊聊邊啟動快煮壺，準備泡茶。

「本來是想去啊，我家那婆娘又在嘮叨。」林思源一如往常抱怨幾句，但這次他話題一轉，說：「我是想說順便來問問，那個、在岸邊發現的屍體怎麼樣了？」

賴建平手邊忙泡茶，嘴上應付著：「怎麼樣了是……？」

「怎麼死在那兒啦？」林思源的聲音忽然變得有點急。

「唉呀，可能給人害的吧。」賴建平不想把刑事案件的內容對普通民眾透露太多，「現在局裡有派人來調查了，我們這小小的一間，管好觀光客的秩序就好啦，其他的就交給上面的人去安排。」

始終偷偷旁聽的楊光此刻不禁嘟起嘴，嘴唇翹高的程度大概可以掛上三斤豬肉。

林思源搖頭嘆息。「島上好久沒發生什麼事故了。看到有人溺死在那兒，我還想說會不會是自己眼花。」

「別介意。」賴建平把熱水沖進茶壺裡。「實話講這也沒什麼，本島那裡每天都挺亂的，還是咱這裡悠閒得好。」

竹扇子搧風的聲音清晰可聞，沙沙聲貫串在幾秒的緘默裡。

「我後來想到啊⋯⋯」林思源盯著茶盤，看似在恍神，「那地方以前是我們都不太想接近的。」

那地方？楊光忍不住把頭靠過去，跟TORO一起悄悄蹲在喝茶區的椅子後頭。

賴建平想了一下。「好像是我剛來這裡的前幾年，我聽幾個長輩說過，是——」

停頓了一會兒，賴建平彷彿在想怎麼形容比較好，但林思源已然開口：「那也是我爹那時候的事了。日本時代，那地方一開始還是村裡人丟嬰兒的坑洞。」

「丟嬰兒?!」楊光直接從椅後跳出來。

「幹嘛，去跟你的狗說話呀。」賴建平涼涼道。

「所長，您這麼說就太見外了！」楊光繞過椅子，坐到林思源旁邊。「思源叔，您說丟嬰兒是什麼事啊？」

看自己開的話題有後輩感興趣，林思源樂得繼續說：「你知道唄，我們島上土地不好，沒人種田，大家都是捕魚過活，可是捕魚這工作不輕鬆，大多是男人比較有力氣去幹，所以那時候，要是家裡生了女嬰，又沒錢撫養，就會趁夜裡偷偷把女嬰帶到那地方去。」

「那地方是哪裡？」楊光問。

「就是今天發現死人的地方呀！那裡有個特別深的坑，漲潮的時候會淹過去，退潮的時候就看得見了。」

楊光瞪大眼睛，感覺靈異雷達又在體內嗶嗶作響。「怎麼可以這樣！小嬰兒太可憐了！」

「那時候飯都吃不飽了，哪管你可憐不可憐。」林思源嘆氣，「後來日本時代，引進了動力引擎，還舉辦了學校專門教人怎麼用冷凍系統啦、新的捕魚技術啦。有了動力設備，生活漸漸富裕起來，需要的力氣活兒少了，之後就沒什麼人再丟女嬰哩。」

「時代在變嘛。」賴建平附和著，把泡好的茶推過去，「喝茶啦。」

林思源拿起茶盞，聞了聞，才小口小口地喝。

楊光腦海不禁開始模擬村人趁著暗夜丟棄嬰兒的畫面，嬰兒哭啼聲在夜間迴盪……嗚！他害自己打了個冷顫。

「可是，我在這裡也兩、三年了哎，這個故事我是第一次聽。」

林思源笑道：「這不奇怪，因為我們都沒有特別提嘛。那時候我爹也交代，直說事情不太光彩，就不提了，過去的就過去啦。對了，那地方不是有個警告牌子嗎？你看到沒？那就是我們想說警告大家不要亂跑，那地方本來就是個斷崖，要是亂走，不小心滑倒很危險。」

楊光長長「喔」了一聲，想起發現李武擎跟唐聿急匆匆跑走的時候，他們好像就站在那塊牌子前面。

「啊那地方有沒有什麼名字？」他好奇的問。

「名字？」

「像是因為有山豬精出沒，所以叫山豬溝嘛，或者有烏鬼，所以叫烏鬼洞。」小巡警扳著手指舉例。

「聽你這麼一說……」林思源吊著眼珠子，又歪了歪頭，「我好像有聽過，不過那是當時日本政府派人來調查地方民情寫的東西，名稱倒不怎麼普遍……」

「加油！思源叔，請你快想起來！」

林思源皺皺眉頭，「好像叫死嬰窟？嬰兒坑？應該就這樣吧，都好久以前的事了。」

獲得想要的情報，楊光騰地站起。「感謝您的情報！」他精神奕奕大喊，讓林思源愣住了。

「慢著！」賴建平感到不妙，「你要做什麼？」

楊光做了個舉手禮，笑嘻嘻說：「當然是去巡邏了呀！巡邏時間到了！那麼，我先告辭！」說完，他拉著TORO跑出了分駐所。

「真是精神。」林思源呵呵笑。「年輕人就是好哇！」

「精神過頭了。」賴建平怎麼也高興不起來。

8

駱肇修從放在桌上的一只大黑箱內取出一枚圓筒。「看看這個，」他說：「這就是我們開採出來的可燃冰。這是樣本。」

唐聿跟李武擎都靠了過去，前者接住這枚圓筒，端詳長筒內的白色冰塊。

「這是我們在高屏地區的西南外海所開採到的可燃冰。你們現在看的是它的原貌，我們用氣壓瓶裝著，以免可燃冰在常溫常壓下揮發。」駱肇修解釋說。

「我記得前些年有關可燃冰的議題非常流行。」唐聿說：「做為新興能源，可燃冰所產生的能量比煤炭或石油都來得多，對嗎？」

駱肇修贊同地點點頭。「沒錯。近幾年全世界都在鬧能源荒，可燃冰的出現被認為是一種新型態的天然能源。」

「我看過新聞說可燃冰可以燃燒，所以才稱為可燃冰？」

「可燃冰就是甲烷化合物，在常溫下，一單位體積的可燃冰可以分解將近一百五十倍的天然氣跟零點八單位體積的水，分解過程由於遇到火源容易燃燒，所以又稱它為可燃冰。」

駱肇修接著說：「可燃冰大多分佈在深海或永久凍土層，目前推測它在全球的礦藏量是現有石油、天然氣儲量的兩倍，但是因為可燃冰太過容易揮發，所以開採的技術一直是可燃冰能源最困難的問題。」

李武擎似乎領悟到了什麼。「要是開採不慎，它揮發出的甲烷會造成更嚴重的溫室效應？」

「對，這是一個要點，甲烷對環境的危害是二氧化碳的二十倍。」駱肇修有問有答，「我們在開發可燃冰的一個大前提，就是要避免甲烷逸出。不過實話說吧，可燃冰大多存在海床下方一千公尺，首先影響是的海洋生態，所以你們覺得呢？它要成為溫室效應加劇的條件，或許還不如開車製造的汽油廢氣。」

真幽默。唐聿心想，反正沒有任何能源是不帶附加傷害就能享受到實質利益的。

「如果我印象沒錯的話，我們臺灣在可燃冰的開發還處於研究階段？」唐聿問。

「比起他國，我們的起步確實很慢，」駱肇修說：「我們所內從二〇〇二年開始計畫調查天然氣水合物，到現在二〇一四年了，還在評估階段。日本早就有研究團隊開採出可燃冰並且實際投入應用了，中國也緊跟在後，西方各國就不必提了，前蘇聯西伯利亞早就已經用了可燃冰十四年。」

謝禾良靜靜待在一旁，看似整理桌上的雜物，然而他沒有忽略恩師臉上一閃而逝的憤慨。

開採可燃冰以及相關性的研究，雖然是交給地調所沒錯，可是要真正投入應用，卻要通過經濟部、國科會的審查。去年，國科會主委對外宣布：「臺灣西南外海蘊藏二點七兆立方公尺的甲烷水合物，如果開採成功的話，光是其中一成，估計就可供全臺灣使用二十七年。」時，他就知道這些只是應付媒體的說詞。

一成可供全台使用二十七年，那麼全部的可燃冰開採成功可以提供全台上百年的供應量。不過事實是，我們連一成都開採不出來。

二十七年，看似華麗的說詞，代價顯然是政府在權衡利益之後寧可放棄的項目。真正開採了可燃冰只能用二十七年，就好像用畢生積蓄去買一間只能住一個冬天的別墅一樣。就算別墅住得再舒服，一晃眼就沒有了，難道要赤身裸體躺在大街上嗎？誰會做那麼蠢的事？

政府當然不。所以國科會說「如果開採成功的話」。所以研究計畫一拖再拖，拖了十多年了，永遠在研究。表面上看起來好像大家都在為世界盡一份力，實際上不過是得過且過罷了。

儘管政府表面上總說追求能源多元化，但缺乏明確政策表明能源開發的優先順序，太陽能、風力、地熱，全部都跟能源局要錢，可燃冰開採這種要價不斐的能源只能被延宕。

謝禾良厭惡這種生態，一度無法接受，但待在駱肇修身邊，他有了新的想法。這位溫文儒雅紳士般的男子，指給他一條光明的路——

忽然間，李武擎的聲音將謝禾良拉回現實。他抬頭，看見李武擎對事物都充滿質疑的淡漠神情。他討厭這個刑警，他知道。

「如果只是研究可燃冰的話，何必掩人耳目？」李武擎說：「事情沒有這麼簡單吧？」說最後一句話時，他直直地看著駱肇修的眼睛，彷彿對方藏了什麼恐怖的陰謀，不到最後一刻不願揭開似的。

「……呵，你真的很有趣，李警官。」駱肇修低笑一聲，「總覺得如果你也投身科學研究的話，我們會是死對頭，喔、不，亦敵亦友，我覺得這樣形容更好。」

李武擎看著他。「請說。」

「唉……」駱肇修嘆息著，卻不似難過，反而有一種無奈的笑意，「可燃冰，這種新能源就算成功開採了，終究有天會像其他能源一樣面臨枯竭。到時候呢?再去找另一種新能源?」他輕輕搖搖頭，否決大眾天真的想法，「誰能保證還會有新能源呢?」

唐聿愣了一下。剛才駱肇修的話裡似乎含有某種隱喻……!

「——難道你想直接製造新能源出來?」唐聿微微驚訝地說出自己的猜測。

駱肇修沒應答，只一笑，跟之前一樣優雅地頷首。

「教授在研究的，是人造可燃冰!」謝禾良與有榮焉地大聲說出了這件事，「而且比其他蠢蛋快多了，我們已經進入實驗階段!」

9

一木拉緊身上的僧袍。

此刻，山間的強風迎面灌來，讓他身上的衣著如同一只布袋似地抖動。

他的長佛珠垂掛在胸前，身上的衣服寬鬆得離譜，若不是腰間有帶子繫住，他鬆垮垮的衣服大概會被風吹去。他的身材瘦得嚇人，肋骨突出在褐色的皮膚。高挺的肩膀或許可以察覺他本來身體骨架是很壯的，但就如其他所有被煩惱所困的平凡人，他的身材日漸削瘦。

一木在碧雲寺南邊的樹林裡轉了轉，徑直穿過一條看似荒廢的路，抵達了一口井。小琉球昔日有六十多口水井，隨著自來水逐漸普遍，井的用途便慢慢被遺忘。一木看著這口老井，乾乾枯枯的，誰能想到從前它灌養了多少人？

水井失去作用，但旁邊建起用來暫作休憩的小亭子還在，被掩蓋在樹叢裡，甚至有枝枒從亭下穿過。一木就在亭子裡等著，心裡默唸佛經，直到張行昆從另一邊現身。

一木焦急地看著眼前這位老友。「怎麼樣了？」

張行昆搖頭，嘆了一口氣。「我……我想過了，不行……我果然不行！沒辦法呀……」聽到老友的話，一木的神色又更黯淡了，彷彿剛才緊緊抓在心中的一線生機就此抹滅。

「我還想陪在我女兒身邊哪！」張行昆激動地說。

一木捏緊了胸前的佛珠。「罷了，這也怪不得你。我無牽無掛，才能說出這件事。」

「你為什麼一定要繼續追究過去呢？」張行昆臉上漫出恐懼，「你已經懲罰自己那麼久了。十多年了呀，為什麼不肯放過自己？而且那根本不是你的錯——」

「自己孩子造的孽，如何能說不是父母的錯。」一木厲聲打斷他，「那是我一手拉拔起來的兒子啊！若說我沒教養他那就罷了，我一直盡責在教導他為人處事的道理，可是他還是做出那種天理難容的事！你要我如何自處？我怎麼能遺忘他對其他無辜者造成的傷害！」

「老李……」

「老張，」一木凝視著眼前那口井，卻像在看著記憶中的某一個場景，「我覺得這次撞見白燈塔的事，可能是上天的安排。」

「你又在胡說八道了！」張行昆低聲駁斥。

「不是我胡說，是真的。」一木說：「老天爺想讓我知道報應到了，祂想讓我選擇要躲避、還是面對。我選擇當面跟他說清楚。」

說完，一木作勢要走。

張行昆拉住了他。「就算你覺得心有愧疚，但他這麼做也不對呀！他殺了人！」

一木回頭望。「假使當初我兒子不那樣對待他的家人，他如今也不會這個樣子。我對他有歉意，你也因為土地的事情同樣心虛，正因為我們都瞭解自己有錯，所以才會在碧雲寺替他點光明燈，祈求這些舉動可以彌補過去的錯。」

張行昆半晌無語。一木接著說：「我知道要你跟我一起去找他，是太強人所難了。你過到現在不容易，還有，阿芸是個好女孩，你得看她結婚生子……」

張行昆似乎陷入了濃濃的愁緒，連一木什麼時候走的都不知道，但他聽見了，一木說了這句話：「老張，你走吧。我會把一切承擔下來。讓我把這段恩怨了結吧！」

10

駱肇修對謝禾良比了個噤聲的手勢，可是與其是讓他別說話，不如是在提醒這個求好心切的年輕學子不該如此狂妄。

「人造能源……」唐聿低喃，「假如成功的話，一定會顛覆我們目前的生活型態的。」

李武擎在實驗室內閒晃，旁聽著他們的對話。

「這已不是不可能的事，終究有一天，自然資源會窮盡，而我們所能做的就是未雨綢繆。」駱肇修說：「去年美國能源部的研究室就發表了有可能達到『人造石油』這個目標，他們利用水藻加入化學藥物進行反應，還用機器複製了自然界生成原油的過程，縮減原油的製造時間。我說我要製造人造可燃冰的理念，大致與此相仿。」

唐聿不得不佩服駱肇修的想法，畢竟這確實是非常有益於臺灣……不，全世界都期待人造可燃冰能夠誕生吧。

「所以接下來呢？」李武擎開口，「你怎麼做？」

駱肇修不太懂他的意思。「你指什麼？」

李武擎透過實驗室內那張透明壓克力板的倒影看著駱肇修。「當時你決定要進行人造可燃冰之後，你做了什麼？」

「如果你指的是實驗步驟，恐怕得請你到我兼任的大學去旁聽幾堂課了。」駱肇修平靜地說。

「我很好奇你是怎麼發現這裡可以蓋間實驗室？」李武擎說：「這裡大概有地下三樓深吧。」

「差不多。」

「你們是怎麼發現這裡的？」

「只是偶然。」駱肇修避重就輕地說。

「要建造這樣一間實驗室，附近的居民難道不會察覺？照理來說，動工的消息應該會洩漏出去。」

駱肇修跟李武擎的眼神對上了。「假如你去查的話，也會查出來的——這一帶的土地，已經被政府徵收了，所有權屬於公家機關。沒有民眾住在這裡。」

「難怪！」李武擎故作驚訝，實際上他也猜到七成，只是他以為買下土地的會是私人財閥。

「政府徵收這片地的用意，原本是想建設社會福利設施，可惜這些年預算不足，似乎沒有動工。不過沒關係，這塊土地並沒有荒廢，我們在人造可燃冰方面取得了不錯的進步。」

「咦？」唐聿忍不住懷疑出聲，他越聽越覺得熟悉。政府徵收、社會福利機構……啊！他忽然想起張明芸曾對他們說的，她世伯家被徵收的土地跟房子，難道就是這裡？

想到這兒，他跟李武擎對望一眼，兩人好像也想到同一件事上了。他感覺漸漸有一些事快要兜在一塊兒了，但要找出事情完整的全貌，還需要更多資訊。

唐聿接著問：「駱先生，說說你所謂的人造可燃冰吧。」

「你想知道什麼？」駱肇修反問。

「嗯……有沒有什麼契機，是啟發你進行這項研究的原因？」

駱肇修微微一笑。「倘若我說是為了社會福祉，會不會太做作了？」

唐聿回以一笑。「您客氣了。」

「我不知道你們為什麼想知道這個，但我可以簡單地告訴你們，在我研究地質學的路上，我的確確想做一件事，那就是完成一件讓這個世界前進一大步的事。」駱肇修稍微低下頭看了自己的右腿一眼，「或許跟阿姆斯壯有同樣的想法。」

駱肇修的神情讓人分不清究竟是自我解嘲抑或藉著傷腿掩蓋內心強大的心願。

謝禾良感到一陣心痛。

兩位局外人則靜靜等待駱肇修把話說完。

「臺灣在很久以前就發現可燃冰的存在了。西南外海，像一座隱蔽的金庫，等著我們去挖掘。我從一開始就認定臺灣沒有那種技術，不如說，沒有那種錢財可以支援技術發展，所以我意識到與其讓那座金庫呆放在那裡，不如讓它發揮一點價值。」

駱肇修接著說：「我們的探測船只能挖出零星的可燃冰樣本，這些樣本根本不可能做出什麼有用的研究，但要是做為實驗的對照組卻是綽綽有餘。我利用那些可燃冰樣本，為我人工合成的可燃冰做對照，只要我的實驗成功合成出分子結構相同的可燃冰，我就成功了。」

「這一定很難。」唐聿附和。不是場面話，而是真心。駱肇修的神情很認真。

「我盡量將它想成具備挑戰性。」駱肇修換個說法。「我們活著，總是在接受挑戰，不是嗎？」

「想要造出人工可燃冰，最大的困難是什麼？」唐聿問。

駱肇修想了想。「可燃冰只要有三個條件就能存在，第一是低溫，要攝氏四度以下。第二是高壓，像海底礦床。最後一點則是要有甲烷氣的來源，譬如生物的屍體沉積被細菌分解出的氣體。只要依照這三個要件打造出合適的環境，剩下的只是不停重複實驗的步驟而已。」

「現在有沒有實際操作出來的人造可燃冰可以看一下？」

原本駱肇修還算侃侃而談，不過這問題停頓了一會兒，才說：「現在還沒有完全成功，以後有機會再與兩位分享。」

「說了這麼多，還是沒有提到這間實驗室存在的意義。」李武擎插話。

謝禾良瞪了他一眼，直接手指著壓克力外面的那面岩壁。「可燃冰在形成過程中會經歷一連串的變化，外來環境中的各類因素分子，都會影響它的結晶。我們發現這個地方產生了跟可燃冰結構相似分子的結晶體，這讓我們能以此當作基礎進行合成實驗。」

李武擎點頭。「我知道了。也就是說，你們做不到『從無到有』，只能根據這些天然水合物做加工，是不是？」

謝禾良瞪著李武擎，不願承認對方說的是事實，畢竟他們正為此傷透腦筋。李武擎的話像是一記重拳打在他們實驗最脆弱的部分。

下午兩點，他們在這裡逗留了一下子就回雙心度假村去了。預備回程前，唐聿注意到李武擎對牆上一張設計圖特別感興趣的樣子。

「走了啦！」唐聿催促。

因為駱肇修走得慢，所以他已經先爬樓梯上去了。謝禾良一如以往在駱肇修身後小心守著。

11

把車子停回度假村的停車場，各自分開後，謝禾良似乎尋了個理由，私下回頭去找李武擎跟唐聿。

他喊住李武擎，不等對方回應，直接一臉煩惱地說：「你們警察真的在懷疑教授嗎？」

李武擎垂眸望著近身的青年，不假思索便說：「對，是在懷疑喔。」

「喂！」唐聿立刻賞了個肘擊給李武擎。好歹委婉一點吧。

「教授是清白的！」謝禾良馬上辯駁，「你們這樣子下去只會添加教授的麻煩，教授他……教授還有很重要的事情要辦！可燃冰的研究刻不容緩，不許你們再鬧下去了！」

這時突然沉默半晌，李武擎盯著他說：「真是意外，沒想到你會因為老師跟警方『談判』。」

「隨你怎麼說。」謝禾良壓抑著激動的情緒，「反正教授是清白的。」

「你怎麼能確定？有證據嗎？」

「你要我拿出教授沒殺人的證據？開玩笑也要有個限度，那是你們警察的工作吧！」

「嗯。」李武擎一臉無所謂，「所以我正在工作找兇手啊。」

唐聿在一旁正想哪時候要當個緩和劑，沒想到李武擎二話不說又要走了。不在謝禾良身上套些話嗎？難得師徒倆分開了。他在心底納悶。

「教授是個很優秀的人！」謝禾良冒出的一句話，讓李武擎暫時停下腳步聽著。「我沒有父母，也沒有其他親人，活到二十二歲，是教授的出現讓我重新感覺到擁有家人的溫暖，教授他很有耐心指導我的論文，也關心著我的生活，對我而言，他不僅僅是學校的老師！」

說著說著，謝禾良的聲音裡稍微帶出一點顫抖。「你能明白嗎？這種感覺……就像自己珍惜的東西失而復得一樣！」

李武擎沒有轉身，但站在旁邊的唐聿已經發現，在聽到「失而復得」四個字時，李武擎的精神有了動搖。

「所以拜託你們，拜託你們不要對教授做出任何不利的事。」謝禾良央求著，「現在對教授來說是很重要的階段，這個研究必須趕快取得成果，所以——」

「就算你這麼說——」李武擎打斷他的話，慢慢轉過身，直視著謝禾良。「就算你這麼說，我還是不能答應。毛仰祺死了，他是政府的人，警方再也不能拖延不管，我猜用不了多久，整件案子就會水落石出。但是到那個時候——如果到那個時候，你發現你最珍惜的人原來就是兇手呢？你要怎麼辦？」

謝禾良立刻否決：「不可能！」

「沒有事情是不可能的。」李武擎的眼神透露著篤定，同時也透露著悲傷，「如果所有付出的情感都可以得到回應，這個世界就沒有離別了。」

唐聿呼吸一滯。

謝禾良還想再說，李武擎卻像是再也不願接受任何事情，踏著沉重的步履走開。

人在他們身後的謝禾良先是咬緊了牙，接著抿起雙唇，以免讓憤怒的淚水溢流出去。還不行，不能被他們發覺任何異狀，還不行。現在他得去搞清楚教授被懷疑的理由。

*

他們才剛走離停車場就遇到了楊光。

這個活力充沛的小巡警從大雨中跑過來，三人一起湊到附近的廊下。

「現在不是避雨的時候了！」楊光急匆匆說：「我發現一個不曉得算不算是線索的事！」

「說說看吧。」唐聿拍拍衣上的雨珠，實在懶得揪小巡警的語病了。

於是楊光連忙將死嬰窟的故事說給他們聽，然後說出他的想法：「你們不覺得兇手好像故意選在有鬼故事發生的地點犯案嗎？」

儘管唐聿覺得用「傳說」二字來形容比較穩妥，但套一句小巡警的話：現在不是挑語病的時候。

李武擎在聽到死嬰窟的來由時，露出了自滿的微笑。「這個資訊很好，恰巧映證了我的假設。」

楊光眼睛一亮，「前輩，你有什麼假設呀？」

「邊走邊說。」李武擎逕自出發，「到文物室去。」

雨勢漸長，他們快步走著。

「我一直在想顧之彬跟毛仰祺兩件命案之間的關係。」李武擎解釋，「當我觀察毛仰祺的陳屍地點後，察覺了兇手的用意——兇手想讓死者死在某種特定地點。這個地點必須有空間性，對死者來說是狹隘的、侷限的，可之於其他人卻是極為尋常的，甚至觸手可及。」

唐聿皺起眉，楊光則幾乎要把眉毛扭在一起了。

「我不懂。」楊光坦承。

「你換個角度想，顧之彬先是受到襲擊，後被兇手關入白燈塔內，他醒來時，發覺自己被困住了，但是外面空無一人，所以他決定爬上梯子，透過窗戶對外呼救。」

到此為止一切都很清楚，小巡警點點頭。

李武擎繼續說：「可是顧之彬因為某種原因摔下來死了。姑且不論兇手使用了什麼手段，但顧之彬顯然在生命的最後一刻感覺到強烈的恐懼吧？」

「……啊！」楊光像是領會過來，「對！真的很可怕哎！光是在燈塔裡面醒來就夠恐怖的了。」

「還有毛仰祺，」李武擎說：「毛仰祺身上有被綑綁的痕跡，表示他被兇手限制住行動。沒有解剖還無法斷言，但我看毛仰祺身上的傷口，說不定他還被兇手毆打過，當人意識模糊不清時，兇手解開毛仰祺身上的繩索，將人推入死嬰窟——你剛剛說了，死嬰窟是從前丟棄嬰兒的地方，兇手想讓毛仰祺跟那些可憐的嬰兒一樣，就算死，也只能死在沒有光線、難以自救的石窟裡。」

楊光壓了壓嘴角。「我懂了。白燈塔是觀光景點，照理來說應該很多遊客會在附近，但是晚上的時候沒人會接近，所以兇手想讓被害人感覺自己在人群之中卻不被援救的感覺嗎？」

「死嬰窟那裡也是。」唐聿說：「明明不遠處就是美人洞風景區。遊客們沉浸在休閒活動裡，沒一個注意到隔壁沙灘的狀況。」

「這也解釋為何兇手不直接殺死顧之彬，非得將人關進白燈塔內。」他們已經到了雙心度假村的中心大廳。李武擎直接到櫃臺，對值班的工讀生說：「把你們老闆娘叫出來。」

工讀生嚇了一跳。「呃……能請問發生什麼事了嗎？如果有什麼招待不周的地方……」

唐聿心想你又不是要客訴的奧客，裝那凶巴巴的臉要幹嘛。

「我們有事想請老闆娘幫忙！」楊光豎起大拇指，似乎是在肯定工讀生的表現。

工讀生滿心狐疑打了通室內電話。

李武擎背對櫃臺靠著，一副悠哉的樣子。「兇手大費周章替被害人設計死法，一定有某種目的。兇手執著在這個目的上的原因又是什麼——」

「楊警員？」張明芸似乎就在附近，很快從後方的員工工作室出來。

李武擎這時站直了，直接說出要求：「我們要再去文物室一趟，看個東西就好。」

張明芸打開文物室的鎖。「你們想看什麼呢？」

李武擎直直走到標示著「沙瑪基」的老地圖前面，指著美人洞南方幾百公尺處的一個日文地名標示。「你看其中有些漢字，可以聯想到死嬰窟這個稱呼吧。」

唐聿跟楊光紛紛湊過去。他們看見了「子捨て穴」的字樣。

「捨棄的孩子嗎？棄嬰？」唐聿推敲說。

「果然很像哎！」楊光也注意到隔壁一張較為近代的地圖，「可是這裡就沒出現死嬰窟的標示了。」

「那個……」張明芸這時插話進來，怯怯地問：「不好意思，可是你們是怎麼知道死嬰窟這個地點的呢？現在應該沒幾個人會知道……」

「我剛在所裡聽到老人家們聊天聊到的。」楊光說。

「這樣啊……」張明芸絞著手指，好像很害臊的樣子，「其實這個稱呼現在幾乎不再提起，網路可能也查不太到了。現在來參觀的遊客，幾乎都不曉得這個地方。」

跟老人家說得一模一樣呢！楊光一驚，認真地問：「你們是被下了禁口令嗎？」

張明芸失笑道：「禁口令也太誇張了啦。只是因為對我們來說，這並不是值得宣傳的過去。如今生活形態也轉變了，所以村子裡的長老都決定不談起死嬰窟的事，想說時間久了，自然就不會被人知道了。」

「也就是說——」李武擎接口：「現在會知道死嬰窟存在的人並不多了？」

「我也是在看到世伯這張地圖的時候，好奇一問才知道。」張明芸說：「不然在十幾歲之前，我爸爸都曾為我講過島上各地的傳說，卻從沒說過死嬰窟的事。」

「這就對了。」得到了證實，李武擎說：「這個島上的傳說那麼多，兇手卻刻意選了其中兩個，而且還是有特定空間性的兩個，而這兩個地點其中之一，還是只有某部分人才會曉得的古老歷史。」

「兇手是知道死嬰窟歷史的人！」楊光揚聲說。

「此外，還要跟這兩件命案的死者有關連。兇手對死者有難以言喻的恨意，以致於非得用這種特殊手段進行謀殺。」李武擎接著問張明芸：「這張地圖，還有誰看過？」

張明芸忽然緊張起來，呆呆看著眼前三人。因為在聽到李武擎的詢問後，她腦海裡浮現的，是父親張行昆的臉。

父親接待毛仰祺局長入住，隨後又招待顧之彬過來。顧先生死後，父親的行蹤成謎，之前還偷偷回了度假村卻一句話都沒給她留下。

爸爸經常在文物室裡，一坐就是一下午，靜默著，好像在思考著什麼……

第八章　信

1

下雨時，盡量別到實驗室，以防萬一。

當實驗室建造而成，駱肇修就對謝禾良如此交代，因為地理環境的關係，他們無法準確推測雨勢將會影響那裡的地形到什麼程度。否則駱肇修大概會決定自己就待在那裡了。

每爬一次通往實驗室的樓梯，他的右腿就疼得厲害，讓他恨不得把整條腿砍掉的那種疼。一回到客房，他就到浴室去了，只脫掉褲子，轉開冷水，用蓮蓬頭澆向他的右腿膝蓋，唯有如此才能勉強鎮住身體的疼痛。

他不吃止痛藥，藥物會影響思考。但不依靠藥物的結果，就是肉體所能耐受的痛覺一遍又一遍加深。

蓮蓬頭洩出的冷水似乎變得比較冰了。可能是因為天氣降溫的關係。在這個溫暖的小島上，原來還有感到寒冷的時候。

駱肇修靜坐在浴缸的邊緣，腦子裡忽然想起昔日有一幕與此相同：夏秋之交，讓他的關節如同熱漲冷縮般發出劇烈的疼痛——

那時他也在地調所的辦公室內，桌上放了很多文件，最上面的則是他祕密進行人造可燃冰的研究檔案。

可燃冰的研究超越了地調所內其他事物，他潦草的字跡永遠奉獻給這項研究，它具有優先性，重要的程度比起家庭或交際都要來得深刻。

然而那次他覺得實在是太累了。

也許不只是累，他精疲力竭。

他攤在那張老舊又硬實的辦公椅上，慢慢下陷，直到疼痛的腳可以盡量伸直。他的掌緣撲上一層灰黑鉛粉，那是他用於計算數據時的2B鉛筆所留下的擦痕。

繼續這樣下去，實驗數據就會跟多年前一樣重蹈覆轍了，他清楚知道實驗的結果，因為已經發生過一次。而他不願同樣的事情再發生一次。他的視線在數據跟自己的筆跡之間流轉，拼命想弄清楚哪一步走錯了，卻又不知道在哪裡出了錯。

他備覺煩躁，腳上的傷痛似乎開始在身體各處遊走，將他的腦子糾雜成團，奪去他的思考。

不該是這樣的！他心忖，事情不該這麼發展。

等一下還要去大學演講，為了不暴露軟弱的一面，長達兩小時的演講過程，他會用力站在講台上。演講是一件好事，不光對學生，對他自己也是，似乎接近年輕人一點，他就能用那種殘缺的步調融進這個轉變極快的世界一樣。

他喜歡聽學生們的笑聲。哄堂一笑，短暫地因為他的發言而有情緒波動。對荒唐的笑話一笑置之繼而深省其中的含意。

他希望自己能夠喚起那些學生心裡的一點想法，那怕再誇張、再令人無所適從，總有一條可以前進的路。

然而隨著時光逝去，他覺得自己徒勞無功。目標兩字變成空談，變成學測作文上一句無聊口號。學生們安於現狀，安於在及格分數的邊緣苟延殘喘。不該是這樣的，應該要有人可以承襲他的意志才對。

粗魯而果敢地提出假設，然後不為艱難地求證下去。

為什麼沒人可以看穿他笑臉之後的渴求？……不，有個年輕人好像可以。

他想起那個一身膽怯的學生，在看到他的時候卻閃露出熱切的盼望。他看到這學生眼底有著不一樣的特質，跟自己不惜一切的性子不謀而合。

就是這孩子了。

首次遇見，他就決定讓謝禾良待在自己身邊了，這也是他頭一回把私人郵件地址留給學生。謝禾良畢業之前，他就提議讓他進入地調所。事情發展得很順利。

而這孩子亦如自己所想，認真、負責，死心塌地。縱然去往會議室進行不足為外人道的祕密交易，這孩子照樣選擇支持他，並且深信不疑。

多棒的孩子啊！如果是自己的親生兒子就更完美了！

他要五十歲了，也曾組過家庭，妻子是美麗的高中教師，照理說生活本該美好愜意。但這個家庭還是破碎了，以那種世俗且無趣的原因宣告破滅。

可是即使與妻子分別的時候有多麼不堪，在歲月的洪流中終究成為了模糊的記憶，他已忘記與她之間的相處，如同學生時期寫的諸多生澀論文，或者跟同僚之間乏味的制式應答。生活裡，有太多事情不需要被記住，因為沒有留念的價值，於是活得越久，生理條件就會強迫人腦進行遺忘，唯有忘掉過往，才能像當初呱呱墜地時一般接受這個嶄新的世界。

也許因為深知將來有一天連自己都會忘記自己，而整個世界會依然如過去的每一天繼續前進，他呢？到時候他會甘於茫然的寂寞嗎？

不。

就算我忘記了自己的存在，也應該有人記得我。一個人的存在不會是沒有意義的，就連死亡也該有所價值。

人造可燃冰的願景，便在那時萌生於他的腦海。他知道他可以，如果連他都不行，臺灣大概沒人可以。他對自己極度富有自信，以致於在面對接二連三的失敗時，他嘗到更深沉的苦果。

想放棄了。

第一次想放棄的時候，是二十年前，其後他無意間知道可燃冰結晶體的存在，在那蘊含豐沛礦藏的西南海域，原本是那樣遙遠的，但如今在小琉球這塊土地上變得觸手可及。他重新燃起了希望。

第二次想放棄的時候，是十四年前，實驗進行之後的第七年。打賭可以取得祕密預算的實驗再度失敗。他痛不欲生，而原本待在他身邊應該要支持他的弟子，卻勸說他放棄。

沒人可以說服他放棄自己，除非他自己甘心。那夜，他拉開地調所實驗室內的合成反應排氣管，讓一氧化碳充斥整個實驗室。

待在身邊五年的弟子死了。而他總算再一次堅定念頭，畢竟已經沒人曉得這個實驗會徹底失敗，只有他知道真相。

他可以永遠埋藏這個真相。

一直到去年，他再次面臨同樣的困境，已經沒有金錢可以建造人造可燃冰的合成機器了，但他的實驗還有很多假設必須實行。

駱肇修嘗試讓自己的思緒回到當下。門外，是謝禾良敲門提醒的聲音：「教授，您還好嗎？」這個忠誠的孩子跟從前一樣守在他身邊。

駱肇修關掉水，踏著蹣跚的步伐踏出浴室。整條右腿幾乎被冷水冰凍，麻木不堪。謝禾良手裡拿著大浴巾，蹲下來替他擦拭腳上的水滴。

對了，那天也是這樣。這個孩子出現的時候，總會帶著驚喜。

去年，當他被腳傷所苦，加上實驗毫無進展而感到憤恨時，謝禾良帶著一疊信件進來辦公室，還特意斟了一杯熱茶，說幾句體己的話後，默默退出了出去。

這孩子知道他很煩，所以連說話都小心翼翼的。

結果，那杯熱茶到涼了，他才喝了下去。

因為他看見一疊瑣碎的信件內，有一個熟悉的寄件人簽名。展信後，他如釋重負。

2

客房門前，李武擎轉過頭來擋住唐聿的視線。

「你要進來？」

「每次都來這一齣你煩不煩啊！」

唐聿不耐煩地把人往房裡推。「不過就是換個衣服，兩個大男人有什麼好害羞的。」他坐在客房舒適的沙發椅上，眼神盯著李武擎。

李武擎慢慢關上門，好像很不甘願的樣子。

但唐聿偏偏眨巴著眼，盯著李武擎的一舉一動。

「你可以看電視。」李武擎建議，然後慢吞吞地拿出乾淨的衣物。

「不必。」

「看看手機，說不定有誰寄郵件，恭賀你要升官了。」

「現在訊號很差。而且回臺北再看也行。」

李武擎兩手已經交叉拉住衣服下擺了，正要脫，卻忽然鬆手。「我去浴室好了。」

這時，唐聿一步靠過去。

「你想幹嘛？」

「去廁所還能幹嘛？」

「你騙我。」唐聿很肯定。

「誰騙你？我膀胱都要爆炸了。」

「你每次有什麼不想被我發現的事，都會說想去廁所。」

李武擎笑意全無地「哈」了一聲。「我就想獨處，不行嗎？」

「你想獨處乖乖待在家裡就好了，何必跑到小琉球來？」

「來小琉球也可以獨處啊。」

「不，你已經失去獨處的權利了。」

「說什麼屁話。」

唐聿忽然覺得有點火大。「姓李的，我警告你，不要想玩什麼花樣。」

李武擎的視線左撇右撇，不說話，兩人僵持一陣，他終於敗下陣來。「不然請你出去一下。」

「啊？你才在說什麼屁話咧！」唐聿很不悅。

「因為我不想被你罵。」

唐聿又長長「啊」了一聲。「你做了什麼事能夠讓我罵的？」

李武擎原本盯著旁邊看的視線這時候挪向唐聿。

唐聿被這一瞥，隱約覺得這傢伙又在動什麼歪腦筋，忽然，他就看見李武擎脫下濕掉的上衣，從牛仔褲後面把一件東西拿了出來。

「你什麼時候——」唐聿傻傻看著李武擎手中那裝著可燃冰的圓筒。「你居然隨便把別人的東西帶出來！」

「如果你要罵我的話，麻煩請轉身。」李武擎的手勢比向了房門。

唐聿擺出臭臉。「一沒注意你又輕率做出這種事，你拿可燃冰出來做什麼？那是國家研究的東西，可不是玩具。」

「我當然知道不是玩具。」李武擎細察著圓筒，喃喃道：「至於是不是其他什麼東西，我就不知道了……」

「你是什麼意思？」

李武擎沒直接回答他，逕自沉浸在對可燃冰的觀察。「這個是壓力容器。」李武擎指著圓筒上面的標示，「現在的科技技術真是發達，這麼一個小容器就可以製造出氣壓環境。」

「為了避免可燃冰揮發，這是必要的保存措施。」唐聿沒轍了，只好想成機會難得，也就一起觀察可燃冰樣本。

「之前謝禾良說，在實驗室外面的岩壁上有的白色結晶，跟可燃冰的形成結構很像。是指那些結晶經過大自然的洗禮，之後就會變成可燃冰了？」

唐聿認真思索了一下。

「大概是吧。岩石本來就是一層一層的沉積，有些會被壓進海底，因為有動植物的殘骸，所以分解時產生的氣體成了石油或天然氣的一部分。我們在那裡看到的那些白色細碎結晶可能是可燃冰一開始形成的樣子，裡面的雜質應該不少，要經過很長一段時間才會慢慢變化成為可燃冰吧——而且我猜實驗室外的環境條件大概還不足以讓可燃冰完全成形。」

「什麼意思？」

「你想啊，照駱教授的說法，可燃冰要低溫、高壓、甲烷氣體，這三個條件相配合才能自然生成。實驗室外面，雖然是深入地底沒錯，但應該不至於到達攝氏四度，壓力也不夠，可燃冰隨時會揮發掉。」

「所以才只有結晶……」

聽見李武擎喃喃自語，唐聿附和道：「嗯，可是有結晶出現已經很厲害了。照理來說根本連結晶體都不可能出現，我推測那裡的地形或許非常有利，或許是因為小琉球這個珊瑚礁島剛好處在地層錯動的位置，地熱跟地層錯動的能量高壓才會讓可燃冰的結晶成形。」

「真不愧是高材生，說得頭頭是道。」李武擎讚了一句。

「高材生什麼的，呵呵……」唐聿立馬得意起來，突然又似乎是察覺到陷阱而警覺地變臉。「慢著，你要做什麼？」

李武擎一聲不吭，直接去扭開那個圓筒的蓋子。

唐聿看見想要阻止已經來不及了。圓筒輕輕「啵」了一聲，像開香檳的聲音，唐聿就知道空氣肯定已經進入圓筒內，裡面的環境已經不再受科技左右。

「你看看你做了什麼……」唐聿扶額，感覺腦袋嚴重疼了起來。

「我只是想看看常溫常壓狀態下，可燃冰會發生什麼變化而已。」李武擎說得很坦然。

「那種問題直接問他們不就好了，他們肯定知道的啊——喂！你這傢伙，不要胡來啊，還不知道會不會對皮膚有刺激性……」

說話間，李武擎已直接把可燃冰倒到掌心上，那圓筒壓力容器被他順手丟在床上。

「沒有想像中的冰。」

李武擎說著，他以為這東西會凍傷皮膚，而且他輕搖手掌，發現可燃冰並沒有像冰塊一樣，會在表層因高溫結出水汽，造成冰塊沾黏在皮膚上的錯覺。

唐聿似也放棄反對了，彎下腰來，湊近看著李武擎手上的可燃冰。

「跟乾冰好像。」唐聿隨口說。

「乾冰？但它沒有冒煙。」

「看不到揮發的氣體，不代表不存在。」唐聿說著，拿起那顆可燃冰，點著李武擎的掌心處。「你看，它揮發之後產生水了吧。」

李武擎默然用指尖撚著可燃冰殘下的水份。

「這個揮發出的氣體是甲烷吧，就是嚴重影響地球暖化的氣體，這種能源就埋在海床下嗎，想想還挺危險的感覺，雖然那個教授說的很保守，但就是怕開採的時候產生甲烷爆炸吧……啊啊，好懷念，以前我挺喜歡物理的說。」唐聿頗是感慨，同時將可燃冰拿到眼前細看。「這個東西的溫度大概接近零度吧，所以不會跟皮膚上的水分起作用，摸起來滑滑的。」

「燒燒看。」

沉浸在科學樂趣裡的唐聿一時沒聽清楚好友的發言，傻了一下。「你剛說什麼？」

「燒燒看。」李武擎道：「不是可以燃燒嗎？我想看看燒起來是怎麼樣子。」

唐聿的腳幾乎要跳起來了。

「等一下！」自從來到這裡，他感覺這一句幾乎變成他的口頭禪。「這裡又不是實驗室，怎麼可以擅自做那些實驗反應，如果發生意外的話怎麼辦?!」

李武擎一把搶過唐聿手中的可燃冰樣本，一手已經拿起房間附贈的打火機。

「沒事，我在國家地理頻道看到過，很安全。」

唐聿瞪大眼睛。「真的？」

李武擎遲疑了兩秒，泰然道：「真的。」

「你剛剛猶豫了吧！你剛剛——等一等！不要亂來啊！」

就在激烈的叫喊間，李武擎在可燃冰上方點了火。接著唐聿一聲慘叫。

「你閉嘴。」

「誰叫你這麼突然！快還給我！」

「別動，給我老實點。」

「混帳，你這傢伙，我不會原諒你……」

「再一次。」

覺得應該鼓起勇氣對李武擎表達心意的薛茜琳，再度在敲門之前因為聽見微妙的言語而住手。但過沒一分鐘，房門被突然打開，衝出客房的李武擎碰見門口有人，用飽含懷疑的眼神看著對方。

薛茜琳有點心虛，傻笑著道：「那個……午安？」她的目光往下，看見李武擎強壯的上半身。為什麼他沒穿上衣？

「妳怎麼在這裡？」唐聿緊接著過來。

「那不重要。」李武擎似乎從薛茜琳的瞳孔裡看見自己光裸的上身，於是趕緊回房拿了衣服就跑。「現在要快去找到一木才對！」

唐聿快步跟上。

不到幾秒，這裡又剩下她一人。薛茜琳愣乎乎心想：太絕情了，居然直接說不重要……嗚嗚！

3

關於離別，到底是離去的人感到痛苦，還是被留下的人感到痛苦？

一木花了十年的時間想擺脫離別的痛苦，為此，他選擇遁入空門，過上修行的生活，但是他的心情依舊不能平復，因為眼前的一切都太熟悉了，在小琉球生活了近一個甲子，島上還有什麼地方是自己沒有走過的？

眼前所有的風景，都存在著記憶，彷彿無時無刻提醒著他與親人離別的事實，叫他的內心反覆受到煎熬，直到他再也不能抵擋這種被回憶包圍的痛苦，他找了一處僻靜的地方，打算不接觸曾有的一切，就這麼孤獨的活著。

即便是尋求宗教信仰也不能彌補內心的那份苦楚，到底是什麼呢？

每天、每天，過著單調又孤僻的生活，這樣就可以療癒內心那份關於離別的傷痛了嗎？

在小琉球南端這片鮮少有人經過的林子裡，傳來嘆息一般的聲音，那是一個老去的父親對兒子的思念，也是一份與兒子離別的自責，而這聲聲嘆息居然已逾十年未曾消滅過。

如果就這麼生活下去也是不行的……一木回到林子中那處用磚頭簡易砌成的小屋子，坐在木板床邊，垂下頭來，看來是在猶豫著什麼。

颱風過境的強風持續不斷地吹襲著，從碧雲寺返回後，能感覺到風勢更大，這間不過兩三坪的空間其實並不牢固，強風不時從磚縫間灌進來，似乎整間屋子都在搖晃，一木從憂思裡回過神時，大門的門板已給強風吹開了，隨著風頭劇烈地開開闔闔，一木默然起身，拿板凳從屋內壓住門板，總算讓這狹窄的棲身之所稍微安全一點。

從昨晚開始，他就沒有睡著過，到現在他感覺到異常疲累。

昨晚那個時候，剛好是他徒步繞著尖山與內山步道行走的時候，每天他都會從下午開始，慢慢行走於島中央的山林間，一邊念經，一邊跪拜，就像是贖罪一樣，向佛祖祈求減輕他內心的苦痛。

夜晚的山林連島居民都很少進入，他不願被別人遇見，所以選擇這種時候苦修，但昨天行至半途，他忽然聽見有談話的聲音在樹林間迴盪，本來他也沒有特別在意，只想繞道而行，沒想到那陣聲音陡然變成激烈的對話。

到底怎麼了，為何突然爭執起來？難道是在山裡頭遇見什麼困難了嗎？

他想著，腳邊不自覺往聲音來源走去，剛接近的時候，他就聽見兩人爭執的內容，聽到後，他驚訝地摀起自己的嘴。

『就是你？』

『實話說吧，我對那塊破地一點興趣都沒有，我有其他的原因必須請你留在這。』

『等一下！我知道你想盤算什麼！我可以告訴你實情，你不能殺我！』

『真囉唆。不管怎樣，你今天都逃不掉的。』

當一木的大腦還無法接受這些訊息時，他聽見一聲類似物體跌落在地的悶聲。

當下，他感到一股沒來由的不祥，讓他下意識躲在遠處窺探，然而令他震驚的，是他看見了那張行兇者的臉孔，那張臉之於他而言簡直再熟悉不過。

一木就這麼怔怔地看著，腦袋裡的記憶紛亂地攪動，那張臉已十年不曾見過……不，可能更久。但是這張熟悉的面容，不管過了多久，他都不會忘記，那張臉正是折磨了他將近十年痛苦的主因！

當擁有那張臉孔的人處理完所有事情預備離開，一木思索著到底要不要跟上去，可究竟他還是沒有勇氣面對，尤其又是在這種情況下，他能跟對方說什麼呢？

那人走了。白燈塔周圍又趨於平靜。

一木呆愣當場，一會兒時間後開始思索會不會是自己看錯了？他這般想著，便在白燈塔外面繞了幾圈。鐵門是鎖好的，他又打算從鐵門上方的氣窗外內看，但氣窗葉片完全將視線遮蓋住。

一木在外嘗試幾次想進入燈塔內部未果，便想撬開門鎖，突然聽見有男女交談的聲音越來越接近，他心中一急，連忙跑回榕樹後面躲藏起來，接著看見一對情侶就在白燈塔前拍照流連。

那對男女在白燈塔附近逗留了大概十分多鐘，一木唯恐年輕人不懂分寸，強行進入白燈塔內部

「探險」，本打算製造聲響嚇走他們，沒想到真的有詭異的聲響驟起！那對男女立時嚇到了，就連一木自己也愣在原地，之後，男方似乎不滿被女生嘲笑膽小，賭氣拿了石頭，將白燈塔的門鎖砸開，發現了裡面的狀況。

而他也看到了。那對男女驚慌失措打電話喊人時，他輕輕挪動腳步，藉著月色往內瞄去一眼，他認出了死去的那個人！

——所有的影像在這時候匯聚成一個可怕的訊息。

一木快速逃開了，他捏著脖子上掛的念珠，急匆匆往自己的住處躲，可之後不到一小時，張行昆便來了他這間簡陋的居處，將事情說了一遍。

他們都在這時候知道了——他們即將面對的「懲罰」，經過了這些年終是再也逃不開。

張行昆是在去找白燈塔守燈人之前拐過去找他的。張行昆離開後，一木陷入極為哀傷的情緒，思量了片刻，他心中已有決定，接著他走向了白燈塔。

如果這世界的一切是平衡的，有得必有失，那麼他當初得到的一切，如今是否是到了應該償還的時刻？雖然張行昆一直勸說他不要耿耿於懷，個人造業個人擔，但是他的心中一直不能原諒自己。

……想到這兒的時候，一木的意識已經開始模糊，一夜沒睡加上心中的疲勞，讓他躺在床上，不知不覺閉上了雙眼，耳邊隱隱作響的風雨聲，似乎再過幾秒將要完全消失。

他應該要睡一下的，知道即將要面對命運的捉弄，他的心情稍微寬慰了一點，而且覺得比從前要實在。

但是這個時候，大門「砰」地一聲完全敞開了，壓在門後的板凳滾到一邊，突如其來的強風把室內的衣物、紙本全部吹亂。

一木能聽見本來將要遠去的風聲又變得強烈，屋外的寒風將他身上的僧袍吹歪，但是一下子，又沒有風了。

是誰來了嗎？有誰站在這裡？

一木下意識這麼想著，緩緩地睜開眼，床邊果真站著一抹人影，但是沒有光線，他看不清楚，就在他要開口說話時，他突然感覺到腦袋似乎被什麼重擊了一下！

好痛！

但這痛覺只是一瞬間，強烈的暈眩感立刻襲擊了他。似乎有什麼從額頭開始緩緩沿著太陽穴滑過，觸碰到眼角，讓他哭乾的眼睛濕潤了。

回想起他這一生，似乎沒做什麼令人懷念的事，死去以後恐怕也沒人為他燒香吧。那樣也好，今生所遭受的罪一旦盡了，來生也許就能超脫輪迴，重新做個人，做個擁有幸福的人，無關錢財多寡，不論社會地位高低，只是單純擁有融洽的家庭，一家人快樂地生活。

如果這個遺願能實現就好了。所有的罪惡與歉疚心，如果能在他死去後完結就好了。

他忽然瞭解這一切都取決於眼前的這個人。他想尋求他的原諒，於是他拼盡了最後的力量抬起了手。

一隻如枯枝般萎縮的手，顫顫地揚起，彷彿想躍出陰影，汲取陽光一絲滋潤。

但他失敗了，因為在即將觸碰到的瞬間，對方匆匆退後。

略顯慌張的影子往後退，撞倒簡陋的櫃子，櫃子上的東西雜亂地掉了一地，其中一項閃著鋒芒的利器吸引了他。

那是一把剃度刀。

就某種意義上，這確實是了斷紅塵，這影子狡詐地想，同時拾起刀子，狠狠扎進一木的左胸。

沒有掙扎、沒有呼救，因為已不感到痛了，只是覺得心頭涼颼颼地好像失去了什麼。逐漸失聲的世界，一木的眼角瞥見人影轉身帶起身上的白衣，原本忍不住胸口徹寒而要喊冷的嘴唇，轉瞬間選擇沉默。

當李武擎來到這裡，他發現一木緊閉的嘴，就像是要將所有祕密死死地咬在喉嚨裡似的。隨著生命的逝去，將不願為外人所知的祕密一同帶往地獄深處。

4

「怎麼回事?!」楊光不可置信地看著眼前一切，然後目光很快挪到李武擎身上，「你們為什麼會知道一木師父出事了？」

賴建平跟分駐所其他幾位警察也一起趕到現場。一木在山裡居住的小屋，頓時擁擠不堪。一木的屍體躺在粗糙的木板床上，洞開的房門讓強風入侵，吹亂了所有擺設。

楊光揪著唐聿發問的樣子，似乎也被賴建平察覺而往這裡投來質問的目光，唐聿安撫著小巡警，低聲說：「現在這裡不方便說話，我等等再解釋。」

「有什麼不方便的？在命案現場討論命案不是很正常嘛！」楊光嘀咕著。

李武擎一點也沒受到干擾似的，逕自觀察起現場。

他知道這個可憐的苦行僧人遇害到現在不超過一小時，但他從不曾說過「要是提早一點發覺的話」、「要是我及早趕到……」這種含恨的言語。

對他來說，追悔是弱者的行為。

為了不讓下一起悲劇發生才是他的首要任務，此外，感慨或者不必要的同情，可以留待事後。

*

仰望天空，可以從厚重的雲層間看見一台直昇機漸漸接近小琉球，也許是強風的關係，能感覺直昇機搖搖晃晃的，但還是順利抵達，最後降落在島上北北西「花矸仔」的飛機場舊址。

響徹天頂的直昇機螺旋槳聲緩慢停止。

這在日治時代就已建成的飛機場，因臺灣國內航程太短，早在許多年前便遭到取消，如今只剩下一片空地，而一座小琉球航空站孤零零地在空地旁邊。

原本是飛機場的空地，如今遍生野草，提供降落指引的「H」字體也被蓋住，直昇機到來時，張明芸很快就聽見螺旋槳劇烈轉動的聲音，因為雙心度假村距離這不到一公里。

從飛機上下來的是四位特警，他們戴著頭盔與墨鏡，穿著防彈背心，腰間一邊是手槍，一邊是無線電。他們都是在特勤隊上受過專業維安訓練的成員，而他們收到的任務第一條，就是抵達小琉球後，先將觀光局局長毛仰祺的屍體運回屏東縣警局的屍檢處。

他們等等也會分成兩隊，一隊執行運送任務，一隊守住小琉球碼頭。

根據氣象局預估，再過不到兩小時，颱風便會掃過小琉球北端，往中國大陸方向去，到那時候禁航令解除，之於兇手而言無異於放虎歸山。

*

分駐所警察的無線電紛紛傳來通知，直昇機到了，開始進行作業。賴建平留一組人處理一木的屍體，其餘沒有另外安排行動的人則隨他回去接應特警人員。

楊光偷偷躲在屋子後頭，等賴建平走後才冒出頭來，湊到唐聿身邊。「呼！辦案果真困難重重呀！」小巡警感慨，同時向「埋伏」在附近的TORO吹了一聲口哨，那靈巧的警犬便從草叢跳出來。

「毛局長的遺體運回本島之後，不久也會有刑警隊接手這個案子了吧。」唐聿說。

李武擎淡淡道：「你也先回去。」他轉而向一旁的楊光說：「學弟，你先載他到直昇機那裡——」

「等等！」唐聿實在聽不下去了，「你在說什麼？」

「我有兩件事需要你幫忙調查清楚。」李武擎不管唐聿的意願，自己已經開始解釋，「第一，去調查一木的背景資料。」

「一木師父？」楊光愣愣地重複著。

「一木他為了一件事獨居在深山裡修行，那件事至關重要。你看他雖然居住在這麼簡陋的地方，但他的衣服卻很乾淨，這是心裡有罪責的人為了洗刷罪惡感下意識的行為。我認為這也是一木他之所以被謀殺的主因。」

「你是要我回去登錄署裡的警務系統查？」唐聿問。

「對，還有一件事，」李武擎接著說：「實驗室上方的那片公有地。我要那塊土地的資料。」

楊光一聽，對耶，我還不知道實驗室到底在哪裡，是不是要趁現在發問一下？不過看看情況，他們好像沒時間理他。

好忙、好忙，等等好像要充當一下司機的角色了！

「土地資料?!」唐聿一臉「你以為我是神呀」的表情。「我怎麼可能在短時間就查出來！」

李武擎一臉平淡。「我有讓人先去查了，讓他向你匯報。」

「誰啊？」
「梨子。」
唐聿不情不願的「噢」了一聲。
「該死！」每次提到那個前科犯，他總是想罵這句。「而且直昇機也不一定會多載我一個吧！」
「他們會留下兩位特警協助封鎖港口，返程少了兩個名額，你隨便講幾句話就可以搭便車了。」
李武擎拍拍唐聿的肩膀以資鼓勵。「或者該說少一個名額而已？毛仰祺算一個嗎？」
「夠了。」
唐聿阻止他說下去，甩掉那隻手，覺得現在的自己就跟此刻小琉球的天氣一樣，一片黑壓壓的。

5

今日，陳芷綺難得享受到傍晚的氣氛。和男友吃完下午茶後，胃口似乎意猶未盡，她就拉著男友的手回到了公司，覺得這次他們應該換個「用餐場所」。
前幾天，她的老闆又臨時增加了她的工作內容，導致她已經快一星期沒跟男友見面。
在地政士事務所當秘書，比那些實習生還忙，偏偏老闆是個工作狂，所以她承擔的工作份額相對添增。若不是看在高月薪跟臨時加給非常大方的份上，她可能早就辭職不幹了。
這間地政士事務所在臺北市中心，鄰近臺北市政府，不過五十幾坪，光是租金就令人瞠目結舌，但是在新大樓的辦公室，無論裝潢或者設備都很高檔，其中最令她嚮往的，大概是老闆專屬辦公室裡那面落地觀景窗。
二十三樓的臺北市街景一覽無遺，玻璃因為貼了防窺貼紙，所以從大樓外部看不見辦公室內的情況。她的老闆經常在工作之餘站在玻璃前啜飲葡萄酒，讓人感覺好像要將眼前所有的房地產都搜刮成囊中物那樣，而且她猜老闆之所以天天加班，或許是因為從這裡看出去的夜景太美的緣故。

她曾從這裡看過一次夜景，那和平常跟男友騎車到陽明山上面看的城市夜景不同，站在老闆辦公室的玻璃前欣賞的時候，會讓她覺得有種難以言喻的優越感，好像處在自己的地盤上，擁有這麼美妙的景致，會讓一個人的心情不自主浮動起來。

當然，那裡不是她的地盤。她知道可能努力一輩子，也不太可能會跟老闆一樣有能力租下這間辦公室。老闆他自有門路，聽說在大戶之間都挺吃得開，不知道是攀了誰的關係，她總想，有時候土地交易順利完成之後獲取的酬勞總有其他溢出的金額令人捉摸不透。

算了，反正自己也有獎金當好處，累歸累，偷偷享受一下工作的附加價值也是可以的吧！陳芷綺帶著男友直奔二十三樓，拐進了自家的事務所。

今天是週休，沒人工作，她把門鎖好。

男友大概能猜到她的想法，可還是有點擔心。「確定沒問題嗎？」

她眨眨眼。「沒問題啦，我等等把監視錄影刪掉就好。反正沒發生什麼事情又不會去看，三天之後就會完全刷新了。」她勾勾手，做賊卻掩飾不住興奮般地說：「這邊！」

男友跟過去，同時張望這間高級辦公室，然後看見女友打開了一間獨立的辦公室大門。

他走進去，女友馬上把門鎖住。

辦公室內沒開燈，但並不暗，因為觀景落地窗沁入的霓虹燈光，將眼前所有的一景一物都染上神祕的氛圍。陳芷綺環住他的頸子，撒嬌說：「我很早就想這麼做了。」

他當然懂得她的心意，而且感覺下半身漸漸燥熱起來。「不會有人忽然闖進來吧？」

「不會。」她領著他到辦公桌前。「平常都只有老闆會留這麼晚，但他今天出差。不在臺北。」

她坐在桌上，兩腿勾住男人的腰側，嘴唇往前湊近，「我打好幾通電話給他，都沒人接，應該是在忙啦。不然他一定會在回程之前打電話催我把資料準備好。」

兩人唇吻相貼，陷入一陣熱吻。男人的手在她的軀體膽大撫摸。這張辦公桌被收拾得很乾淨，結實的柚木想必可以承受某種程度的搖晃。

一吻稍歇，他開始舔吻她誘人的頸部，她抬起頭，忍不住咯咯輕笑幾聲，而眼前是那逐漸亮起燈光的美麗夜景。

*

電腦螢幕顯示資料傳送完成度是百分之七十、百分之七十五，百分之九十。當黎海凡以為幾秒之後就可以把資料完全拷貝完成時，沒想到傳輸條居然停止計算了。

「……嗄?!」

準備拿洋芋片的手停在零食袋裡，黎海凡瞪大眼睛，確定自己沒看錯。

應該順利傳送過來的資料居然停止了！奇怪！怎麼回事？應該不可能呀！防火牆都已經破解了……黎海凡開始檢查是哪個環節出了錯，瞎忙了一分鐘，他發現居然是另一邊斷網了！

「搞什麼鬼！」他不耐煩地大吼一聲，決定繞到監視器的線路去看電腦那裡發生了什麼事。

不到五分鐘，他就找到了顧之彬辦公室的監視錄影畫面，這一看不得了，嚇得他手都從鍵盤上跳下來。

活春宮。

而且是現場直播。

黎海凡的內心忽然陷入跟道德的短兵相接，照理說那是私人領域，想在裡面跳脫衣舞都行，而且他入侵對方事務所的電腦，是他不對，不管怎麼說，都是他的錯就是了。

可是他還是他媽的繼續看。

「不過畫質有點差就是了……」黎海凡嘀咕著，腦子裡下意識想去調整爛監視器的色差，突然手機聲大作，又嚇得他的手從鍵盤上滑下來。

他趕緊去接電話，看到是唐督察員的來電，不接不行。

電話一接通，就傳來吵雜的背景聲音。

「你的資料查好了沒？傳給我。」

唐督察員的聲音一如既往充滿命令口吻。黎海凡瞄了「監視器畫面」一眼，嘴裡「呃……」了好久，讓唐聿忍不住開罵：「你該不會沒有去查吧?!」

「冤枉！我查了！」黎海凡立刻喊冤，「可是好像出了一點小狀況耶，不是我這邊的關係，是另一邊——」

「我管你出什麼狀況！」黎海凡覺得唐督察員的脾氣又更暴躁了，「十分鐘內你還沒把資料傳給我，你就準備去跟你的收藏品死別吧！」

喔，天啊！世界末日宣言！

黎海凡覺得應該為自己認真辯解一次。「我一收到李警官的吩咐，立刻就衝回家的哎！我原本在排限量——」

「我不想聽你廢話！」再次被無情打斷，「你還剩九分三十秒。」

「等——」

嘟……

我靠！沒辦法了！黎海凡盯著畫面，詛咒男方早洩。

該死的那條連接在顧之彬電腦主機的網路線被女生的高跟鞋踩掉了。

第九章　迷宮

1

信不止一封，陸陸續續寄到了他特別購買的郵政信箱。信上的字跡依然那麼熟悉，像從前他每回看到的所有實驗紀錄，筆跡工整。附在信內的筆記也是，老舊卻整齊地貼滿了標籤，將資訊分門別類。

看信的時候，駱肇修覺得自己好像回到了那個時空。好像那聰穎的門徒還在——馮銘湖，被譽為才貌雙全的優異學子——會仔細揪出研究計畫裡的微小錯誤。

對，是的，正是如此，因為馮銘湖總可以找出破綻，所以當聽到他說出人造可燃冰的研究會是一條死胡同時，駱肇修才如此憤怒地想置他於死地。

然而在他死後數年，他們之間又再次交會，用這種不可思議的方式將孽緣延續……

信裡寫著的是有關小琉球實驗室周遭的地形探測紀錄。馮銘湖說自己曾在一開始，就針對實驗室周遭的地形探索過一次，那時候那邊只是個廢棄水井下坍塌的空間，連接著錯綜複雜的洞穴。當時那塊地的地主帶著他。地主手裡有一份地圖，指引著地下通道的出口。

駱肇修終於知道事情不止是他所知道的那樣。馮銘湖也有過私心，不想把藏有結晶體的地下洞穴說出來，但他還是說了，甚至帶走了地主的女兒。

當初還說什麼會破壞自然環境，會讓整座小琉球陷入恐慌，可是愛情輕而易舉就讓他淪陷。以為逃得遠遠的，就可以假裝看不見了嗎？

人呀！就是鴕鳥心態。

駱肇修越看越覺得好笑，因為這封原本是馮銘湖要寄給自己親生兒子的信，居然到了他的手上。而且寄件人渾然不知。

他很得意。馮銘湖想藏起的祕密，隔了數十年，還是被他知道了。

駱肇修思考了很久。他手裡拿著前些天得到的最後一封信，知道再過不久會發生什麼事。

他把信帶來小琉球了。神不知鬼不覺。

這封信裡裝著地圖，載明了所有他想要的、夢寐以求的東西。

曾經以為不可能實現的心願，如今柳暗花明，命運又給了他一條新路。

重燃希望的時機就要來臨。

他走進雨裡，步調依然緩慢艱難，但這次卻似乎不那麼痛了。

2

自認是**鬼魂**的男人正在聆聽黑暗中的動靜。

即便這裡沒有一絲光線，他的目光卻宛若洞察周遭般的銳利，不停在隧道內的各個方位巡視。這種感覺尤其神奇，他曾處在這不見天日的地方好幾天，卻不完全脫離人群。

從隧道的通風口不時傳來人語，地面甚至能隱隱感覺到震動，那些人在隧道空穴內大刀闊斧進行挖掘好幾年了，可是從沒有誰發現他。

我就在這裡！

他曾那樣放肆地呼喊，用意當然在於嘲笑。那開挖的機具頓了一頓，似乎在尋找夾雜於噪音之中詭異的聲響，但無人膽敢深入。那些人只拼命用聽錯了或者產生幻覺來壓制內心的疑問。

剛好那些人也有環境因素當作藉口：洞穴內瀰漫的二氧化碳，確實足以令人意識迷離。

早先，當他決定探索這片區域時，他就曾經昏厥過一次，醒來後，他幾乎手腳麻痺，但心跳極快，僅存的意識催促自己就算死也要爬出去。

當他好不容易鑽出隧道，狠狠吸了一口新鮮空氣時，他就知道自己已經死過一回——想要侵犯亡靈的地盤，做為自己復仇的舞台，用半條命當作獻祭，應該算得上扯平了。

他的意志更加堅定。

這片地下隧道曲折蜿蜒，是地下水溶蝕出的溶洞，當地下水枯竭後，從地表滲入的雨水便持續對石灰岩中的碳酸鈣成分產生化學反應。雨水沿著岩層裂縫進行溶蝕，經年累月，造就了石灰岩洞穴豐沛的地形，又隨著地殼隆動，地下水位降低，洞穴下方再度經過溶蝕而形成另一個空洞。

空洞錯置複雜，儼然像座迷宮。

國外被譽為觀光勝地的鐘乳石洞是很有名，但誰能料到小琉球的地底就有這麼一塊寶地？而且還是個秘而不宣的藏寶地！

這座「地底迷宮」原本沒人知曉，直到半個世紀前，才由一位地主所知，接著是他的父親。

可是知道迷宮存在的人接二連三死去了。

挖鑿實驗室的那些人之中也有離異死亡的，經過解剖，發現是中毒而死，所以建造實驗室的主使者才會瞭解到不該在雨天來到這裡。

雨水在滲透石灰岩層時，不僅有物質沉積為石筍、石柱，還會釋放出少量二氧化碳。

勉強待在實驗室裡或許可以藉著空調系統維持呼吸供給，但他們也不敢保證地質變動的程度，是否會在他們猝不及防時產生變化。

所以下雨天，他會知道實驗室內沒人，那時候他會故意闖進去，坐在他們的椅子上，凝望那片透明壓克力板。

正如他現在——傲慢地進入實驗室，呼吸著與隧道內迥異的冰冷空氣。

不過這次他不會逗留太久，雖然大雨還會持續一陣子，但他知道這次不等雨停，就會有人來到這裡。

不僅會來，而且不止一人。

這會是個忙碌的一晚。

3

李武擎用力敲著門，不到三秒，就因為等不及而強行把門打開。門沒有鎖，東西卻都在，可是他要找的兩個人都不見了。

駱肇修跟謝禾良，不在客房裡。

他立刻聯想到實驗室，於是又朝著實驗室直奔而去。

這一幕被張明芸看見了，她的心裡不禁浮現一個念頭：父親還要傷害地調所的那兩個人嗎？不然刑警為何在一木死後想馬上找到他們？

她想阻止這一切。必須先找到爸爸，問清楚才行！而她乍然想到一個可以拜託的人。

*

天台的古屋並未上鎖，李武擎到的時候，因為附近沒有停放任何交通工具，讓他懷疑駱肇修跟謝禾良說不定不在這裡，然而直接走下水井階梯，開了實驗室的門，駱肇修正坐在那裡，像是在等候有誰造訪似地注視著他。

「我總覺得你很喜歡這裡。」駱肇修沒有起身，目光望著來人，「看來我的感覺沒錯。」

「很特別的地方，不是嗎？」李武擎緩步走進實驗室，左右望一眼，「只有你一個？」

知道李武擎在找誰，駱肇修簡單回答說：「難得到這裡來，可能到哪裡去逛逛了吧。」他單掌一擺，「不介意的話，請坐。」

李武擎拍拍夾克上沾到的雨水，邊說話邊拉了一張高腳椅。「沒有老愛打岔的徒弟，剛好，趁這機會我就能把話說開了。」

「哦？」駱肇修露出似笑非笑的表情，「警官有什麼話，直說無妨。」

李武擎落坐，後腳跟踩在高腳椅的橫桿上，兩手環胸。「事實上，先前聽了你對可燃冰的簡介，居然在不經意間解決了我一個困惑。」

「是嗎？那很好。」駱肇修保持斯文的微笑。「警官原本的問題是什麼？」

李武擎迎向他的視線。「我在思考顧之彬的命案。我想不透顧之彬為什麼會是摔死的。」

駱肇修提問：「我好像要知道這件命案的源由才能跟你繼續討論下去。」

「很簡單。顧之彬跟某人在白燈塔附近見面，結果那個人偷襲了他，並將他關入白燈塔之中。顧之彬在燈塔內轉醒，發現門外沒人，所以決定攀爬塔內的梯子從窗戶求救。」李武擎說：「那道梯子很窄，一名成年男性爬上去確實有點不方便，但不是什麼大問題。梯子底部到窗戶，最多才七、八公尺吧，就算摔下來，我認為是摔不死人的。」

「但是顧先生卻是摔死的？」駱肇修開始參與這個話題了。

李武擎微微頷首。

「意外？」駱肇修猜測。

「我從不覺得世界上有『意外』這種說法。」李武擎說：「我認為所有的事情都是環環相扣的，雖然一時找不到關係，但不會無緣無故就發生。事出有因，有句話是這麼說的。」

駱肇修蹙起眉來，似乎也在為解決李武擎的煩惱出力。「那你有什麼想法嗎？說出來，我們可以探討一下可行性。像我們進行科學實驗的人，一開始都會經過一番探討，再決定實驗的過程。大家討論討論，之後可以少走一些冤枉路。」

「那真是太好了，因為我一向不喜歡拐彎子。」

駱肇修會心一笑，李武擎接著說：「我把這個命案分成三部分來看。一，我在顧之彬死亡的現場發現地上有可疑的積水，我原本以為是外部滲入的雨水，或者無關人員偶然潑落的水，但經過調查，排除了這些可能，於是那些水漬的存在就引起了我的興趣。」

「第二？」

「結合初步屍檢，認為顧之彬的死因有可能為窒息死以及急性死亡。」

「然後呢？」

「三，兇手沒有直接鎖緊白燈塔的門鎖。這可以推測兇手的用意只是在於控制一段被害人無法逃出的時間，而不在隱藏屍體——說到這裡，你不覺得很奇怪嗎？」

「奇怪？」

李武擎說：「如果兇手真要置被害人於死地，會選擇更簡要的方式吧！縱然把被害人關入燈塔，也不知道人會不會摔死，更不知道會不會有哪裡跑出來的程咬金，忽然救了塔內的人。」

「說不定犯人沒有想殺人——」

「嘖嘖。」李武擎咋舌，搖搖手指，「兇手已經襲擊對方了喔，難道還想留下被害人的活口好讓他指證自己嗎？」

駱肇修輕輕笑了一聲。「如果你已經這麼認定的話，那我們接下來討論的項目就只是犯人犯案的手法了。」

李武擎看著他。「這就是我的目的。」接著一字一字說：「因為我終於知道讓顧之彬邁向必然的死亡，到底是哪一種特殊的凶器了。」

駱肇修盯著李武擎，目光沒有閃躲，但直到半分鐘後才無奈地開口：「李警官，你該不是想說犯人用的凶器是可燃冰吧？」

「沒錯。」李武擎承認，「我就是這麼覺得。」

「你的提示很明顯。」駱肇修對李武擎如此篤定的態度感到懷疑，「可是你同時沒有任何證據可以證明可燃冰是凶器。」

「而且如果如兇手所料，」李武擎接話說：「守燈人在隔天早上才發現顧之彬的屍體，那麼塔內根本連積水都沒有。」

「既然如此——」

「但凶器的確是可燃冰吧！」李武擎斬釘截鐵地說：「兇手在塔內放置可燃冰，任其揮發，而陷入短暫昏迷的顧之彬在不知不覺間吸入可燃冰釋放出的甲烷，就算醒來之後，意識還是模糊不清。揮發出的甲烷比空氣輕，因此積蓄在塔內頂端，當顧之彬攀爬階梯到達最上層時，他一呼吸，立刻吸入更多足以致命的甲烷氣體，因此——」李武擎做了個滑落的手勢，「他摔了下來。」

駱肇修不置可否地微笑著。

李武擎說：「塔內有殘餘的積水就是最好的證據。可燃冰揮發出甲烷跟水，前者會在守燈人開門的時候快速逸散，後者則會在數小時內蒸發掉，不留痕跡。」

這時，駱肇修搖頭了。「你的理論看起來很順，可是要足以充填燈塔部分空間的甲烷氣，甚至害人致死，那可燃冰得要有多少呀，一般人……」

說到這裡，駱肇修忽然停頓了。

李武擎直視著他。「看來你也注意到了啊，『一般人』的確不會有取得可燃冰的機會，但若是你們地調所專門研究可燃冰的人呢？」

駱肇修沒說話。

「何況，你們研究的還是人造可燃冰。製造一個甲烷成分較高的人造可燃冰，依照你們目前的實驗進度，應該不困難吧？」

聽完，駱肇修抬眼。「你說的都是推測而已。」

「原本是推測，可一木死後，我相信這就是事實。」

「什麼意思？」駱肇修不解。

李武擎說：「一木在命案發生後出面作證，說顧之彬的死是水鬼作祟。當時命案的第一發現人在進入燈塔前，曾利用打火機照明，打火機卻意外爆燃。這件事被一木描述成荷蘭鬼在放火抓交相替的魂魄。」

「全是無稽之談。」

「我也這麼覺得，」李武擎說：「但對兇手而言，這個無稽之談卻正好是暴露了他使用可燃冰行兇的佐證。當時還留在塔內的甲烷，遭遇火源，立刻助長打火機的火力。我想這對兇手來說是絕對不想被知道的事吧。雖然乍看之下，這只是一件平常人不會去注意的小事。」

那時候他跟唐聿在房裡放火燒可燃冰時，火光漲大的瞬間，讓他們剎那理解一木說的水鬼證詞並不僅僅是想嚇唬人的手段。這是真實發生的現象，但披上了鬼怪傳說的外衣，就顯得非常滑稽，然而一旦洞穿本質，會發現原來事情非常簡單。

可惜他們來不及救下一木。

一段沉默開始在實驗室裡頭蔓延。

駱肇修十指交叉，然後漸漸收緊。

「所以你是說那死去的證人是被滅口的？」

「對。」

「假設你剛才說的都行得通吧，」駱肇修再次強調「假設」二字，「那麼犯人殺害顧先生的動機呢？」

他看見李武擎的表情一下放鬆下來。「這個嘛，我還在……」剛說，手機就響了。李武擎從口袋拿出手機時對駱肇修做了個暫時離席的手勢。

「請便。」駱肇修說。

接著他看見李武擎接起電話，背過身去。

4

『我找不到一木的背景資料，所以先看了黎海凡傳來的東西，結果發現事有蹊蹺。』唐聿看著電腦螢幕。

電話接通了，但是訊號不太穩，李武擎站到靠近實驗室大門的地方，勉強可以聽清楚唐聿的聲音。

「查到什麼了？」他問。

『實驗室上方那塊地是由中央政府決議讓臺北市政府進行徵收，二十年前徵收的用意在於建立社福中心，但徵收完成到現在並沒有進行任何建設。』
李武擎不明白。「你說臺北市政府徵收小琉球的土地？」
唐聿認真解釋：『其實早在戒嚴時期，臺北市政府就陸陸續續徵收小琉球的土地做為安置偏差青少年的機構，可是徵收完畢卻閒置了四十多年。實驗室上方的土地是小琉球近年來唯一一筆以類似名義進行徵收的土地。我在徵收承辦人員的名字裡發現毛仰祺的名字，但那時他還不是局長。』
他的目光停留在螢幕上，那裡有顧之彬為了進行土地交易而做的備註，唐聿經過查證也一併告知李武擎。
『其實除了這一筆零點五公頃的徵收用地之外，臺北市政府目前在小琉球還有零點七公頃的住宅用地、零點九公頃的農地，以及多筆零星道路用地。幾乎可以說是小琉球的大地主了。』
分局內警務同仁到處走動，唐聿唯恐被旁人知道自己利用駭客得來的資料解決命案，因此顯得戰戰兢兢。
『那塊地在二十年前進行徵收，隔年徵收完畢，徵收範圍之中總共有五位地主，其中最大的、就是我們看見可以通往地下實驗室的那一帶，屬於一位姓謝的地主——叫謝可剛。』
李武擎把名字記下。「你說覺得有蹊蹺的地方是什麼？」
唐聿的視線從螢幕的文件資料逐步掃過去。
『剛才不是說有五位地主嗎？你絕對想不到另外四位之中居然也有我們知道的人。』
「快說。」都什麼時候了還賣關子。
『他們的名字分別是張行昆、顧兆分、洪新善，還有李水忠。』唐聿說：『他們都各自持有徵收地內零星的土地所有權。我猜是為了避免建造實驗室的事情洩漏，因此需要一定的空間，所以在入口處之外的幾塊零散的小地方也一併徵收了。』

李武擎聽到姓名，立刻產生了聯想。但他只知道張行昆是雙心度假村的老闆，其他人似乎沒有印象。

「其他人是誰？」

『顧兆分就是顧之彬的父親。』唐聿說完，聽見李武擎低低的「喔」了一聲，『沒想到吧！還有，李水忠就是一木師父。我看到土地所有權人的資料照片，雖然一木師父跟之前比起來瘦多了，但絕對是同一人沒錯。』

「既然看到所有權人的資料——」

『嗯，』知道李武擎想問什麼，唐聿直接說：『我用一木的本名李水忠在資料庫中查詢，發現一件跟他有關的刑案。原來在十四年前，一木師父的兒子李啟勇殺了人。這應該是一木師父出家修行的原因。』

*

張明芸穿上雨衣，騎了約莫七分鐘左右的車，從尚未鋪柏油的小路轉了出來，上民生路到了鄰近屏東縣政府消防局第三大隊琉球分隊的一間鐵皮倉庫前面。匆忙熄了火，走進倉庫裡找人。

倉庫鐵門大開，裡頭擺滿了船舶零件。這是一間早已歇業的零件工廠，堆放在地上的零件很多早就鏽蝕了。張明芸張望著，終於在最裡頭的一張小桌子邊，找到了洪新善。

洪新善是個年過七旬的老人，皮膚黝黑，穿著汗衫，下顎蓄著一撮白鬍。他正在喝藥酒，看見來者，露出了感到意外的神情。

「阿芸？」洪新善撐大朦朧的眼。

「洪伯伯！」張明芸一找到他，立刻跑過去。眼尖的她發現小桌子上擺著自家度假村的伴手禮，就知道果然父親張行昆曾來過。「洪伯伯，您知道我爸爸在哪裡嗎？我找不到他。」

洪新善渾身散發著藥酒的氣味，眉頭緊鎖。「你說阿昆不見了？」

張明芸點頭。「對，您知道他在哪裡嗎？他不跟我聯絡，手機也不接。我不知道到底是怎麼了……」

眼看老朋友的女兒一臉泫然欲泣的模樣，洪新善欲言又止。

「洪伯伯，我爸之前有來找您，對不對？」張明芸一臉認真，不再像之前那樣總是撒嬌著好像風一吹就會飛走的模樣。「爸爸這幾天招待一些客人到度假村來住，說是商量有關土地的事，但我想要問詳細一點，卻又不告訴我。」

洪新善手裡轉著藥酒瓶身，瓶內僅餘五分滿的液體旋起一個小漩渦。

「如果妳爸不說，大概是不想讓妳操心。」洪新善幽幽道：「我們幾個朋友都知道，妳爸疼妳是出了名的。」

「我已經不是小女孩了！」眼角滴落一滴淚，張明芸強忍著，「告訴我吧！土地的事，還有我爸為什麼突然失聯。都告訴我吧！拜託您！」

剎那間，過往的記憶紛紛湧上心頭。

洪新善心有不忍，猶豫片刻才說：「可到底又要從哪裡說起呢……這些年來，我一直在想這件事。」

*

『當年李啟勇二十八歲，持刀闖入被害人家中，』唐聿盡量用最簡潔的字眼把事情說清楚，『被害人黃馨，已婚二十六歲女性，育有一子。據李啟勇供稱，他是為了報復黃馨的丈夫始亂終棄，所以殺了黃馨，想讓她丈夫痛苦——至於這位遭到報復的男性，你應該知道是誰。』

李武擎也不否認。「馮銘湖。十四年前在地調所因為操作機台錯誤而意外死亡的人。」

說到這裡，唐聿不禁有點生氣。在李武擎前往小琉球前，就讓黎海凡查詢了有關馮銘湖的意外致死案，原本唐聿還搞不清楚李武擎的目的，如今這件案子被扯了出來，唐聿便知道所有事情果然有某種程度的連結性。

「不過說也奇怪，既然覺得男方花心應該受到懲罰，何必對無辜的女方動手？」李武擎說：「直接砍了姓馮的，之後就不會有一連串的怪事發生了。」

『真不知道你在說什麼。』唐聿嘀咕一句，繼續說：『馮銘湖有婚外情，你知道嗎？』

「不。」

『馮銘湖的外遇對象叫謝亨月，是謝可剛的女兒。在李啟勇的筆錄裡，有記述馮銘湖因為到小琉球旅行，遇到謝亨月，兩人陷入熱戀的事。可是當時謝亨月似乎跟李啟勇有婚約。簡單來說，因為馮銘湖的關係，謝亨月跟李啟勇的婚事告吹，同時，馮銘湖卻也不是單身，早就跟黃馨結婚了。李啟勇知道這件事後，說是要為謝亨月出一口氣，所以殺了黃馨。』

「我還是覺得應該殺了馮——」

『所以事情是這樣！』唐聿強硬打斷李武擎發表過激言論，『李啟勇殺了黃馨後，鋃鐺入獄，但謝亨月事後也沒有跟馮銘湖在一起。根據幾位記者的後續報導，馮銘湖似乎對謝亨月很不諒解，甚至懷疑有可能是謝亨月教唆李啟勇殺了他的原配，結果事發半個月後，謝亨月被發現在住處上吊自殺。』

「謝亨月的住處在哪？」

『我記得是在臺北一間舊公寓。』唐聿滾動滑鼠，『對，當她跟李啟勇的婚事取消後，她就跟著馮銘湖私奔到臺北。記者真的很厲害，為什麼這些私事都查得到……』唐聿咕噥著，慎重地盯著螢幕，螢幕上顯示掃描進資料庫的報章雜誌相關報導，瀏覽的過程中，唐聿忽然察覺有個地方原本都沒注意到。

『咦？』

「怎麼了？」李武擎問。

『謝亨月有一名非婚生子女，這裡有記者報導出來，謝亨月跟馮銘湖有生下一名男孩，當時七歲，但是沒有入馮家的戶口。』

突然，李武擎聽見身後傳來巨大的一聲「碰！」

他下意識轉過身去，看見實驗室左側牆壁的那道門打開了，而實驗室內不見駱肇修的身影。

『怎麼了？剛剛是什麼聲音？』唐聿把手機壓得更緊，耳朵都要發痛了，似乎這樣就能更接近對方。

李武擎走近那扇搖晃的門，拉開。

「駱肇修不——」

李武擎還沒說完，後背就遭人猛然一推！

他被用力推進了那扇門，手裡的手機因為撞擊而脫手，掉落石壁之間的細長縫隙。身後的門重重關上。周遭暗了一層。

李武擎轉身一看，感覺自己彷彿被推進了地獄。

『李武擎！』唐聿大喊，但手機傳來一波激烈雜訊，『李武擎！』

分局內的人用透著狐疑的眼光看著這位突然到訪的督察員。

通話斷了。

唐聿接著再打好幾次都打不通。

*

「妳知道妳謝世伯家的土地，被政府徵收了？」洪新善決定從這件事開始。這件事之後，有很多人的命運都逐一改變。

是天台的那塊地。張明芸點頭說：「我記得。我爸爸好像也有一塊畸零地在那附近。」

「對，政府要徵收的地，除了謝家的之外，全部加起來還有其他四戶。」洪新善頓了頓，說：「我就有一份，還有顧家、李家，跟你們謝家。」

張明芸專注聽著洪新善說話。

洪新善道：「老實說，謝家是大地主，政府要的那塊地，主要還是看謝家點不點頭，我們這些在旁邊的小戶，如果謝家不答應徵收的話，我們那些零零落落的土地根本沒有價值。所以我們四戶當時主事的人就聚在一起，商量一下政府的徵收計畫。

政府徵收，勢在必行，但如果打了官司，會拖更久，最好的辦法就是我們幾個私下協商。」

「當時謝世伯是不答應的嗎？」張明芸提問。

「是啊，那時候謝家當家的叫謝可剛，就是妳世伯，妳還有印象嗎？」

「我有點印象，但畢竟還小……」

「總之吶，我們之中有不少人都想勸謝老頭答應徵收，不然那些畸零地沒有用處，本來就賣不了幾個錢，但要是配合徵收計畫，補償金就非常優渥了。」

張明芸打斷他。「等一下，洪伯伯，我想起來了，我爸爸是謝世伯在賣土地時候的代理人啊，如果說謝世伯不賣的話，我爸爸怎麼會代替世伯簽署合約？」

洪新善一晌沒說話，張明芸卻領悟了。

「我爸爸他……他是不是做了什麼?!」她顫顫地問。

洪新善搖頭，淡淡說：「我不知道。」

「請告訴我吧！」

「我是真的不知道。」洪新善垂下頭，「那天，謝老頭被發現在落日亭附近死了，因為心臟病。說是在釣魚的時候發病，來不及救。謝老頭有心臟病大家都曉得，所以都認為他是病發而死。但是隔天，妳爸就帶著謝老頭的私章跟委任書，簽訂了徵收的合約。」

*

李武擎大力搥著門，但金屬門文風不動，甚至連撞門的聲音都被稀釋在這幽暗的洞穴內。

手機掉在縫隙裡，連看都看不見，也就不指望能找回來了。李武擎繞到壓克力板那裡，開始敲擊壓克力板，但那是強化壓克力，連聲音都敲不出來。李武擎停住動作，從透明壓克力看著實驗室內部。他進來的那扇門被鎖死了。

一個跛行的身影，緩緩坐回原來的位置，但這回面對著是壓克力板的方向。

可惡！

李武擎暗罵，覺得內心異常不悅。他討厭被設計，更討厭因為自己的好奇心而被設計。

蒙上白桌布的桌子，在白色基調的實驗室裡被他大意忽略，他猜駱肇修剛剛大概是躲在那裡，並料定他會探手打開那道門。

駱肇修端坐在高腳椅上，只差沒拿杯紅酒，否則很像在觀賞默劇。李武擎怒視著他，猜測駱肇修打算把他關在這裡多久，可是下一秒，他陡然察覺自己不會待在這裡太久了。

心臟怦怦跳動起來。劇烈的。不受控制的。

李武擎壓著左心口，感受心臟幾乎要跳出胸腔的異常感覺。

他沒有緊張到這種程度，他知道自己的狀況。心跳反常的反應，加上身後的白色結晶體，很快讓他聯想到二氧化碳初期的中毒現象。

這裡是產生可燃冰結晶體的石壁內部，二氧化碳是必不可少的。李武擎趕快憋住氣，同時看見駱肇修露出一抹寒冷的笑意。

駱肇修想看他死在面前。

李武擎瞪了駱肇修一眼，偏不讓他如意一般，執意朝幽深的隧道深處走去。

5

張明芸騎車離開洪新善的鐵皮倉庫，她已經知道父親有可能會在哪裡出現了——落日亭。應該會在那裡！她想。

落日亭在島上西南方，環島公路旁邊，是一個木造亭子。亭子周圍的海岸全是巨大的珊瑚礁，有些空隙很深，張行昆曾多次吩咐她要小心。

摩托車在風雨之中搖搖晃晃地疾駛。

剛才她問洪新善說：「徵收已經是二十年前的事了，事情也已經塵埃落定，可是爸爸這次又找相關的人過來做什麼？」

「要提告。」

「什麼？」她不懂。

洪新善解釋說：「那塊地被徵收有一段時間了，但政府一直沒有動靜，所以妳爸想召集那塊地的原所有權人提行政訴訟，希望把地拿回來。」

「可以這樣嗎？」

「聽說有一定的機率可以成功，看律師或地政士怎麼搞吧，到時候我們只要付錢把地買回來，那麼這塊地的所有權就會繼續是我們的了。」

「可是這樣也好奇怪，為什麼爸爸要這麼做？難道過了這些年，那些地已經有價值了嗎？」

「妳爸大概也不是自己想這麼做的吧，有一位什麼局長的，好像在暗中拉線。」洪新善給自己倒了杯藥酒，「阿昆之前來找我，讓我簽署文件的時候已經說了，地要是拿回來之後，會再轉賣給第三方。這個第三方出的價格也很好。」

「第三方？」張明芸問：「是誰？」

「不知道。」洪新善嘆道：「這次確實是不知道了。」

張明芸抹掉安全帽上的雨水，讓視線清晰一點。

那個第三方會是梁家祥嗎？那個暴發戶總經理？張明芸思索著，父親之前偷溜回度假村跟梁家祥說話，但感覺他們談得並不融洽。是不是梁家祥後悔不想買了？

此外，她還有好多疑問。

那塊地的用意，難道只是徵收做為福利機溝那麼簡單嗎？父親真的是殺害謝世伯的兇手嗎？這一次發生在島上的兩件命案，一個是顧之彬，是顧家的二代，另一個則是觀光局長毛仰祺。洪新善說，毛仰祺是居中拉線，想讓父親他們拿回土地後轉賣給第三方的人。

跟那塊土地有關連的人都發生不幸。

李伯伯也是，他出家好多年了，都平安無事，但剛剛卻被發現遭人刺死在家裡。是因為他也有那塊土地的持分，所以遭遇不測？

為什麼？

她想不透。

想不透那些人為什麼非得死……

獨居在鐵皮倉庫內的洪新善喝光了藥酒，視線緩緩往上，看著牆上的舊日曆。

日曆不知道從哪天開始就不再撕了。薄薄的日曆紙蜷曲、泛黃。

過期的日曆，本來可以直接丟棄，但為了遮掩貼在牆上的那張照片，於是很久沒再挪動過。好像只要這樣遮住，就可以假裝什麼都沒有發生。

這座島，比所有人想像得要軟弱，它留不住太多真心。在接駁船上工作，是他想證明自己可以留下一些什麼，那是不受任何價值觀而甘心與這塊土地共存的人。可是船上幾乎都是遊客。遊客們把這座島的歡樂攝入照片裡帶走，而這座島上的一些人越來越不快樂。

因為這塊土地所結識的五人友誼，竟也因此離散。

洪新善盯著日曆發愣。希望這場大雨可以快點過去。

6

細碎的呼吸聲在陰暗的隧道內輕輕飄盪。

李武擎放緩呼吸，努力克制不讓二氧化碳侵襲自己，空氣中的二氧化碳含量或許不高。不然他早就死了，而他之所以還可以在這邊到處亂竄，就表示不遠處至少有新鮮空氣可以流通的出口。

他已拿出隨身攜帶的筆形手電筒，照著前方，遇到岔路，就往左走，他腦子裡有一張推估出來的地圖，自己若是一直往左走，應該會到海岸；如果不是，只能當他是為將來的可燃冰形成盡一份力了。

因為意識有點模糊，李武擎難以計算自己在這裡已經逗留多少時間，他感覺腳步越來越沉，好像有誰在拉扯他的褲管。

他繼續走，接著身子一晃，撞上了岩石壁面。一股疼痛從肩膀傳來。

不太痛，連疼痛也像被隔了一層厚布，迷迷濛濛的。二氧化碳中毒嚴重者，會侵害到中樞神經，抑制或麻痺呼吸。李武擎試著分辨此刻的身體狀態，但一種近似疲倦的感覺侵蝕著他的感官。好久沒有這種感覺了。他心想，疲倦。這讓他有一種想乾脆閉上眼睛好好睡一覺的錯覺。

但還不到時候。

李武擎想到唐聿，他一定正氣呼呼的捏著手機開罵，那副愛生氣的嘴臉，一想就覺得好笑。可也就在這同時，李武擎莫名意識到自己早就被唐聿「做了記號」！

居然忘了！唐聿老說要冷靜真是有點道理。

李武擎忽然感覺一陣竊喜，手伸向牛仔褲口袋，那裡有一個跟五元硬幣大小差不多的東西，銀灰色扁圓狀，乍看之下以為會是水銀電池，但李武擎知道這是追蹤器。

唐聿在昨天追來小琉球前去過黎海凡的住處，除了知道他在查馮銘湖的案子，大概還從那邊拿了這個追蹤器想要跟蹤他的行動，趁他洗澡偷偷放進來的。李武擎輕而易舉推測出唐聿的用意，希望這個追蹤器可以讓他脫離困境。接下來，他只要儘量接近地面，並祈禱黎海凡做這玩意的時候沒有怠工。

唐聿的確很生氣。非常生氣。氣得身上昂貴的西裝都要燒起來了。

但他也很快就冷靜下來，他告訴自己：那傢伙雖然常掛他電話，但不會是現在。

李武擎一定是出事了。

一得出結論，唐聿立刻啟動追蹤器的搜尋功能。這是他從黎海凡那裡「沒收」來的違禁品，黎海凡為了巴結他，還特意幫他在手機上安裝好追蹤軟體。

唐聿一開啟搜尋時，就看到一個紅點閃爍在小琉球的地圖上。他把地圖調到最大，想讓紅點的位置更加準確，而他發現目前李武擎的座標就在天台那一塊地微微偏南。

那裡已經脫離實驗室的範圍了吧……

唐聿思考李武擎在那裡做什麼，可是沒有親眼確認李武擎的行蹤，想再多都是空想。

他決定依序進行自己的步驟。

他首先打電話給分駐所，並指名找楊光來聽。那精神奕奕的聲音隨即在耳邊響起：「我是小琉球分駐所的楊光，很高興——」

「楊警員，我是唐聿，我有重要的事情想拜託你。」唐聿開門見山地說。

楊光一聽到唐聿的聲音，又聽到「重要的任務」，精神大振。「沒問題，請盡量吩咐！」

「李武擎可能遇到麻煩了，我想請你協助他。」

「嗯？前輩在哪裡？」

「我也不知道他的確切位置，我只有座標位置，請你幫我找找看。」唐聿又說：「拜託！事情很緊急！」

這就是所謂的臨危授命啊！楊光不知不覺做了個舉手禮。「沒問題，請交給我吧！我跟TORO誓死完成任務！」

儘管察覺小巡警似乎有點興奮過頭，唐聿權衡一下，還是決定不澆熄小巡警的鬥志。把李武擎的追蹤器座標交給楊光後，唐聿打了第二通電話。

鈴聲響到快到語音信箱才被接起，對方沒說話，唐聿搶先開口：「我要過去小琉球。」

對方沉默兩秒，然後是那永遠彬彬有禮卻稍嫌溫吞的低沉嗓音。「我這裡可不是訂購小琉球船票的地方。」

「從東港到小琉球的船，還在停駛。」唐聿說：「我要搭直昇機過去。」

「一路順風。」

「空勤不會理我。」

「你也知道啊。」那人說：「我還以為你需要我提醒你。」

「你幫忙說一聲，空勤就會載我過去了。」想到李武擎的狀況可能不太妙，唐聿就壓抑不住自己的情緒，使他說話有點急，「請盡快！」

那人輕笑一聲。「空勤是有緊急狀況才會出動的，你遭遇了什麼狀況嗎？要是只是擔心同伴安危，那可不是個好理由。」

「李武擎是為你辦事才去小琉球的不是嗎?!」唐聿感到氣惱。

不料另一邊只傳來一聲淡淡的：「不是。」

「你少裝蒜了！」唐聿語調微揚。

「我說唐督察，你是個不擅長拜託別人的人吧。」

唐聿聽出了對方挖苦的語氣。

「算了，我也不為難你，但我直接告訴你，你找我也沒用。」那人說。

「你是檢察官哎！」

「請不要把檢察官說得跟萬靈丹一樣。」那人又說：「沒辦法就是沒辦法。再見。」

「等一下！」唐聿急忙喊住他，「我答應你任何條件！只要你現在讓我馬上過去找他。」

電話那邊沒聲音，讓唐聿一度懷疑是不是已經被掛斷電話。

接著那徐緩有禮的聲音再度響起：「你說任何條件？」

唐聿心底一驚，但沒有回頭路了。混蛋百合花控！

「對，不過只有一次，請不要得寸進尺。」

「你知道嗎，督勤裡只有你會對我這樣說話。五分鐘後準備出發吧。」說完，那人掛斷電話。

7

李武擎癱倒在地。

在意識逐漸不受控制前，他想伸手撐住自己傾倒的身體，但失敗了。他趴在堅硬的地上，腦子裡雖然拚命催促自己站起來，可看出去的視線還是黑漆漆的隧道。

不行了。這次真的撐不下去。他好想大口大口喘氣。心臟就像在叫囂著氧氣不夠一般拼命的跳動。若有人看見，會感覺李武擎此刻宛若在雪難現場艱困攀爬的受難者。李武擎搚著地上的石筍，想藉此推著自己往前爬，可是動不到一公尺，他就失去了力氣。

他的左頰貼著地面，狼狽地盯著石壁縫隙流洩出的一條細流，那細流在模糊的視野裡，逐漸變成公園裡那座盛大的噴泉。

人潮來來往往，噴泉池子裡還有五光十色的燈光。這裡本該是大家娛樂散步的悠閒之地，本該是的……

這一幕李武擎已經看過許多次了，從照片的影像烙印到腦海裡，重複播映，不斷播放母親李妍被歹徒挾持走的最後一個地點。

這是他的想像，可是想久了，好像當時他也站在那裡，親眼目睹母親被強壓上車，而弱小的自己無能為力。

失去至親的無奈感，跟逐漸理解自己的無力感，兩者在心中蔓延，然後像無藥可治的痛症似地越來越龐大。

母親那時候一定很害怕吧！不，她不怕，她是自願替代一位女性民眾被歹徒帶走的，李武擎知道，所以母親應該不害怕，而是擔心。不是擔心她自己，是擔心他。

她總是愛操心……

在這死寂一般的異地，李武擎的思緒漫天遊蕩。早知道那天蹺課算了，公園離他常去的籃球場很近，要是發現公園有騷動，他馬上趕過來，就可以阻止歹徒帶走他的母親了。

為什麼他當時不在那裡呢？

為什麼她死了？因公殉職？為什麼？

他不明白，明明好端端的一個人，就這樣沒了。

突然，李武擎感覺自己好像漂浮在天空，整個身體變得軟綿綿的。他耳朵邊，隱隱約約有個聲音，小擎、小擎地喊……

李武擎喉中嗚咽著。他想喊住母親，手腳也掙扎著，想將母親擁進懷裡。儘管知道自己產生了幻覺，他仍拼命伸長脖子，直視前方。
那黑暗之中，有腳步聲靠近。

*

楊光頭一回照著經緯度尋人，但他可沒有自備雷達，所以他把座標輸入谷歌地圖，跟著機械女聲的指引，終於抵達目的地。

可是楊光定眼一看，「——這裡不僅是目的地了，還是人生最終的目的地呀！」他有點緊張地大吼，因為他眼前是一片墓地。

這裡也是所內巡邏路線極力想避免的地方，鄰近天台的墓園。

「為什麼前輩會在這裡啊?!」

楊光一面給TORO綁上伸縮的狗繩，一面倉皇四顧。

不是自己的幻覺，確實是墓園沒錯，墳頭到處錯落著，在雨水裡更添陰森。

小巡警嚥了嚥口水。

但TORO還是很乖巧地待命，伸著舌頭喘氣，等著主人的指示。

「不管了！先開始吧！」

他下定決心，把從剛才繞到雙心度假村拿來的衣服湊到TORO鼻前。那是李武擎的衣物，因為張明芸剛好不在，所以進入李武擎的房間時還費了一點時間，但他好歹是人民保母，掛牌保證的，因此工讀生也就讓他如願拿到李武擎的東西。

「TORO，你是搜救犬喔！好久沒工作了，你會不會生疏了呀？退休之後偶爾也是要加班一下的嘛！」

楊光跟警犬說話，注意牠是否已經記憶了李武擎的氣味。接著他站起來稍微退開一段距離，但為了避免TORO衝太快，所以綁了一條繩子免得他跟不上。

訓練有素的德國牧羊犬先是在原地張望片刻，之後才緩緩朝某個方向前進。楊光隨著TORO的速度保持距離跟上，但狗狗似乎沒有明確的目標，不停嗅著地面。

楊光耐心等候著，觀察TORO的情況，猜測有可能是雨水沖刷了李武擎的氣味，不然就是這裡的氣味太多了……楊光莫名打了個冷顫，搞什麼自己嚇自己呀！多個屁！

TORO搜尋氣味的情形持續了十幾分鐘，並沒有什麼太大的突破，有時候還原地打轉，這時候，TORO發出低低的嚎叫，楊光就知道狗狗是陷入混亂了，他趕緊撫摸狗狗的頭，並用言語鼓勵牠。

「你做得很好！乖乖！」

TORO張著晶亮的眼睛，享受安慰的同時仍不忘察看四周。

「是不是要換個方法呢……」楊光站起身，輕聲嘀咕著。「還是騎車在附近找一下？如果有人的話，我應該會看見才對啊。」

忽然間，TORO豎起了耳朵，尾巴停止晃動，不到一秒就往某個方向直奔而去。

楊光立刻跟上，可跑沒幾步，一台貨車隆隆駛過，TORO停住了。

狗狗繼續坐在草地上到處張望。

楊光猜測剛才應該是TORO感覺到貨車的震動。

接下來怎麼辦呢？楊光摸摸下顎。

再度陷入困境的小巡警，開始做他最不擅長的事——絞盡腦汁。

*

突如其來的腳步聲停止在前方。

李武擎難以抬頭看見對方的面貌，但從褲子跟鞋款來判斷，應該是個男人。

這個男人沒有出聲，靜靜站立在他前方一段時間，等李武擎張開眼睛，他才稍微意識到自己可能昏過去一會兒了，因為他沒有被拖著走一開始的記憶。

這個男人拉著他的夾克，將他往前拖。

他的體重不輕，而這個男人雖然停停走走，但至少是個壯漢，否則根本拖不動他。

碎石子在背部有意無意地摩擦，帶來一股不舒適感，但李武擎更在意的，是這個男人到底要將他帶去哪裡。

還有，這男人是誰？

李武擎醒過來後，像是要自己走一樣，稍微扭動了身體。他的動作被對方察覺了。男人稍微停下腳步，似乎回頭看了李武擎幾眼，隨即繼續將他拖著走。

不管是誰，忽然出現在這裡，都不可能跟他正在調查的命案無關。

李武擎心裡清楚，但身體的力氣尚未恢復，他只好艱難地伸出手，拉住那個男人的腳踝。

這是男人第二次停下來看李武擎，這次停留得比較久，但李武擎還是沒看到他的臉。而且不知道是不是李武擎惹怒他了，他放下拉夾克的手，離開這裡。

李武擎聽見腳步聲漸漸遠去。

周遭又靜了下來，李武擎恢復仰躺的姿勢。

他閉上眼，腦海一片空白，數分鐘後領悟過來自己可以正常呼吸了。雖然身體機能尚未恢復，但呼吸正常，他也不再感覺到彷彿有重物壓在頭頂上的窒礙感受。

那個男人將他拉離有二氧化碳生成的區域。可是，為什麼？

李武擎又花了一段時間休息，想讓自己的體力恢復，可是仍有些力不從心，加上該解決的事情還很多，種種念頭催促他得立刻離開這裡。

而這時，他感覺自己好像聽見一台大貨車從遠方疾駛而過的噪音。

此地位於道路下方嗎？他在心裡推測，然後撐起身體，觀察這個被拖來的地方。

適應黑暗的瞳孔，讓他看見了旁邊一條小岔道那裡有一道光線，從頂端稀疏灑落。如果有透出光線，就表示地層沒那麼厚。李武擎往那裡爬，斗大的汗珠冒上了他的臉。當他好不容易爬過去想伸手呼救時，他聽見有個很懦弱的聲音大喊：「媽呀！」

有鑑於聲音的主人可能會直接逃走，李武擎只好使出最後一點力氣，大喊一聲。

*

經過兩分鐘的掙扎，楊光終於有了答案。他的目光慎重地放在TORO身上，決定把最後的希望寄託給牠！

「TORO呀！你最棒了！我們再試一次好不好？」他蹲下來直視狗狗。

TORO一直吐著舌頭乖乖坐著，也沒有叫一聲。楊光就當牠是默認了，再把李武擎的衣物湊到牠鼻子前面。

「TORO你乖唷！找到人之後，說不定我會升大官哎！到時候加薪了，我就有錢給你買好料的囉！」

聰敏的德國牧羊犬像是瞭解主人的心思，站了起來，尾巴搖得跟鋼琴節拍器一樣。

「沒錯！TORO，保持這股衝勁！」楊光吶吼：「衝吧！」

可惜事與願違，TORO還是沒動。而且大概跟練口號的場景太像，TORO「汪」了一聲，又坐下來等著主人賞餅乾。

小巡警看似有些苦惱地掏出了狗狗零食。

「這樣不對啦！TORO……」他懊惱地餵食著，不料這時狗狗忽然暴衝。

德國牧羊犬的身體猛力將狗繩繃到最緊，楊光差點被拖倒，趕忙又把繩子拉遠一點。

被拉住的皮帶一有空隙，TORO開始往前奔跑。楊光心裡湧上一道希望，接著看見TORO停下來嗅著地面，不多久兩隻前腳一耙接一耙地挖起地來。

楊光愣了一下，幾秒後反應過來。「TORO，你該不會是想吃骨頭吧?!」

「汪！」TORO叫了一聲，又繼續挖地。

楊光注意到狗狗挖的地方是一處半圓形坑洞，最深的地方距離地面大概有兩公尺，附近的地上灑著金紙跟燃燒一半的香。這裡不會是遷墳留下的痕跡吧……

他內心的希望頓時破碎，取而代之是一股淡淡的哀怨，於是他趕緊把TORO拉住，避免牠挖出什麼他不想看見的東西來。可是已經遲了，好不容易把TORO拉開後，他看見這個坑洞的最深處，伸出了一隻手。

「——媽呀！」楊光大叫。那真的是一隻手！

似乎感染主人慌張的氣氛，TORO也開始連續嗚叫起來，而且前腳騰空，好像隨時都要往那隻手撲上去。

楊光抓緊了狗繩拉住牠，正想逃，發現那坑洞漸漸崩落，而那隻手也越伸越長。

當土石往下坍塌時，他聽見下面傳來一聲怒吼，接著周遭又趨於平靜。

可能是嚇得傻了，楊光呆在原地，想著僵屍入侵，小琉球要淪陷了，但腦子裡卻忽然感覺那聲音好耳熟。

「……誒！不是吧！」

鬆開狗繩，小巡警去拉那隻手，不多時就看見了李武擎的臉，希望再度降臨！於是他整個人抱住李武擎，好使力把人拉出來。

李武擎總算脫離了地下隧道，他躺在地上，大口大口喘氣，任雨絲打在身上。

「呼！前輩！你玩躲貓貓也太盡職了！」

沒空理會小巡警的笑話。方才的幻境還殘留腦海，有那麼一下的時間，李武擎責備自己太過軟弱。總是同一件事折磨著他，偏偏他跳不出這個輪迴。可是他這次安然度過一劫後，反而覺得那些痛苦很不真實。

TORO猛搖尾巴。

楊光擦擦汗水跟奔流的雨水。李武擎真的很壯，感覺像在搬石頭一樣。他回過頭來，正想問李武擎到底為什麼會從底下冒出來，腰間的無線電響了。

他回應，聽見的卻不是賴建平的聲音。

「楊警員？你找到人了嗎？」

楊光愣了愣。「是唐督察嗎？」人不是回本島去了嗎？

「找到李武擎沒?!」

好兇！楊光趕緊回話：「正好，我剛剛找到他，可是他——」

「讓他說話。」

因為太過強勢了，楊光有種被罵的挫折感。

但這時候，躺在地上的李武擎忽然大笑出聲。

即使笑聲顯得有氣無力，楊光卻能感覺到那是發自真心的、鬆了一口氣的笑聲。

「……前輩，你還好吧？唐督察想跟你說話……」楊光關心地問。聽說有些大難不死的人，好像人格都會有點改變。

李武擎哈哈大笑著，然後笑累了似的，盯著灰濛濛的天色看。

「你不要嚇到我的救命恩人了。」李武擎拉過對講機說。

即使心裡清楚真正救了他的人是誰，他還是沒有輕易承認。

對講機那頭沉默著。過了一會兒，唐聿用平靜的聲音說：「報告位置，我過去。」

楊光因為被李武擎褒獎了，開始進入他形象大使特製的地點介紹：他很詳盡地形容了這個地點，仔細的程度大概可以為這片墓園寫一本旅遊書了。

說話聲、雨聲、狗叫聲，還有心跳聲。

好吵。

李武擎心想，不過這就是活著的聲音吧。

然而當他脫離困境的同一時間，卻沒人料到，有一把刀直直插進了謝禾良的腹部。

8

張行昆準備了一把刀，藏在外套裡。

那是把鋒利的尖嘴菜刀，買來後還沒使用過，但任何人都曉得這把尖刀大概能把很多東西都剖成一半。

張行昆遮遮掩掩地走在路上，專門利用小路通行，花了一段時間才到約定的地點，但他怕被偷襲，所以躲在附近的樹叢後面偷窺。

颱風來了，沒有觀光客，甚至連當地人都很少在外走動。就在這樣惱人的天氣裡，他的朋友李水忠死了。出家的李水忠化名一木，經過多年離家苦修，在山林間獨居念經，依然沒有減輕內心的罪惡感。這讓張行昆不禁起了疑惑，這島上那麼多的神明，到底有誰可以真正幫助他？

當一木——那寡居的孤獨老人——痛苦死去時，誰聽見了他內心的哀嚎？

沒有。

沒人來。

唯有他目睹殺人兇手離開的身影，而且他明明就知道這一切都是兇手搞的鬼，他偏不能把事情說出來，因為要是一說出來，很多想瞞著女兒的事情就會曝光。

他不想讓女兒認為自己是個侵吞朋友財產的爛人。

更何況事情也不能完全算在他頭上！

當初他隱瞞謝可剛死亡的真相，成為了幫兇。又因為這件往事，他再也難以逃脫毛仰祺的控制。

毛仰祺的死對他而言值得慶幸，但他知道兇手要報復的人不止這些，還有他張行昆！當初在場的人有四個：顧之彬、毛仰祺、駱肇修，還有他。因此他知道那兇手會想殺他的！

還有，李啟勇是害兇手家破人亡的原因之一，李啟勇早在數年前就得病去世獄中，李水忠為了兒子犯下的錯選擇赴死，可他不能。他還有女兒！他想看她繼續成長！

就算明知道對不起謝家，他還是不能直接承認當初那個貪婪的自己。

所以他決定反過來殺了這一連串悲劇的幕後指使者，他要把過去的一切和盤托出。

警用機車在風雨裡呼嘯而過。楊光看見唐聿在分駐所同仁的陪同下來到了這裡。「前輩，你要起來嗎？我扶你？」他關切地問，可是李武擎躺在草地上，直直看著天空。

李武擎已經冷靜下來了。

獲救時腦內分泌的多巴胺逐漸沉澱，現在他有空間可以仔細思考這兩天一夜的經過。

唐聿疾步而來，托了托眼鏡，親眼確認李武擎還有呼吸。

李武擎在視野裡看見唐聿的臉。

彼此四目相接時，唐聿似乎察覺到李武擎的眼神在游移，卻沒有聚焦在任何東西上。

唐聿阻止了楊光想攙扶李武擎的舉動。

這傢伙正在思考，唐聿決定暫且放過他。

視野內又恢復一片昏黑的雨幕，李武擎從頭思量，整理自己都明白了什麼。

這是一場執著了二十年的復仇——從天台那塊地被徵收的時候開始，兇手成為了這起徵收案的受害者，這也是兇手之所以犯下命案的導火線。

假設，為了向不公的徵收案報復，兇手決定殺死相關的人員，並且為了起到警示作用，兇手刻意選擇小琉球的當地傳說作為手法。

土地所有權原持有者有五位，其中之一的顧兆分，是現在從事地政士工作的顧之彬之父。顧之彬為了這塊地的後續發展再次來到小琉球，這件事被兇手知道了，從而引來殺機。

顧之彬遭到兇手偷襲，被困在白燈塔之中，因人造可燃冰釋放出的甲烷氣造成急性死亡。死在白燈塔內部的顧之彬，宛若當年監禁在白燈塔內的日本士兵。

接著，毛仰祺被發現陳屍死嬰窟。身上的傷痕可以判斷是被推入斷崖，這與死嬰窟丟棄嬰兒的傳說大致相符。

毛仰祺是徵收案的推動者之一，是不被小琉球接受的外來者，所以遭到兇手拋棄。

而被刺死在住處的一木，因為目擊了兇手犯案的經過，慘遭滅口。

一木不僅是顧之彬命案的目擊證人，同時也是那塊地的原持有者之一。

接下來，兇手會向其餘土地持有者報復：洪新善或者張行昆。

所以張行昆是因為發現兇手的用意，所以先躲起來了？

——不對。

思緒立刻停住。

李武擎迅速坐了起來。

有地方不對。說不通。一個死結卡在那裡，把兇手行兇的目的跟現實的一切都攪混了。

「前輩他怎麼了?!」楊光傻問。

「沒事。」唐聿知道這傢伙是有想法了。

李武擎的眼神盯住遠處朦朧的海平面。

還有一個環節，他發現自己漏掉了。

兇手殺害一木的理由如果是那塊地的原持有者之一，那麼一木為什麼沒有像其餘兩名被害人一樣以詭異的傳說殺人手法死去？

一木被殺的理由，對兇手而言，是單純作為一名目擊命案的證人。

李水忠在兒子犯下殺人案後就出家了，化名一木，離家苦修，這件事連警政署的檔案系統都查不到，兇手怎麼會知道？

對！兇手不知道。

兇手知道的，是某個人透露給他的訊息，所以這些案子看起來才會如此矛盾。

原來剛才他的假設從一開始就錯了。

9

有個人影逐漸靠近，然後進入落日亭中。

張行昆躲在暗處，看見來的人不是他本來想約出來的人時，不禁無措地擰緊了眉。難道是路過？但那人在亭子裡四處張望，又看了看手錶，等候一分鐘後，那人忽然對著半空大喊：「教授不會過來這裡的！有什麼話，直接出來說吧！」

張行昆下意識閃躲著對方搜尋的目光，猶豫半晌，終於畏畏縮縮地走出來。

進入涼亭的張行昆，立刻跟對方拉出距離。「不要過來，我……我們就這樣……」他阻擋謝禾良靠近。這個年輕人拿起剃刀刺入一木胸口的樣子，若非親眼所見，他根本無法想像。

謝禾良笑了，笑容裡盡是一種鬼魅般的深沉感，他拿出張行昆寫給駱肇修的字條，揉碎了往亭子外的大海裡丟。

「你這樣不行，有多少人排隊等著跟教授說話，你以為一張塞在門縫的紙條就可以插隊了？」

聽著謝禾良自傲的語氣，張行昆感到一股沒來由的恐懼。他哆嗦著。謝禾良則看見張行昆的右手掩在左邊的外套內側，似乎在藏著什麼。

「我本來是想跟駱先生談談的……」張行昆失去了往常那般開朗的招牌微笑，「不過既然你來了，把事情說清楚也是一樣。」

「哦？」謝禾良偏了偏頭，「你想說什麼？」

張行昆的右手默默捏緊了外套裡的尖刀。

「我……我知道你在為你們謝家報仇。你殺顧之彬的時候，一木都看見了，他想袒護你，才向警方捏造了水鬼的故事，但你還是殺了他！」

謝禾良聽著，垂在身測的右手則不經意點著腿。「等等，」他向亭子外探頭，「該不會這裡有警察埋伏吧？」

「沒有。我是自己來的。」張行昆說。而且他本來想殺了駱肇修，怎麼會找警察來。

「嗯……」謝禾良把目光拉回來，盯著眼前的人，「正因為看到不該看的，所以才會惹禍上身，不是這樣嗎？」

「他這些年過得很苦！你看到他那麼誠懇的份上，難道就不能原諒他？」張行昆有點憤恨地說。

「原諒他？」謝禾良揚眉，「我不明白你在說什麼。」

裝傻嗎?!張行昆直言道：「你把顧之彬約到白燈塔，那時候說的話，一木都聽見了。你是為了替死去的外公復仇不是嗎？」

「哦，原來你是指這個。」謝禾良漫不經心地回應，「其實我也不是很在意啦，但為了之後的事情順利進行，我需要一個理由作掩護，所以，姑且就用謝家孫子的身分了。」

「之後的事情？」張行昆問：「什麼事？」

「為什麼要告訴你呢？」謝禾良翻了個白眼，「我還以為你要說什麼大事。真無聊。」

張行昆立時憤怒了。「在這裡大開殺戒的人，你居然——」

「你是不是搞錯什麼了？」謝禾良訕笑道：「老實說，你如果一直躲著，還能讓那些白癡警察搞錯偵察方向。算了，我看那些人也查不出個究竟。倒是你，你為什麼要特意找教授出來？快說！」

張行昆站在原地，眼神直直看著謝禾良。

哪裡不對了?張行昆問自己，有地方不對。不是自己想的那樣!眼前這孩子，不是要為謝家報仇!

「發什麼呆?」

謝禾良往前踏一步，嚇得張行昆連往後退。

「哼。」謝禾良不屑地哼了一聲。

張行昆懦懦地問:「你……你是不是接下來……要殺我?」

「什麼?」謝禾良接著冷冷笑了兩聲，反問:「你也覺得我應該要去找你嗎?」

張行昆吞嚥著乾渴的喉嚨，沒說話。謝禾良露出自滿的表情:「請你就這麼認為吧!最好所有人都這麼想。因為你們都這麼想的話，剛好稱了我的意。」

「你什麼意思?」

「意思就是——」他咬字緩慢而清晰地說:「為什麼我非得幫謝家報仇不可?」

聽完，張行昆宛若被凍住了，結結巴巴地說不出半個字。

「你想想，我是在臺北出生的，之後一直到七歲，回來過小琉球幾次?在這七年間，我只知道我媽的娘家在這裡，至於家裡的情況、有什麼人，我完全不曉得。喔!對了，」謝禾良想起一件不吐不快的事，「七歲之前，雖然印象模糊，但我依稀記得有個男的不時會過來家裡，我媽要我喊他爸，但我一直很疑惑為什麼這個被我喊為爸爸的人每晚都不待在家裡。然後有一天，我媽說，我爸死了，她趴在床上天天大哭，完全不理會我，然後有天我下課回來，她也死了。」

張行昆心裡一沉。

謝禾良盯住張行昆，說:「自從我媽自殺，我就被安排進育幼院，連名字都被改掉了。直到現在，我二十多歲，一直是自己一個人過著——喂!你說說看，你覺得這樣的我，有什麼義務非得幫謝家復仇?」

不等張行昆回答，謝禾良尖尖笑著，肩膀不停聳動。「就算我知道外公的死因不單純，那又怎樣？就算我知道我媽的死是別人造成的，那又怎樣？我也知道我爸的死有內幕，可是那又怎樣呢！那個男人對我來說只是個模糊的影子罷了，沒有讓我享受過一分關於父親的溫暖！」

張行昆看見謝禾良的表情變了，變得瘋狂，情緒似乎開始失控。剛剛他說他知道父親的死有內幕……張行昆腦子裡思考著，難道馮銘湖的死不是操作機械失誤的意外？

「我覺得你們都想得太單純了。」謝禾良深呼吸一口，保持著詭異的笑容，說道：「就是因為這樣，所以你們輕易就被自己所認知的偏見主導。這個世界沒有那麼簡單！」

必須搞懂這是怎麼回事！張行昆鼓起勇氣。「你知道你家裡的人都過世了，難道一點都不為他們難過？」

「你讓一個七歲的孩子懂什麼叫難過嗎？」謝禾良諷刺地反問。

「那你為什麼殺了顧之彬，你明明說——」

「夠了！真是愚蠢到極點了！你們這些傢伙……」謝禾良裝模作樣的嘆了一口氣，「對，我利用從我外公那裡聽過的小琉球傳說，殺害一些人，因為我是謝家僅存的孫子，當初有人為了獲得謝家的土地，所以害我外公死亡。多年後，我有機會了，我就對那些人報仇。你們想的是不是那樣？」

張行昆愣愣地問：「難道不是？」

「真是奇怪，你們害死我外公有二十多年了吧，從徵收土地那時候開始。那些警察都找不出個所以然，為什麼覺得我這麼一個平白出現的人會知道真相？」

「……」

「其實我不知道。是你們誤會了吧！顧之彬跟毛仰祺之所以必須死，有另外的理由。」謝禾良低低笑著，「而你們這些人永遠都不會知道。」

10

「開什麼玩笑！」張行昆覺得自己像被戲耍了，「你奪去三條人命，居然說得那麼理直氣壯！」

「你有什麼資格說我？」謝禾良瞪著他，「毛仰祺說了，當初你們總共有四個人眼睜睜看著我外公斷氣。」

張行昆憤怒的氣焰一下子滅了，他忽然感到一股徹骨的寒冷。

「我只是無聊問一下而已。那時候，因為聽到顧之彬求饒說了一堆，但我還要趕回去給教授送飯，所以沒空打聽我外公怎麼死的。」謝禾良說：「可是輪到毛仰祺的時候，我有了一點時間，我就順勢問了一下。原來我外公那天——」

「住口！」張行昆厲聲打斷他。

謝禾良斜眼看著張行昆，諷刺道：「現在還怕聽到從前的自己有多冷血嗎？」

「那不是事情的全貌！」張行昆強顫著說：「你外公之前就答應要賣地了，那天是個意外，他早在前一天就已經把委任狀托給我，讓我全權處理徵收的事！」

「是嗎？」謝禾良用著懷疑的口吻說：「但我聽見的版本，是你親自把我外公的屍體運到落日亭這裡，假裝他是心臟病發死的。村裡的人都很相信你，對吧！都沒人懷疑我外公的死有古怪。恭喜！」

「住口！不要用這種態度說話！」張行昆覺得自己快撐不下去了，難堪的往事一波波湧上心頭：當時徵收手續尚未完成，但開鑿實驗室的工程早已如火如荼展開，所有的人聚在那簡陋的空間，慶賀未來有日將要到手的好處，不料謝可剛忽然現身……

「沒關係，我又不怪你！那時候是毛仰祺把外公關到實驗室外面，卻又剛好遇上了隧道施工，通道裡揚起的粉塵害外公他不能正常呼吸了吧！而你跟顧之彬，還有我教授都冷眼旁觀，你又被要求處理屍體……」

「你知道當時駱先生也在現場?!」張行昆忽道。

謝禾良聳肩，一點也不驚訝的樣子。

「大概能猜得到，畢竟是實驗室的使用者。」

「你就不恨你的教授？還繼續跟在他身邊，幫他做事？是他阻止我開門將你外公帶去醫院！」

「所以我剛才就說了，你們那一代的恩怨跟我無關！」謝禾良很不耐煩，「我看見的是更偉大的事！絕不是你們在那裡爭奪一點點土地的利益而已。而教授就是領著我向前走的人，教授的理念，他的氣度，都不是你們這些凡人……呃！」

身體傳來一陣劇痛。謝禾良低下頭，看見張行昆拿著一把刀，刺進他的腹部。

「……啊！」張行昆意識到自己動手了，又怕得連連後退。

謝禾良感覺雙腿一軟，撞在落日亭的椅子上。他看著腹部滲出的血跡，還有那把插進身體的刀，不知在想什麼，無聲地呼吸著。

張行昆慌了手腳。聽到謝禾良說了大逆不道的話，一時衝動就把謝禾良跟駱肇修搞混在一塊兒了。他原本以為是駱肇修誤導謝禾良，扭曲事實，才害這孩子去殺人，但卻不是他所想的。殺人，都是這孩子自己的意志，然而殺人的動機並不單單是為了謝家。

「——爸！」

張行昆聽見女兒的聲音，往旁邊看，張明芸騎著機車趕過來。

如願找到父親的她急忙跳下車。「你真的在這裡！」可是目光一看到負傷的謝禾良，立刻又慌張起來，「這、這怎麼會？」

「阿芸啊！是爸爸不好，妳趕緊讓人來救他！」

雖不知道事情始末，張明芸還是連忙打了分駐所的電話，她不知道島上有哪間診所可以處理這種傷口，只好拜託警察幫忙。

這時候，謝禾良發出一聲慘叫，吸引了他們的注意力。刀子被抽出，丟到一邊。謝禾良壓住傷口，正想站起來，身體卻痛得像一張弓般蜷縮著。

張明芸不敢去碰他，只緊緊拉住父親的手臂。

「我已經請人幫忙了，你不要動比較好吧？」張明芸慌張地說。

但謝禾良沒理她。

他們看著謝禾良狼狽地走出落日亭，搶了她的機車，加速逃開。

而從他身上滴下的鮮紅血液，則在雨水中被迅速沖散。

第十章　惡靈的悲鳴

1

駱肇修依照地圖指示的方向走，圖上標注記號的地方在小琉球的西北方，位置剛好在雙心度假村跟多仔坪潮間帶之間的那片樹林。

網路上可以查到的衛星照片顯示那一帶是未經開發的山坡地，而且有一段是隆起的斷層，這讓駱肇修更加相信地圖的可信度——數百年前，奪取荷蘭人財寶的小琉球原住民們在石灰岩洞穴裡逃竄，數百年後的今時，在島上西南方的烏鬼洞，除了一丁點古老的留存物，根本找不到符合歷史的住民遺跡。

他最清楚烏鬼洞的真正面積並不是只有遊客所見的那樣。自從二十年前，他的學生馮銘湖在小琉球偶然與謝可剛認識以後，很多事情都超乎他的預期。

謝可剛把家裡倉庫隱藏的地下通道告訴了馮銘湖，這也就是實驗室之所以成立的淵源。馮銘湖是他地調所裡最優秀的學生，一看到地下通道內的白色結晶，馬上就採樣帶回臺北化驗。知道它是有著與可燃冰相似結構的物質時，馮銘湖興高采烈地把結果告訴了他。

當時他還只是一位組長，而馮銘湖是他的組員之一。當知道可燃冰結晶的存在，他馬上提議彼此雙方開始進行有關可燃冰的研究計畫。

可燃冰的存在，對於當時的臺灣社會還是一個陌生的名詞，但在國外的某些國家已經逐步投入研究。他們認為臺灣也應該開始討論可燃冰使用的可行性。

他們開始擬訂研究計畫，並把初階計畫大綱交給當時的地調所所長，然而不出三日，他們的計畫被駁回，駁回的理由是認為以當前的預算，無法支持可燃冰龐大的開採計畫。

駱肇修不死心，透過發表論文的方式想引起相關人士的注意，但卻被斥為痴人說夢，認為他們在地下通道找到的白色結晶體應該是珊瑚礁的風化結晶。他們沮喪了一陣子，直到有天毛仰祺出現，告訴他們可以進行實驗了。

「如果你們不介意的話，」毛仰祺表現得很周延，恭謙有禮，「可以祕密進行這項實驗。我們有一些客戶對兩位的實驗項目很感興趣，他們願意資助，但條件是實驗的發表或者相關數據，所有權都將屬於他們。」

駱肇修記得很清楚。第一次跟毛仰祺見面的時候，當毛仰祺說出那些話，讓他原本的雀躍心情立時冷卻。

「我是為了臺灣的能源進步在做努力，若是按照你所說，就算我們的研究成功了，也只是淪為有錢人的牟利手段。這與我想找尋新能源的最初意願互相違背。恕我無法答應。」

「不要這麼快就給出答案嘛，我還有一些事情沒有提。」毛仰祺試著安撫他。那雙精明的目光同時在他跟身旁的馮銘湖身上流轉，但馮銘湖把一切都交給他去決定。「其實，我的客戶們之所以要擁有研究結果的所有權，是因為他們才可以藉此得到一筆佣金，佣金還會抽取極大部分去填滿贊助研究的帳戶——」

毛仰祺把資助帳戶的事情說出來，說得當時的他們半信半疑。一個祕密帳戶？支持所有人的夢想計畫？對駱肇修而言，他幾乎要把毛仰祺當作瘋子。可是隨後不久發佈的徵收計畫，完全開了他們的眼界。

「為了讓實驗順利進行，他們決定給予兩位最大的幫助！」毛仰祺神采奕奕地說：「客戶們決定在那塊地蓋一間實驗室，方便兩位就近進行實驗。徵收的事情不用擔心，因為表面是政府出面，所以程序不成問題，當徵收完畢，那裡就是政府的公有地了，一般民眾是不能私自使用的，兩位可以放心進行研究。」

「政府?你的客戶是政府的人?」駱肇修很訝異,「如果是政府官員願意贊助,為何不直接答應我的論文研究計畫?為什麼要私底下做這些小動作,把事情掩蓋過去?」

「噓、噓……」毛仰祺把食指貼在嘴唇上,「唉,駱組長您是真不曉得嗎?您知道光是在小琉球建一個觀光港就引發多少民怨了嗎?那些居民每個都跳出來說咱們在破壞家園啊。你也知道小琉球的情況,地就這麼窄,除了觀光財就沒什麼好賺的了,但那些居民還是嫌政府的配套措施不好,害他們的腳邊上多了一個垃圾。」

毛仰祺的意思,駱肇修記得很清楚。

「其實我那些客戶共同成立的帳戶,都是私底下掏腰包贊助的。要說是政府的話,還能用稅金或者預算的名義從國庫掏錢出來分發給各機構。可他們哪裡來的錢?只要是政治人物,買棟房子避暑而已,就能給狗仔說成是置產、賺取不義之財,所以他們表面上沒有閒錢進帳啊。可為了像兩位這樣有理想抱負的人才,他們才會利用一點點手段生錢,好讓更多人受惠嘛。」

現在,駱肇修站在林間,眼前有一處小斷崖,斷崖下方有一個洞穴。他手裡拿著手電筒,過度的興奮使他呼吸紊亂、情緒激動。他像是嗅到了久違的肉味,眼神盡是迫不及待把獵物咬進嘴裡的狠勁。根據地圖的備註,這裡就是進入藏寶地的入口。他矮身鑽進去,手電筒的光在洞穴深處照出一條路。

毛仰祺的提議很誘人,當駱肇修反應過來,他的態度已經從原本的放任,變成積極參與。可是本來跟他同一陣線的學生馮銘湖,卻忽然一反常態。

「老師,我覺得我好像做錯了。」

「哪一步做錯?」駱肇修不懂他的意思,以為他們的議題還在可燃冰的研究上。

「讓我知道地下通道的謝老伯,他很不諒解我為什麼跟別人提起這件事。」馮銘湖一臉憂鬱,

「而且他說他絕對不賣地，就算政府徵收也不答應。」

「政府徵收土地不是民眾想反對就能反對的。」

「我知道。可是如果鬧起來，就會有越來越多人知道徵收那塊地的用意是想來研究可燃冰吧？到時候引起當地人反彈的話，我們的研究照樣無法順利進行。」

馮銘湖不知道，就因為他無心的一句，讓駱肇修認知到為了完成可燃冰的偉大實驗，謝可剛的存在是個很大的障礙。

「我記起來了，銘湖，你跟謝老伯的女兒，相處得似乎很不錯。」他說。

突然提到謝亨月，馮銘湖不禁緊張起來。「是滿聊得來，但沒什麼啦！我們只是朋友，而且我已經……已經結婚了。」

馮銘湖二十二歲結婚，當時遇見謝亨月時，家裡已經有了個七歲的兒子。

但駱肇修沒有看漏馮銘湖的反應。他壓低聲音湊近這個心思動搖的學生。

「你可以讓謝老伯的女兒勸勸她父親。她是喜歡你的，我看得出來。你也對她有意思不是嗎？這件事我誰也不會說，比起你的緋聞，我更希望研究可以順利進行。你懂我的意思嗎？如果你把謝老伯的女兒帶走，我想謝老伯也會覺得自己一個人留在那裡很沒意思吧。」

之後，事情就如他所希望的發展了。

馮銘湖帶著謝亨月私奔到臺北，謝亨月甚至為了維護這段感情，將自己的戶籍遷出小琉球。此舉間接使徵收案定案。然而馮銘湖早已結婚，而且又因為心軟而無意跟黃馨離婚，因此有關謝亨月的事，他的原配黃馨完全被埋在鼓裡，妙的是，謝亨月竟也如此委曲求全了七年。

駱肇修想，若非七年後的那天，李啟勇到臺北殺了黃馨，也許馮銘湖還會維持這種詭妙的生活形態，當黃馨一死，馮銘湖似也意識到自己的過錯，決心與謝亨月斬斷關係。

難以接受信實的謝亨月，面對愛人的拒絕，終於在某天想不開上吊自殺。她留下了一個未婚生小孩，因為戶籍上沒有父親，所以跟著她姓謝。

那個小孩叫做謝意帆。

*

張明芸的求救來電立刻被通知到最靠近案發位置的楊光等人身上。賴建平吩咐他去落日亭一趟，也另外安排了可以動手術的外科醫生待命。

楊光一收到無線電的吩咐，立刻就整裝要朝現場前進。唐聿聽見了，很認命地直接跟過去，卻發現李武擎居然還站在原地。

「你不去嗎？」唐聿對於安分的李武擎感到不可置信，「我以為你就算受傷，還是會到處跑。怎麼？難道真的傷到哪裡了？」

李武擎拍掉唐聿亂摸的手。「要去的地方不是那裡。」

「不然你要去哪？」問完，唐聿忽然覺得李武擎該不會是開竅了吧！「你要馬上回臺北了是嗎？」

「別說傻話。」李武擎立刻潑了一盆冷水。「把追蹤器雷達拿出來，看追蹤器的位置在哪裡。」

「……嗯？」唐聿僵住，視線開始閃躲，「你說什麼追蹤器？」

「你以為把一個硬幣大小的東西放在我口袋裡，我會沒感覺嗎？」李武擎催促，「快點拿出來，我沒在找碴。我把追蹤器放在一個人身上了，我猜那個人是這些事情的關鍵。」

楊光上了巡邏車，看見後頭沒人，趕忙對李武擎那裡大喊：「前輩！唐督察！你們快上車呀！」

李武擎幾步跑過去。「我們不過去了，你們自己看著處理吧。」
「誒？」
「然後你等等見到張明芸，幫我問一件事。」
「什麼事呀？」
李武擎在小巡警耳邊交代一句。

2

對駱肇修而言，黃馨的死意外成了一個絕妙的伏筆，因為就在馮銘湖為了擺脫妻子橫死的噩耗而一心一意撲在地調所的研究上時，他竟也發現人造可燃冰窮途末路了。而當馮銘湖把實驗結果告訴駱肇修時，駱肇修完全無法接受。

無法忍受七年的實驗在一夕間失敗了。

也難以預期此後不再獲得祕密帳戶的資助。

因為開採可燃冰是在近年內完全無法進行的事，所以他才想出人造可燃冰的計畫。這是他為了得到祕密帳戶內的資助金額才想出來的研究計畫，可是他最親近的學生居然表明人造可燃冰不可行。

他不能放棄。他不想放棄！

駱肇修在那晚溜進了實驗室，拔下機器的排氣孔，讓整理實驗資料的馮銘湖無知無覺因吸入一氧化碳而死去。

之後就沒人知道人造可燃冰失敗了。他捏造數據，說服會議室的與會者繼續投資。

如今距離馮銘湖死後，已經十四年了。

駱肇修怎麼也想不到在半年前，馮銘湖的大兒子竟然寫信過來。如果記得沒錯，十四年前那個正就讀國二的小孩，在黃馨的打理下顯得非常早熟，還卯足了勁說要上建中。但最後遭逢父母雙亡的事故而搬離臺北，駱肇修便也沒再見過那個孩子。但可以想見，當時他跟馮銘湖之間的友好關係，肯定在這孩子的印象裡殘留下來，這也就是他收到來信的緣故。

信上寫著，那孩子發現父親的遺物裡有一張老舊的地圖，是以前在小琉球畫的。因為畫得很奇怪，不知道是哪裡，更不知道是不是重要的東西。想著他跟父親交情不錯，所以寄來讓他過目。

結果駱肇修看一眼就知道了。

簡陋的地圖畫得是實驗室一帶的地下通道。而且若如這張圖上所示，地下通道的範圍，比目前已知的地段還大。

駱肇修開始跟那孩子通信。為了避免寄到地調所給他的信件被謝禾良看見，他另外租了郵政信箱。而那一封封的信件陸續寫明那孩子找到了更多足以佐證地圖真實性的筆記。

他很意外當初馮銘湖居然瞞著他探索過地下通道的其他路徑，但只要想想謝可剛跟馮銘湖認識之初的狀況，謝可剛帶著馮銘湖走過倒也不奇怪，說不定謝亨月也知道，她又說給馮銘湖聽。但當時馮銘湖居然沒說，而且因為洞穴內不時瀰漫有毒氣體的緣故，他們一開始並沒有做太多的探索。

假如當初從祕密帳戶拿到的錢，花一部分在拓展地下通道上的話，他會不會早就找到了烏鬼洞的寶藏？駱肇修心想。如果有寶藏，他就有打造實驗儀器的錢了。

如果能得到寶藏，他就有錢繼續進行研究了，而且也不必看那些祕密贊助者的臉色，可以專心在自己希望的願景上。

他想要成為人造可燃冰的第一人。

當初要開闢實驗室，他們把地下通道跟烏鬼洞連接的一段隧道炸斷了，這是避免在烏鬼洞風景區亂鑽的遊客偶然跑到地下通道來。施工的時候，以擔心遊客在烏鬼洞內迷路為由，接連截斷多處通道，後來乾脆只留下一道供遊客穿越賞玩的縫隙。

烏鬼洞通向很多地下隧道。駱肇修彎著腰走著，右腿不方便的情況下，他走得很吃力，可是他身後如同有什麼驅策著他。

信上說找到寶藏了，還附上照片與黃金碎塊，那孩子並約定下次請他到場一起研究，駱肇修表面上答應，卻趁著今天過來搶先把寶藏拿到手。

據說那是一個退潮後才會出現的洞穴，所以要特定時間才能到訪。一箱箱的寶物就沉在水窪裡，長著青苔，讓人以為是岩石。駱肇修看到照片：照片上是那孩子用刀刮掉青苔，露出底下那金光閃閃的光澤。遍地鋪著外國人的銀製器具與珠寶。他確認照片沒有作假，就決心要把這筆寶藏搶過來。

駱肇修停下腳步，微微喘氣著。隧道內有那孩子留下的油漆記號，搭配地圖，還不至於迷失方位。尋寶的事，他有跟謝禾良提起。謝禾良是暨馮銘湖後，他唯一親近的弟子。但如果謝禾良順利跟過來，他或許會將人殺死在這個暗無天日的隧道裡吧。

謝禾良是個好孩子，聽話、乖巧，而且懂得適時沉默。是個好棋子，或許，也會是個好兒子。不過他不會讓這枚棋子繼續待在他身邊。

怪只怪，他駱肇修天生不相信有誰會為了別人去殺人，卻不求任何回報的。

3

楊光沒花幾分鐘就到落日亭，一看見亭子裡血跡斑斑，忍不住抖了一下。

「是怎麼發生的？」

楊光轉頭問著張家父女。張行昆似乎要講，張明芸又扯著他，不讓父親走。張行昆掌心拍拍女兒的手背，嘆道：「隔了這麼多年了，該還的總是要還。」

張明芸淚眼目送父親被警車載走。楊光過去問她：「妳說，受傷的是住在你們度假村的謝禾良，對嗎？」

「嗯……」她點了一下頭。

「不知道受傷之後還想跑到哪裡去了咧？」分駐所已經有人沿著環島公路追查張明芸的摩托車車牌。楊光望著雨中謝禾良離開的方向，回過頭來說：「等等妳也跟我們去所裡一趟吧，有關妳爸爸的事，可能需要簽一些文件。」

「好……」張明芸跌坐在亭子的木椅子上，雙唇顫抖。她努力想維持平常心。

半年前，父親帶著謝世伯遺留的文物回來，她就感覺自己與父親之間產生了一面無形的隔閡。她聽著父親想設置文物室的想法，卻發現父親的眼神難以平穩地注視她。有那麼幾秒，視線交錯的時候，她察覺父親可能想哭，但在那一刻，她決定什麼都不說，這樣似乎就能不讓父親隱忍的痛苦破局。

她想起從小到大，每隻自己養的寵物兔子，每三到五年，她就得反覆面對心愛的寵物死去的時刻。將寵物屍體埋入度假村外圍的草坪時，她總是止不住大哭，然後經常跑過去墳墓那裡消磨時光。

可是有天，她忽然就不哭了。

不是不難過，而是知道自己再也不是那能隨心所欲流出淚水的小女孩。憂傷必須留在心裡。

她得像父親一樣堅強，足以擔負起彼此之間的責任，而像昔日父親照料她，現在換她了。

海水打上巨大的珊瑚礁岩石，水面粼粼，閃爍一抹晚霞。

「對了，有件事必須要請問妳，李刑警托我問的。」楊光微笑著說。

張明芸抬起頭來。

*

不曉得是訊號差還是跟蹤器出問題，在唐聿手機上顯示的跟蹤器紅點偶爾會斷訊。他們人已經到了多仔坪潮間帶的沙灘上。

「現在呢？」李武擎下車，左右張望。

唐聿盯著手機上的紅點。「好奇怪，應該就在這附近啊……誤差應該不超過十公尺。」

但整個沙灘空無一人。

李武擎的目光忽然往下一瞥。「在地下。」

「嗯？」唐聿突然想到剛才李武擎遭到埋伏的事，「難道從實驗室那裡可以通到這邊？」

「或許。」李武擎思索著。天台到多仔坪這邊有點距離，底下如果連通，那會是多龐大的地下通道系統啊，但也有可能這裡有另一座與烏鬼洞近似的天然溶洞，畢竟這一帶的海岸性質大同小異。

「找找吧，這附近應該還有入口。」

他們搜尋的目光，不約而同從沙灘邊緣那一片矮樹林穿過去。

*

駱肇修覺得呼吸不太順暢，他有帶來防毒面罩，但他判斷這一帶應該沒有生成二氧化碳，之所以感覺呼吸不順的原因大概是空氣裡的懸浮粒子太多。

懸浮粒子大多是地表揚起的塵土，姑且不說隧道內滿是土塵，海鹽亦是懸浮粒子的第二大來源，這裡靠近海洋，光嗅到潮濕的氣味就知道了。駱肇修能感覺那些髒東西進入他的肺臟，黏在那裡，搔得他氣管發癢。

儘管覺得不太舒適，一想到即將到手的寶藏，這些不適感比起遠大的理想來說根本就不算什麼了。駱肇修蹣跚前進，殘缺的右腿在隧道內發出拖曳的沙沙聲。他看著發光手錶，時間來到晚間六點十五分，已經是退潮時間了，這讓他更放心繼續深入。

就在他往下滑過一個緩坡後，他看見了，一個發光的洞穴，就在前方右手邊。

*

「——李武擎！」唐聿大喊，「這裡！」

李武擎正在撥看草叢，聽到聲音，立刻尋聲奔去。

「找到了嗎？」他問。

可不用唐聿再說，就知道他們已經接近入口了。那輛曾載他們去天台實驗室的轎車，此刻就停在這邊。

駱肇修腿不方便，車子不可能停在太遠的地方。

手機鈴聲驟響。唐聿接聽，是楊光，把李武擎想知道的最後一個線索告訴了他。

*

知道想要的東西就在三步之遙，駱肇修反而放緩了速度。

洞穴發出柔和的光線，是讓適應黑暗的瞳孔不感到刺眼的亮度。

他之前就看過這裡，那孩子在寄來的照片上，有拍過這一幕。想不到他今天親臨此地。

駱肇修往前走，拔掉了面罩，能感覺手在發抖，手電筒的光圈在晃。

轉進洞穴的剎那，彷彿跳進了神奇的兔子洞，駱肇修感到一股恍惚的不真實感——眼前的一切就跟照片裡拍下來的場景相同。

深不到兩公尺的洞穴裡，有一張腐朽的木桌子，以傾斜的角度載著隨意堆在一起的珠寶。瑪瑙、翡翠，因為積滿灰塵而顯得黯淡。地上放著很多木箱，箱子上沾滿了塵埃與青苔。駱肇修的目光馬上看見旁邊堆砌著像磚頭似的重物，一看見他就連忙靠去，蹲下來把物體上面的髒污刮掉。

比磚頭尺寸還要小一號的東西，拿起來比駱肇修設想得還要重，他把東西放在木箱邊緣往下一刮，上層的附著物被遺留在箱沿，但手裡的東西卻露出赤黃色的光澤。

是金子！

駱肇修接著從口袋拿出一只包裝好的點滴管，管身已裝了高濃度的硝酸。硝酸可以檢驗金子的純度，越純的金子越不容易與酸結合。他躍躍欲試，拿出點滴管，打算觀察金子跟硝酸的化學反應，然而他才剛壓下矽膠滴帽，身後忽然有人靠近。

「——找到財寶了，高興嗎？」

駱肇修嚇了一跳，急忙轉身，手裡的金子不經意掉落，硝酸也滴濺在岩石地面，激出一縷白煙。

忽然現身的人就站在門口。駱肇修張大眼睛看著他，好一會兒才認出是誰。

——是昨天搭船過來大福港口時，開度假村接駁車過來接他們的司機。

知道駱肇修應該認出他了，但仍是滿臉疑惑，小馬索性結束無聊的寒暄：「我就是馮彥成。」

4

有一次，大概是十五歲的生日前夕，馮彥成在叔叔一家人的陪同下到了遊樂園。

之所以說「大概是生日前夕」，是因為馮彥成當時並不在意時間，事後回想，便猜測收養他的叔叔是想安慰他失去雙親的痛苦，因此才忽然提議大家去遊樂園玩。

可是對馮彥成而言，聽著遊樂園裡同齡孩童的笑聲，那簡直就是煎熬。

叔叔家還有兩個孩子，或許是做生意富裕的關係，在大哥馮銘湖死去後，他直接收養了大哥的獨生子。馮彥成知道叔叔是個好人，他有很多玩具都是叔叔逢年過節送的，但比起玩具，他更喜歡跟父親在一起討論功課。

父親教會他的知識，已經遠比學校教的要多，他的理化在學校總是拔得頭籌，一切都是拜父親的教導所賜。

母親黃馨更是讓他能安心讀書的一大功臣，母親溫柔體貼，從不對家裡人大聲吼過一句，當同學都在抱怨母親管太多時，他卻在內心稱慶，他的母親從不過份約束他。

可是事情從十四歲的春天開始轉變，一日，母親被殺了。

當他接獲通知衝回家看見血淋淋的客廳時，他宛若被冰凍了，僵立著腦筋一片空白。好像有警察拉著他，想把他帶到哪裡去，但他忘記怎麼走路了。隨後恐懼才伴隨著逐漸加強的心跳而來。吸進一口大大的空氣，他才驚覺原來自己忘了呼吸，缺氧的心臟正提醒他該喘氣了。

他這才四處張望，想找尋父親的身影，之後在警局的舊椅子上，他看見頹喪的父親。

母親死後，父親的性格大變，不再笑著跟他說話了，也很少回家，聽說都待在地調所做研究。馮彥成都懂，儘管他才十四歲，但他自認已經年紀夠大足以接受課本上所說的「人生」。

「人生」再不是一個概念的名詞。

可是他沒想到半年後，他將會再度遇見人生的無情。父親在一夜未歸後，被發現在地調所實驗室死亡，於是他又踏著慌亂的腳步奔跑，同時，腦海裡不斷浮現半年前他接聞母親噩耗的歸路。

如果說人生要經歷什麼，才會迎來成長，馮彥成多渴望永遠幼稚。他期許自己當同學口中的膽小鬼，只要能讓他回去那個溫暖的家裡，他寧可變成傻瓜。

其後每一次這種想法出現，他就被迫面對現實，知道願望跟現實之間的鴻溝，以及難以追回過往的悔恨。

胡亂奔跑的小孩從身後撞上了他的肩膀，將他整個思緒從回憶裡拉出來。

長長的人龍，都在等待雲霄飛車帶來短暫兩分鐘的快樂。

叔叔似乎說了什麼？餓不餓、渴不渴？他聽了之後又迅速排出腦海。他只記得自己坐進雲霄飛車的位置裡，讓機器橫桿擠壓著他的胸腔，一陣難聽的音樂聲響起，列車開始前進。

一開始，列車走得很慢，經過的景致像一台漫遊的過山車。他看見叔叔跟嬸嬸站在設施外面的欄杆朝他們揮手。他旁邊坐著叔叔的兩個孩子。

列車在經過一個小小的洞口後，漸漸開始爬升，這時候同乘的遊客紛紛傳來鼓譟的聲音，他聽見堂弟用興奮的口氣說：「要掉下去囉！快要掉下去囉！」

大約爬升到六、七層樓的高度吧，列車忽然一個陡降，加速往前俯衝。馮彥成感覺腹內一陣搔癢，強行脫離地心引力的感覺讓他情不自禁抓緊了胸前的橫桿。照理說，列車在陡降之後會連接一個大大的圈，繞一圈之後軌道是平行的繞一圈回來後再繞同一個圈一次，之後速度變慢，列車將返回乘車處。

然而事情忽然有了一點變化。列車在經過第二次的空中繞圈時，忽然停在最上面。

整台列車遠遠看，活像一隻毛毛蟲，而遊客垂落的頭髮與雙手，像極毛毛蟲的鬚毛。列車剛停的幾秒內一片寧靜，大概三秒後才有人尖叫，接著是地上傳來吵鬧的聲音。

馮彥成跟其他人一樣倒吊在雲霄飛車的高處，面對突如情來的情境，他跟所有人一樣開始慌張，他的腦海裡似乎有個聲音在說沒事，說很快就會恢復正常，可是有些人已經驚慌失措地叫了起來，好像隔壁的兩位堂兄弟也在跟他說什麼，但他根本沒有閒暇回應，他的思緒形成一個無限循環，似乎有個愚蠢的自己一直在循環上找尋出口。

可是根本沒有出口，他意識到，沒有出口，因為自己一直不敢抬頭看。

接著他真的仰起了臉，他看見底下雲霄飛車的軌道，還有密密麻麻逐漸聚集的人群，像模型上的樹木，還有不知從誰手裡逃走的氣球。

他突然察覺出口被父母帶走了，唯有自己也在同一個空間，才能稍做喘息，然後他做了個非常膽大的舉動：他用力推開胸口的橫槓，想讓自己就這樣掉下去。

施力只不過一瞬間的事。

馮彥成感覺到橫桿動了，但下一秒，列車整個動了起來，將他們帶離空中，回到地面。

一到乘車處，所有的乘客紛紛逃下車，家長們謾罵著，一時間哭泣聲跟尖叫聲持續不斷。

他則緩緩步下列車，當叔叔過來擁抱他時，他才驚覺自己哭了，而且哭得很慘，一發不可收拾。

他還是怕死的。

在橫桿好像被他推開的一瞬間，他抽回了手，一股強大的恐懼感包圍住他。

若不是列車啟動，他是不是真的會掉下去摔死？

他只知道自己好怕死亡，就算內心一直想死了算了，但一面對死亡的分岔路，他還是後悔了。

害怕的恐懼未曾消滅，在經過這一次遊樂園的事故後，馮彥成知道消極的自己一無用處。他要跳脫永無止盡的循環，唯一的方法就是找出製造這個循環的始作俑者。

隔天，新聞報導遊樂園雲霄飛車的意外事故，說是列車在空中停頓了十秒。只有十秒。

十秒鐘，卻讓他從現實到地獄走了一回。

回到現實的他，決定把罪魁禍首丟進地獄。

5

駱肇修盯著眼前高大的年輕人，好一會兒說不出話來。

「我該像從前一樣喊你駱叔叔？還是駱所長？」小馬勾起唇笑道：「我爸去世後沒幾個月，您好像就升任地調所的所長了。」

駱肇修逐漸恢復平常跟旁人應對的臉孔，輕鬆自然地說：「你就是彥成？為什麼一開始不直接出來跟我相認呢？」

「我怕我認錯人。」

小馬踏進洞穴一步。駱肇修感覺他意有所指。

「在翻看我父親的遺物時，我發現了幾本札記。」小馬的語調極輕，神情像在跟普通朋友聊天那樣從容，「札記跟一些雜物都被收在房間角落，我之前沒看過，所以我想應該是在母親過世後，父親特意收起來的東西。」

駱肇修思量小馬的話，同時回憶信中曾提及的片段。

小馬繼續說：「然後就像我在信中跟您說到過的，我發現一些零散的地圖。我還記得父親以前進行過不少研究，我不希望因為父親的死，讓那些研究產生不好的影響。我決定聯絡上您，想問問您的意見。」他用鼻子笑了一聲，「我到地調所的網站查看，發現駱叔叔您是所長了。當時我情況不好，沒有及時送上祝賀，真的很抱歉。」

「……不，沒關係。」駱肇修戰戰兢兢地回應，臉上保持著良善的微笑，「其實我今天是想先來確認一下寶物的真實性。你看，你費盡心思找到的寶物，如果是假的，不就很難堪嗎？我想先過來確認一下，如果有什麼差錯，可以先讓你知道。」

小馬看著他。「您果然跟我記憶中的一樣。我還記得以前父親曾帶您來家裡作客。父親他很尊敬您。」

駱肇修沒閃躲小馬的目光，他知道自己必須正視，無論自己是否於此有愧。「銘湖……你父親的死，是個意外。很遺憾。知道你現在好好的，我就放心了。」

「不，我不好。」小馬立刻否決了駱肇修的說法。

駱肇修心裡一震，聽見小馬接著說：「我發覺父親的死不是意外。他留在箱子裡的札記，記錄他在進行可燃冰研究時的所有備註，研究資料放在地調所，但他回家之後還是繼續思考有關研究的事。父親說可燃冰的研究計畫已經到了難以扭轉的絕境，至少，依照當時的情況，研究再進行下去只是徒勞的浪費。」

「你錯了，不不，你父親錯了。」駱肇修難以忍受地說：「可燃冰的研究很順利，絕不是他說的那樣。」

「駱叔叔，您還不面對現實嗎？」小馬又靠近駱肇修一步，「那麼多年了，您在實驗室裡跟謝禾良的對話，我聽得清清楚楚，你們一再面對人造可燃冰失敗的窘境，不是嗎？」

駱肇修瞪大眼睛，不可置信地說：「你、你怎麼……」

「我很早之前就發現那些地圖了，一成年，我就休學服完兵役，接著就依照地圖來到小琉球，站在實驗室外面，聽見你們的聲音從金屬門裡傳出來。」

「……」

「駱叔叔，您曾誇讚我父親是您的得力助手，他為您準備的論文，總是得到很好的評價，不是嗎？」小馬說：「為什麼當他認為人造可燃冰在臺灣無法成功時，你卻一直不相信他呢？」

駱肇修抽著嘴角，想說話，但看著小馬的樣子，腦子裡無端冒出馮銘湖在當晚勸他放棄可燃冰研究的一幕。

「如果您接受父親的說法就好了，」小馬的臉色一寒，「或者他選擇隱匿不說。這樣，他就不必死了，對不對？」

駱肇修沒說話。

小馬幽幽道：「父親雖然聰明，但我後來發覺他有些想法很傻。譬如選擇跟您提起可燃冰的事情，還有瞞著我母親，在外面有了情人，還有了私生子。」

眼前人的話，駱肇修不確定自己聽進去多少，從小馬現身開始，他就一直在想要怎麼離開這裡，從生理條件來看，他打不過這個高大的年輕人，如果他對自己有惡意……

「說起來，您是怎麼找到我爸偷生的小孩？」

咦？

駱肇修回神，盯著小馬。「你剛剛說什麼？」

小馬頓了一頓，重複一次。「謝禾良，是父親跟情人生下的小孩，是我同父異母的弟弟。看您的樣子，難道不知道嗎？」

「你說禾良是銘湖的……」駱肇修大驚，「可是，我記得他名字是謝意帆！」

「進入育幼院之後就改掉了。」小馬有些享受似的說著：「剛好我服役的時候曾運送物資到各個育幼院去，所以一查就查到了。父親札記裡夾著私生子的照片，我想忘記『我弟弟』的樣子也難。」他在一些字眼上加強了語氣，「他跟我差了七歲，我遇見他的時候，他正好也是國二。多神奇啊！我們兄弟倆的命運，在國二都發生了一點變化。

但之後我在實驗室看見他跟您在一起，那才是真正叫我驚訝的地方。我以為是您找到他，想將人留在身邊，以免洩漏父親死去的內幕，但看您的反應，似乎不是我料想的這樣。」

「等等！」駱肇修的想法已經有點混亂了，「禾良他……他知道自己是銘湖的兒子嗎？」

「大概知道吧。」

「你怎麼知道?!」

「因為我在父親的墓前見過他。原本以為是個路過的人，後來才知道不是呢。」

「什麼時候開始的？」駱肇修情緒激動，「他是什麼時候開始知道自己的身世？」

小馬甩甩手。「這我就不清楚了。若是平常，我會建議您自己問問他，可惜您沒有問他的機會，所以我就不說了。」

駱肇修一愣。「你什麼意思？」

小馬哼笑一聲，寬厚的手掌裡陡然多了一個小型遙控器。「——因為我要您死在這兒。」

話剛脫口，小馬就察覺身後有人接近，他退出洞穴，隨即把手裡的遙控器上揚，彷彿一種示威，怒視著不知何時跟來的李武擎跟唐聿。

「都別動！」小馬大喊。

李武擎無奈一笑。「不要說你手裡的是炸彈。」

跟蹤器雷達已經沒有用處了，唐聿收好手機，騰空雙手準備應付任何突如其來的事故。

小馬瞪著他們，「你們是怎麼知道這裡的？」他的目光朝駱肇修一瞥。難道是駱肇修說的？

「雖然現在說有點遲了，但我很感謝你拉了我一把。」李武擎說的是小馬將他拉離地下隧道有二氧化碳生成的區域，「所以我當時就送上了謝禮。」

順著李武擎手指的方向，小馬在自己的褲管內側摸到了黏在上面的追蹤器。他恨恨地把追蹤器扔在地上。

「早知道就該讓你直接上西天。」小馬冷冷道。

「等我出家了之後再說吧。」李武擎應了一句。

冷笑話讓唐聿射出一記眼刀。

「咳，」還是要自己上場，真是夠了。唐聿決定親自上陣，免得觸怒對方，「有話好好說。你想要表達的，我們警方都清楚了，我們會認真調查。先出去吧！」

駱肇修沒預料李武擎他們會來，但現在這情況或許是保住一命最好的發展，他偷偷觀察小馬的一舉一動，他想趁著小馬沒注意的時候逃出洞穴。

「你們沒有證據，是不會重新偵辦案件的，不要想唬弄我，我在幾年前就一直試過了，可是根本沒有警察理我。」小馬咬牙道：「與其讓殺害我父親的兇手逍遙法外，不如我親自動手，之後，看要坐牢還是死刑都隨你們的便！至少我已經為父親出了一口惡氣！」

唐聿聽了，知道小馬說的是馮銘湖在十四年前的意外致死案。從張明芸嘴裡得知小馬的本名，他們很快就能推測出小馬跟馮銘湖的關係。

世界上沒有巧合。正如李武擎說的，唐聿也不信巧合。

「你誤會了，我沒有——」

「閉嘴！」小馬打斷駱肇修的辯解。剛才的假意試探已經夠了，他不想再裝。「你這個偽君子！

還想矇騙大眾到什麼時候?!」

小馬轉向眼前兩人。「我告訴你們，這後面就是海水，只要我一引爆炸藥，炸毀石壁，海水就會倒灌進來，到時候誰也逃不掉！你們如果想活命，最好現在就走，否則都得給這個假好人陪葬。」

李武擎的目光在小馬跟駱肇修身上輪流巡看。「你為什麼會有炸藥？我不信。」

「炸藥是當時他們在開發實驗室用來炸毀通道的，我拿了一些過來。」

「那已經很久了。還能用？」

「你要試試看嗎？」小馬揚起一邊的眉毛。

「喂，你不要刺激他。」唐聿小聲給李武擎打暗號。

「還不走？」小馬像在下最後通牒，「我已經準備這個計畫很久了，我絕對不會放棄，你們別想說服我了！」

駱肇修感到陣陣心慌，忍不住開口道：「彥成啊，你誤會我了，我們出去好好談談吧？而且你還有這些財寶，將來可以過好日子，何必這麼糊塗？」

「哈，糊塗的是你！」小馬瞪向他，「這些寶物怎麼有可能是真的！那都是我準備的道具，是虛構出來要騙你上當的！」

駱肇修震驚無比。「不可能！你寄給我的黃金樣本，我都檢驗過了，我……」

「所以才說你糊塗啊！那是我刻意安排的——別動！」小馬的視線立刻回到李武擎身上。他餘暉察覺李武擎想衝上來。

李武擎立即停止突襲。他原本想趁小馬的注意力被轉移時上前壓制住他。

「你們真的要惹我生氣了。」小馬恨聲道：「我不想傷及無辜，你們不要逼我！」

僵持之間，駱肇修渾身顫抖起來。假的，他心想，身後那些財寶都是假的。

怎麼可能是假的！

如果是假的，那他的實驗怎麼辦？他想為全臺灣創造新能源的宏大願望怎麼辦？

駱肇修內心激烈掙扎著。他撿起腳邊的金磚，在眾人都沒注意到時，用力朝小馬丟擲過去。磚頭打到了小馬的頭，實在太痛了，痛得小馬整個人失去重心。李武擎見狀竄上去，先是捏著小馬的手腕，再踢了小馬的肚子一腳，讓人不禁全身伏低。炸藥遙控器在打鬥間脫手。唐聿趁隙壓住小馬另一隻手臂。

這小子可以去當拳擊手了，唐聿心想。

李武擎拿出從楊光那裡坑來的手銬，給小馬上銬。

「哎，我膝蓋又磨破了，可以申請傷殘補助吧？」

「你殘了嗎？」唐聿沒好氣地回嘴，可兩人之間略顯歡愉的氣氛，又在一瞬間被拉回冰點。

空氣裡，傳來濃濃血腥味。

他們眼前出現的謝禾良拾起了炸藥遙控器，散發出沉靜的威脅。

6

一看到謝禾良，駱肇修喜出望外，但他同時想起謝禾良的身世，於是原本想喊出口的名字又吞回喉裡。

謝禾良望了駱肇修一眼，之後先是面對著李武擎等人說：「站起來。」

小馬被壓制在地，雙手反銬身後。李武擎拉起他，跟唐聿一起，三人面對著謝禾良。謝禾良保持距離繞過他們，緩緩走近洞穴。在幽光裡，他的臉色仍蒼白得嚇人。

「教授，您沒事吧？」謝禾良臉上多了一抹淡淡的微笑。

「他是你的殺父仇人！」小馬出聲大吼。

謝禾良怒瞪小馬。「我的事不用你管！你又知道什麼了！」

駱肇修見這景況，推測謝禾良果然還是站在自己這一邊，於是緊張的心情總算稍微輕鬆一點。

「禾良，你終於來了，我之前一直在等你。」駱肇修看到謝禾良壓在腹部的手掌上全是血跡，不由一驚，「你受傷了？」

謝禾良微微一笑。「沒關係，這點小傷比起教授受的苦，根本不算什麼。」

聽到弟子這麼說，駱肇修心裡頓時感到強烈的優越。在知道自己的父親有可能是最敬愛的導師所下的毒手，卻仍選擇與導師在一起。駱肇修自認自己的眼光沒錯，馮銘湖是，他的小兒子也是，兩個都墮入名為敬仰愛慕的詭妙情感裡。

「先不說這些了，禾良，我們先出去吧！」

駱肇修說完，便想拉著謝禾良的手臂，但謝禾良踉蹌一步，怎麼也不走了。

「你走不動了？傷得這麼重？」駱肇修連聲問。

「……教、教授……」謝禾良痛苦地彎下腰，但頭卻沒有昂著面對駱肇修。他的前額幾乎沁滿冷汗，身軀不知因為寒冷或疼痛而戰慄。

駱肇修垂眸望著，忽然感覺心口有點痛。

可這股心痛又是從何而來……？

謝禾良喘息著，手裡的炸藥遙控器也跟著顫抖，讓人擔心是否會一不注意就啟動了按鈕，李武擎跟唐聿悄然互望一眼，都知道必須趕快控制局面。

「禾良，我扶著你走吧？」駱肇修拍拍他的肩膀，溫柔提議著。

可接著謝禾良卻哭了。

謝禾良一臉既哀傷又悔恨的表情，顫抖著說：「教授，我的生父死掉後，現在世界上只有我明白您的痛苦了……您是在進行一件大事，可是為什麼沒有人幫助您……我一直想幫您，可是我再怎麼用功，都不能、不能……」

他數度哽咽。突如其來的告白，讓駱肇修完全忘了反應。

「教授，您是我這輩子見過最厲害的人了……」謝禾良的微笑還掛著淚珠，「我想我爸當初也是這麼覺得的吧……所以，一知道人造可燃冰的計畫行不通，他希望您不要繼續沉溺在這種痛苦裡……」

「你在說什麼啊！」駱肇修不知所措地說：「不，你們都瘋了！我完全不懂你們在說什麼，你們兄弟都是！你們一家都是！」

「教授……對不起。」謝禾良放開壓住傷口的手，緊緊抓住了駱肇修的手腕，「我已經不行了，我好痛，撐不下去了……之後就沒有我在您身邊，我很擔心……」

駱肇修感覺手腕沾上的血跡開始灼燙他的心臟。

「我不放心讓教授一個人……既然，寶藏的事情是假的，那麼教授就沒錢繼續做實驗了，祕密帳戶也拒絕協助您……教授，已經沒有希望了，我們……」

駱肇修突然用力甩開謝禾良的手，他大聲咆哮：「你懂什麼?!不要再說了！你們父子兩個為什麼都要阻擋我的路！放開我！」

可是腕上那隻染血的手怎麼甩都不放開。

「教授……」謝禾良虛弱地喊著，但似乎把力氣都留在手上。「對不起，教授，我不想再看您受苦了……教授，跟我在一起，讓我們一起降生在另一個全新的世界吧……」

「——糟糕！」

李武擎驚覺不妙，想去抓謝禾良手上的遙控器，但謝禾良已經壓下了按鈕。

眨眼間，安置在石壁上的炸藥依序爆裂開來，李武擎伸出去的手抵擋不住身體本能的反應，立刻縮回去，推著唐聿跟小馬一齊往入口跑。

連停下思考的空間都沒有，唐聿也拉住被上銬的小馬直接回頭。爆裂聲巨大作響，石壁崩裂，海水從縫隙灌入的聲音忽然變得像站在水庫邊可以聽到的聲音一樣。

他們陸續經過來時路，遇到一個要往上爬的緩坡時停頓了一下。唐聿先鑽上去，接著拉小馬上來，李武擎則在後面推，但準備要拉住李武擎時，後面的海水已經灌進來了，李武擎差點被滅頂，嚇得唐聿面無血色。

幸好李武擎順利攀上來，灌進隧道的海水也因為緩坡而稍微減速。

「走這邊。」小馬說。「我知道有路可以快點出去。」

李武擎咳嗽幾下，可能是灌了幾口水，他回頭望著腳邊逐漸升高的水勢。

「不用看了。」小馬冷冷道：「那裡沒有出口。」

從現實到地獄，也不過是十秒間的事。

7

爆炸的轟然巨響，不久就被海水掩過。淹到耳朵的海水，把音量都削弱了。

謝禾良感覺自己的身體浮了起來，但手裡還抓著他敬仰的人。

他也知道彼此人生裡的痛苦，不過幾分鐘就會徹底消失。嘴裡最後一口氣吐出來時，他的思緒不由回到了七歲，那天父親馮銘湖買了一些春季的運動服給他。

儘管這個叫做爸爸的男人買了很多東西，但他們卻沒有一起出門過，他想爸爸帶他出門，去哪裡都好，可是母親都會阻止他的要求。

當時的他不懂，所以心裡開始埋怨。

可是當失去以後，他就連埋怨的理由都沒有了。

七歲被送入育幼院，被當成商品排成一列，讓想養孩子的人挑選。他奢望被誰挑中，就像有人可以在人海裡發現他一樣，可是那樣的人一直沒出現。直到大學畢業前夕，遇到駱肇修，他知道他有了必須跟隨的人。

謝家跟張行昆等人的淵源，正如他先前所述，其實毫不知情。但跟在駱肇修身邊久了，很多資料的空缺，他都查得出來。

當他站在馮銘湖墳前時，他就認出那是在自己幼年時期看過的「爸爸」。

很多事情，不是忘記了，是不想記住。而且他一直告訴自己，必須往前看，畢竟他的回憶裡也沒有什麼值得紀念的東西。

他需要一個能支持人生的信仰，而他選擇駱肇修成為自己的信仰。

之後當駱肇修有意無意表達研究的困難，他心領神會：利用徵收法漏洞想取回土地的顧之彬，以及要弄研究、無視實驗神聖性的毛仰祺，這兩人都必須死。

他知道教授或多或少能感覺到他的瘋狂，所以昨夜才會喝下放在枕邊的水，裡面摻了安眠藥，他可以假裝毫不知情地醒來，接受毛仰祺身死的消息。他從教授的眸底看出來了，一種如釋重負的感覺，他幫教授除去對研究有害的人，這是他表達誓死追隨教授的方式。

因為沒人像教授那樣愛他，教他，鼓勵他。因此為教授殺人，是他報答恩情的方式。他需要被需要，不管以何種目的，他渴望被擁有的安全感。他已經很久沒有享受過被急需的成就感了，所以就算對方真正覬覦的，是他墮落的靈魂也無妨。

他從不知道家裡的事。謝家的事，或者父親馮銘湖的事。他只是個輾轉流浪的小孩，偶然被駱肇修收留而已。

他想用這種純粹的念頭為駱肇修付出，祈求更多的關愛。

然而他與駱肇修的相遇，是偶然？還是必然？

是血緣裡隱隱牽動著的嗎？

當謝行昆試圖因為一些舊事而取得他的諒解時，他再度感到茫然無措。他不願承認一個被丟棄的小孩，仍對自己的血緣念念不忘，明明母親自私地自殺了，父親也不讓他進戶籍，外公更在很早以前就離開，那些他以為要關心自己的人，全部離他而去，他為什麼要對那些人保有感情？甚至想為此報復？

他不承認。

不願承認。

若是承認自己其實真的很想擁有一個家，是不是就完全否定自己對駱肇修的歸屬感？

明明教授才是懂自己的人。不是那些離他遠去的「親人」。

可是如果真的想拋棄過去，為什麼還特意選擇小時候聽過的傳說去犯案呢？

偶爾回一次小琉球，外公就像要把小琉球的事情一次說盡，聽得他腦子發脹。白燈塔、死嬰窟、烏鬼洞……當他聽故事後怕得縮緊身體，外公會抱著他，等他睡著。那時候似乎還有個鄰家女孩，會偷偷晃來找他，抱著她心愛的寵物兔子。

分明告誡自己不想記得，回憶卻盡數湧了上來。

——不願承認自己好寂寞。

謝禾良艱難地張開眼睛，霧濛濛的視野裡看見駱肇修閉上了眼睛。就在他身邊。

最後的最後，他還是可以擁有什麼的，不是嗎？

尾聲(1)

天色逐漸暗了。颱風遠離。

李武擎穿著從度假村買來的休閒T恤，搭上要往東港的民營接駁船。

「為什麼還有開船啊？都幾點了。」李武擎打著呵欠，「我還以為可以舒服睡一晚再出發。」

唐聿寸步不離盯著他。「夜長夢多！」他實在不想因為多停留一天又莫名其妙惹事出來。「今天是例假日，本來就可以看情況加開班次，剛好之前颱風，很多人都等著開船，所以現在人潮還不少。」

李武擎也不是真的想聽解釋，他倚在船緣，懶懶地打著呵欠。

接駁船一開通，東港分局就派更多人到小琉球支援了，有些人在搜尋謝禾良跟駱肇修的屍體，有人也把張行昆跟小馬帶回分局偵辦。

「對了，你是為什麼會懷疑小馬就是馮彥成？」唐聿忽然想到。

「喔……一開始沒想到，只是覺得應該有個人在我們旁邊徘徊，為了告訴我們毛仰祺的去向，還留下字條。」

「字條上又沒有署名。」

「可是那跟度假村裡到處張貼的文宣有相同的墨水顏色。我猜應該是度假村裡有人看到毛仰祺出門，刻意放紙條想吸引我們的注意，加上他為了渲染毛仰祺是看了紙條才出門，所以把紙條放在垃圾桶，反過來想，能在毛仰祺出去後還把字條放到房裡，只有擁有鑰匙的度假村內部人員了吧。」

「可是你不覺得說不定是駱肇修自己放的字條？」

「駱肇修不想讓人發現實驗室的存在，才不會這麼傻還放字條。」李武擎伸了伸懶腰，「謝禾良就更不可能了，他對駱肇修十分忠心。放字條的人一定是想揭露某種內幕的人。」

唐聿點點頭。「算了，反正塵埃落定，案子也交接給東港分局。之後就不關我們的事了！」終於結束一樁心事，唐聿滿心期待把李武擎押回臺北。

「可是我一點也不高興。」李武擎說。

「誰管你高不高興。」唐聿賞了個白眼。可一看見李武擎手臂上燙傷的疤痕，囂張的氣焰就稍微降低了。

那年，唐聿終於無法忍受父親虐待，而打開瓦斯爐火想把自己連同整間虛假的家庭燒掉。火光旺盛時，是李武擎猛然進入火場，強押他出去。

當時火勢已經很大了，從廚房沿著旁邊房間焚燒，整間屋子濃煙密佈。

李武擎卻二話不說拉著他跑，到最後幾乎是拖著他，因為他已經被嗆得沒有力氣了。

事後，李武擎輕描淡寫地說，只是來把他遺留在同學家的作業本送回來，沒想到剛好遇上火災。

其實這傢伙大可不必管他的，而且他本來就想尋死。

「啊啊……好想看一次！」李武擎搔著頭，不知道又在嘀咕什麼。

「看什麼？」他問。

李武擎一本正經地說：「海水沸騰的樣子啊！你還記得一木說的吧？漲潮的時候，蛤板灣一帶的海水會沸騰。」

唐聿蹙眉。「那不是他瞎掰出來想幫謝禾良脫罪嗎？」

「是這樣沒錯，但那並不是毫無根據的。」李武擎說：「我在實驗室那裡，看見一張藍圖，我就猜，海水沸騰的事情有可能是真的。」

「什麼藍圖？」

「雖然沒有清楚標明，但我看得出來那是潛艦的動力系統。」

唐聿聯想到去實驗室那時，李武擎的確一直盯著牆上一張圖在看。「潛艦？太誇張了。」

「不，政府之前已經宣布我們要製造小型潛艦，」李武擎鄭重其事，「雖然只是一千噸以下的潛艦，但不是說製造就可以製造的。如果說，在蛤板灣那裡有個『試作品』呢？」

「那又怎樣？」唐聿沒什麼興趣地說：「我們的海域裡本來就有駐守潛艦。」

「笨蛋，在蛤板灣那艘一定是給駱肇修幫忙研究可燃冰的潛艦好嗎。」

「你又知道了。」唐聿挖苦。

「開採可燃冰會生成甲烷、二氧化碳這些氣體。」李武擎提示性地說了一句，之後就等唐聿領悟了。

唐聿涼涼地看著朋友。「你住嘴。」

「你還沒想到喔？就是——」

「我已經想到了啦！你住嘴！」唐聿趕緊捏著李武擎的下巴。

那些氣體是造成海水暖化的元兇，冒出海面時，大量氣泡有可能被誤會成沸騰的形象。小琉球周遭都是珊瑚礁生態，如果這件事暴露出去，政府跟民眾之間少不了一陣抗爭。

「很痛哎！……」李武擎反抗。

唐聿幾乎想從脖子直接掐下去，但一聽見楊光站在碼頭那邊大喊再見，他只好維持督察員的莊重形象，用制式的笑容回應小巡警的送別。

可愛的警犬TORO也叫了幾聲，搖尾巴看著他們。

「還有一件事！」李武擎欲罷不能，果然又激起唐聿的臭臉。

「又怎麼了？」

「在洞穴裡的寶藏。你覺得那是真的假的？」

「小馬不是說那是他設的局？」

「先不說小馬。你認為以駱肇修嚴謹的個性，他會在不查證的狀況下就相信有寶藏的存在？」
這個問題讓唐聿苦思了十分鐘，但無論察覺什麼可疑的部分，那些寶藏都沉沒到海底深處了。
現在這裡只有歷劫歸來的兩人。
同乘一艘船的薛茜琳，悄然為他們留下道別小琉球的身影。

開船的鳴聲響起。時間到了，是返航的時候。
老船員俐落收起繫船繩，便坐在甲板上仰頭望。
雨過天晴。即便是夜晚，小琉球的星空依然璀璨，星子閃耀。
這麼一片美麗的夜空，有誰跟他一樣正在仰望呢？
過去的記憶，都會在歲月的折磨下漂白，老船員捻捻下顎一撮白鬍，幽然一嘆。
「放晴了呀……」
但願天氣能這麼好下去。

尾聲(2)

——臺灣臺北地方法院檢察署第三辦公室

領了預備好的訪客證，唐聿搭乘電梯。

現在是晚間十點，公家機關早該下班的時間。但唐聿知道那人一定還在辦公室裡。連訪客證都先交代過了，看來他也料到我會直接來，唐聿心想，既然如此，明人不說暗話，等等可以直接表示立場。

出了電梯，唐聿踏上潔淨上蠟的磁磚地板。皮鞋在磁磚上發出規律的腳步聲。唐聿到了檢察官辦公室，敲了門。

「請進。」那男人說。

唐聿一開門，就聞到滿屋子的百合花香。

男人坐在桌前，纖細的手指轉著一隻鋼筆。

「忙了兩天，應該早點睡了吧。」男人以慵懶的語調說：「你的伙伴老早就熄燈了，你應該也要乖乖睡覺。」

唐聿感到一陣噁心。他討厭被人哄。

「今天，感謝您的幫助。」唐聿托托眼鏡，斯文有禮地說：「做為報答，我說過要答應您一個條件。」

「唐督察也太急了，我還沒想好。」

「請容我先說一聲——」唐聿緩緩道：「必須以不違背我本人的原則為基礎，不然我寧願違約。反正也是口頭說說而已，沒有紙本約定。」

男人輕輕一笑。「現在口頭應允也有約束力了，你要我翻法條給你嗎？」

唐聿沒說話。男人大概曉得唐聿的脾氣很大，所以沒繼續調侃他。

「李武擎到這裡來做什麼？」唐聿單刀直入。

「嗯？」

「我知道他到這裡來了。」從小琉球搭船回東港，他就把另一枚追蹤器放到李武擎的隨身行李。其實黎海凡上繳的追蹤器有兩枚。

當他們回到東港，接著搭乘高鐵回臺北，李武擎直接說想回家休息，但他發現那傢伙根本沒有直接回家。

「你會不會管得太嚴了？」男人提醒。

唐聿說：「我不相信他跑到小琉球去，然後就無端撞上命案。他出發前還查了跟地調所有關的舊案子，所以一定是從哪裡得到消息才去小琉球——是你讓他去的吧！你讓他帶什麼回來給你了？」

男人聳聳肩，單手往旁邊一指。那裡的沙發上擺了一堆小琉球麻花捲。而且各種口味都有。

「你知道，有時候就是嘴饞。」男人說：「而且檢察官很忙，沒時間吃飯總可以吃吃零食吧。」

唐聿一點也不相信這種說詞。他的目光在整間辦公室內繞了一圈，看見男人桌上有一隻顯得特別老舊的鋼筆。

「剛好我也要下班了，唐督察要搭個便車嗎？」男人說。

「不必了，多謝好意。」唐聿冷冷一說，隨即微微躬身，離開這間滿是百合花味的辦公室。

唐聿離開後，男人再度拿起那支鋼筆。

那是李武擎在死嬰窟找到的，原本屬於毛仰祺的鋼筆。

男人勾唇一笑。

THE END

後記

本故事純屬虛構。

請原諒我用如此制式的開場白與各位讀者見面，但我相信這七個字會讓讀者朋友們更加享受閱讀這本小說的樂趣。

我想諸位看到最後，自然會產生一些疑問，譬如那個一直不說出姓名的檢察官是誰，梁家祥跟毛仰祺到小琉球的目的，這些伏筆在日後的作品將會一一為讀者揭開。在此，希望你們能享受到這本書所想展示的核心謎題，一些人性糾葛、不為人知的龐大社會內幕。如果當諸位因為看見我所提及的某些謎底而感到不可思議時，那麼我衷心感謝你，那正是我所設想的局。

小說的世界，總是充滿驚喜。

成書的心情永遠是雀躍的。能把內心構築的世界呈現在大家眼前，我必須感謝秀威出版社給我這個機會。

當然，我非常感謝我親愛的編輯先生喬齊安（Heero Chiao），願意在我這麼一個新人作家身上冒險，他花費大量心力給了我展現的舞台，而且時刻鼓勵我。

感謝我的知音阿薰先生（Kaoru Hsu），若非他在茫茫人海裡篤定了我故事的價值，並在成書之際給予我多方幫助，我想這本書不會如此完善。

感謝熱情的燈塔看守主任彭紹道先生，有關白燈塔的許多資訊，全賴彭先生的大力解說。

同時我也感謝陪伴在我身邊的朋友，以及推理界熱心的前輩們。

我十分感謝為我寫推薦序的作者朋友，感謝你們的推薦，讓這本書添色很多！

還有所有為這本書的製作辛苦付出的工作同仁，謝謝！

最後，感謝我摯愛的家人們都為我提供幫助，尤其，我深深感謝我無私奉獻的母親，她對我一直抱有信心，即使連我都喪失鬥志的時候，她依然無條件相信我。

再次致謝。

期待下回再見。

沙棠

要推理21　PG1521

要有光
FIAT LUX

沙瑪基的惡靈

作　　者	沙　棠
責任編輯	喬齊安
圖文排版	杜心怡
封面設計	王嵩賀

出版策劃	要有光
製作發行	秀威資訊科技股份有限公司 114 台北市內湖區瑞光路76巷65號1樓 電話：+886-2-2796-3638　傳真：+886-2-2796-1377 服務信箱：service@showwe.com.tw http://www.showwe.com.tw
郵政劃撥	19563868　戶名：秀威資訊科技股份有限公司
展售門市	國家書店【松江門市】 104 台北市中山區松江路209號1樓 電話：+886-2-2518-0207　傳真：+886-2-2518-0778
網路訂購	秀威網路書店：http://www.bodbooks.com.tw 國家網路書店：http://www.govbooks.com.tw
法律顧問	毛國樑　律師
總 經 銷	易可數位行銷股份有限公司 地址：231新北市新店區寶橋路235巷6弄3號5樓 電話：+886-2-8911-0825　傳真：+886-2-8911-0801 e-mail：book-info@ecorebooks.com 易可部落格：http://ecorebooks.pixnet.net/blog

出版日期	2016年5月　BOD一版 2021年10月　BOD二版
定　　價	320元

版權所有・翻印必究（本書如有缺頁、破損或裝訂錯誤，請寄回更換）
Copyright © 2016 by Showwe Information Co., Ltd.
All Rights Reserved

Printed in Taiwan

國家圖書館出版品預行編目

沙瑪基的惡靈 / 沙棠著. -- 一版. -- 臺北市 :
要有光, 2016.05
面 ;　公分. -- (要推理 ; 21)
BOD版
ISBN 978-986-91655-5-6(平裝)

857.81　105006386

讀者回函卡

感謝您購買本書，為提升服務品質，請填妥以下資料，將讀者回函卡直接寄回或傳真本公司，收到您的寶貴意見後，我們會收藏記錄及檢討，謝謝！

如您需要了解本公司最新出版書目、購書優惠或企劃活動，歡迎您上網查詢或下載相關資料：http:// www.showwe.com.tw

您購買的書名：______________________________

出生日期：________年________月________日

學歷：□高中（含）以下　□大專　□研究所（含）以上

職業：□製造業　□金融業　□資訊業　□軍警　□傳播業　□自由業

□服務業　□公務員　□教職　□學生　□家管　□其它_____

購書地點：□網路書店　□實體書店　□書展　□郵購　□贈閱　□其他

您從何得知本書的消息？

□網路書店　□實體書店　□網路搜尋　□電子報　□書訊　□雜誌

□傳播媒體　□親友推薦　□網站推薦　□部落格　□其他__________

您對本書的評價：（請填代號　1.非常滿意　2.滿意　3.尚可　4.再改進）

封面設計____　版面編排____　內容____　文／譯筆____　價格____

讀完書後您覺得：

□很有收穫　□有收穫　□收穫不多　□沒收穫

對我們的建議：______________________________

____

____

____

請貼
郵票

11466
台北市內湖區瑞光路 76 巷 65 號 1 樓

秀威資訊科技股份有限公司 收

BOD 數位出版事業部

………………………………………………………………………………

（請沿線對折寄回，謝謝！）

姓　　名：＿＿＿＿＿＿＿＿＿＿　年齡：＿＿＿＿　性別：□女　□男

郵遞區號：□□□□□

地　　址：＿＿＿＿＿＿＿＿＿＿＿＿＿＿＿＿＿＿＿＿＿＿＿＿＿

聯絡電話：(日)＿＿＿＿＿＿＿＿＿＿＿＿(夜)＿＿＿＿＿＿＿＿＿＿＿＿

E-mail：＿＿＿＿＿＿＿＿＿＿＿＿＿＿＿＿＿＿＿＿＿＿＿＿＿